UMA MULHER
NA ESCURIDÃO

Livros de Charlie Donlea

A Garota do Lago
Deixada para trás
Não confie em ninguém
Uma mulher na escuridão

CHARLIE DONLEA

UMA MULHER NA ESCURIDÃO

Tradução: Carlos Szlak

COPYRIGHT © 2019. SOME CHOOSE DARKNESS. BY CHARLIE DONLEA.
PUBLISHED BY ARRANGEMENT WITH BOOKCASE LITERARY AGENCY AND
KENSINGTON PUBLISHING.
COPYRIGHT © FARO EDITORIAL, 2019

Todos os direitos reservados.
Nenhuma parte deste livro pode ser reproduzida sob quaisquer meios existentes sem autorização por escrito do editor.

Diretor editorial PEDRO ALMEIDA
Preparação TUCA FARIA
Revisão MONIQUE DORAZIO
Capa e diagramação OSMANE GARCIA FILHO
Imagem de capa © HELLEN | TREVILLION IMAGES
Imagem interna © VADIMVASENIN | DEPOSITPHOTOS

Dados Internacionais de Catalogação na Publicação (CIP)
Angélica Ilacqua CRB-8/7057

Donlea, Charlie
 Uma mulher na escuridão / Charlie Donlea ; tradução de Carlos Szlak. — São Paulo : Faro Editorial, 2019.

 ISBN 978-85-9581-072-3
 Título original: Some choose darkness

 1. Ficção norte-americana 2. Suspense I. Título II. Szlak, Carlos

19-0481   CDD-813.6

Índice para catálogo sistemático:
1. Ficção norte-americana 813.6

FARO EDITORIAL

1ª edição brasileira: 2019
Direitos de edição em língua portuguesa, para o Brasil, adquiridos por FARO EDITORIAL

Avenida Andrômeda, 885 – Sala 310
Alphaville – Barueri – SP – Brasil
CEP: 06473-000
www.faroeditorial.com.br

Para Cecilia A. Donat,
Tia-avó, dama das antigas, amiga

Receio estar compondo o meu próprio réquiem.
— Mozart

O Barato

Chicago, 9 de agosto de 1979

O LAÇO APERTAVA O PESCOÇO, E A FALTA DE OXIGÊNIO fazia a cabeça girar em uma mistura fantástica de euforia e pânico. Ele permitiu que a tira de náilon suportasse todo o peso do seu corpo ao afastar a banqueta. Aqueles que não conheciam "o Barato" considerariam primitivo seu sistema de polias, mas só ele compreendia plenamente o poder que tinha. O Barato proporcionava uma sensação mais incrível do que qualquer droga. Não existia outro vetor de vida capaz de propiciar experiência igual. Simplesmente, era tudo pelo que ele vivia.

Quando ele abandonou a banqueta, descendo ao chão, a corda em que a tira de náilon estava amarrada rangeu com a tensão do corpo e deslizou pela borda sulcada da polia. A corda se curvava sobre o guincho, corria pela segunda polia, depois recuava e passava pela terceira e última manivela para formar um "M".

Preso à outra extremidade da corda, havia outro laço de náilon, enrolado ao redor do pescoço de sua vítima. Toda vez que ele abandonava a segurança da banqueta, a tira de náilon ao redor do seu pescoço suportava o peso da vítima, fazendo-a levitar magicamente, erguendo-a a quase dois metros do chão, bem diante dele.

O pânico finalmente desapareceu dela. Os chutes e as contorções cessaram. O Barato saturou a alma dele, e a imagem da vítima flutuando suspensa no ar extasiou-lhe a mente. Ele suportou o peso dela o máximo possível, ficando muito próximo da inconsciência e à beira do êxtase. Fechou os olhos por um momento. A tentação de continuar até a beira do arrebatamento era bastante convidativa, mas ele sabia dos perigos de se permitir vagar tão longe por aquele caminho sinistro. Percorrê-lo durante muito tempo impediria o retorno. Contudo, ele não conseguia resistir.

Com a tira de náilon ao redor do pescoço, ele focou os olhos semicerrados na vítima pendurada diante dele. O laço ficou ainda mais apertado, comprimindo a carótida e provocando manchas na visão. Ele relaxou por um instante, cerrando as pálpebras e cedendo à escuridão. Só um pouquinho. Só por um segundo mais.

O rescaldo

Chicago, 9 de agosto de 1979

RETORNANDO AO MOMENTO PRESENTE, ELE TENTOU RES-pirar, mas foi em vão. Desesperado, procurou com o pé a borda da banqueta. Finalmente, os dedos encontraram a superfície lisa de madeira. Ele subiu nela, aliviou a pressão no pescoço e passou a inspirar grandes quantidades de ar. Enquanto isso, a vítima se estatelava no chão à sua frente. Ao entrar em contato com o concreto, as pernas dela não mais a apoiaram, e ela desmoronou: o peso do corpo puxou a extremidade da outra corda até que o grosso nó de segurança se alojasse na lateral da outra polia, mantendo o laço frouxo ao redor do pescoço dele.

Ele se desvencilhou da tira de náilon pela cabeça e deu algum tempo para a vermelhidão desaparecer da pele. Reconheceu que fora longe demais naquela noite. Apesar do colar protetor de espuma que utilizava, teria de encontrar um jeito de ocultar o hematoma roxo no pescoço. Precisava ser mais cuidadoso agora do que nunca. O público começara a entender a situação. Os artigos de jornais começaram a aflorar. As autoridades emitiram alertas, e o medo vinha aumentando mais do que o calor do verão. Com a conscientização do público, ele passou a espreitar com mais cuidado, planejar com mais detalhes e encobrir os rastros com mais perfeição. Encontrara o local perfeito para ocultar os corpos. O Barato era mais difícil de conter, e ele temia que o véu que protegia sua vida secreta fosse removido pela sua incapacidade de esconder a euforia que sentia nos dias seguintes às sessões. Seria inteligente interromper as coisas. Manter discrição e esperar o pânico passar. Porém, o Barato era muito difícil de ignorar. Sua existência dependia daquilo.

Sentando-se na banqueta, ele deu as costas para a vítima. Precisou de um momento para controlar as emoções. Ao se sentir pronto, virou-se para o cadáver e começou a limpeza e a preparação para o transporte no dia seguinte. Quando terminou, trancou o lugar e embarcou no seu carro. O retorno para casa não foi suficiente para serenar os efeitos residuais do Barato. Ao encostar junto ao meio-fio, ele viu as luzes da casa apagadas. Ainda bem. Seu corpo continuava tremendo, e ele não conseguiria encarar uma conversa normal. No interior da residência, largou as roupas na máquina de lavar, tomou um banho rápido e se deitou na cama.

Ela se mexeu quando ele puxou as cobertas sobre si.

— Que horas são? — ela perguntou com os olhos fechados e a cabeça afundada no travesseiro.

— Tarde. — Ele beijou-lhe o rosto. — Volte a dormir.

Ela deslizou a perna por cima dele e pôs o braço sobre o seu peito. Ele deitou-se de costas, erguendo o olhar para o teto. Em geral, levava horas para se acalmar após voltar para casa. Fechou os olhos e procurou controlar a adrenalina que corria pelas veias. Repassou as últimas horas. Nunca conseguia se lembrar de tudo, não com clareza e não tão logo depois. Nas semanas seguintes, os detalhes voltariam. Porém, naquela noite, por trás das pálpebras fechadas, seus olhos tremularam em movimentos frenéticos, à medida que o centro de memória da sua mente oferecia breves centelhas da noite: o rosto da vítima, seu visível terror, o laço corrediço da tira de náilon em ângulo agudo em torno do pescoço.

Em um rápido turbilhão, as imagens e os sons giraram na sua mente. Enquanto a fantasia se desenvolvia, as cobertas se mexeram ao seu lado quando ela acordou. A mulher se aninhou ainda mais ao seu lado. Com as veias latejando e as endorfinas circulando em ritmo acelerado por causa do Barato, ele deixou que ela beijasse a sua nuca e depois o seu ombro. Permitiu que a mão dela descesse até a cintura de sua cueca boxer. Sentiu o Barato tomar conta de si e se pôs por cima dela. Manteve os olhos fechados enquanto ela deixava escapar gemidos baixinhos, que ele bloqueou na sua mente.

Ele pensou na sua área de trabalho. Na escuridão. Na maneira como conseguia se desnudar quando estava naquele lugar. Assumiu um ritmo confortável e se concentrou na mulher que levara lá mais cedo naquela noite. A mulher que levitou como um fantasma à sua frente.

O doce perfume das rosas

A MULHER CHEGOU AO JARDIM, ABRIU A TESOURA NA BASE da rosa e cortou a haste. Repetiu o processo até ter seis rosas vermelhas de hastes longas na mão. Subiu a escada até alcançar a varanda de trás, colocou as rosas sobre a mesa e se sentou na cadeira de balanço. Olhando para o campo, observou a menina se aproximar, subir a escada e caminhar até ela.

A menina tinha uma voz aguda e inocente, como todas as vozes das crianças deveriam ser.

— Por que a senhora sempre colhe rosas do jardim? — a garota quis saber.

— Porque são belas. E se forem deixadas nas roseiras, com o tempo murcharão e serão desperdiçadas. Ao podá-las, posso fazer melhor uso delas.

— A senhora quer que eu as amarre? — a menina se ofereceu.

Ela tinha dez anos e era a coisa mais doce que já havia surgido na vida da mulher. Do avental, a mulher tirou um araminho, entregou-o para a menina e a observou pegar as rosas com cuidado. Evitando os espinhos, a garota envolveu o araminho ao redor das hastes e o torceu, prendendo o buquê em um maço bem apertado.

— O que a senhora faz com as flores?

A mulher pegou dela o buquê perfeito.

— Entre e se arrume para o jantar.

— Eu a vejo colhê-las todos os dias e eu as amarro para a senhora. Mas nunca mais vejo as flores.

A mulher sorriu.

— Temos trabalho para fazer depois do jantar. Vou deixar a pintura para você esta noite, se acha que a sua mão está firme o bastante.

A mulher esperava que a isca fosse suficiente para desviar a conversa.

A menina sorriu.

— A senhora vai me deixar pintar sozinha?

— Vou. Está na hora de você aprender.

— Vou fazer um bom trabalho, prometo — ela disse antes de sair correndo para o interior da casa.

A mulher não precisou esperar muito para ouvir o tinido da louça que a menina colocava sobre mesa de jantar. Então, ela se ergueu da cadeira de balanço, arrumou cuidadosamente as rosas recém-presas em um buquê, desceu a escada da varanda e atravessou o campo atrás da casa. O sol se punha, e as sombras das bétulas cortavam o seu caminho.

Enquanto caminhava, levou as flores ao nariz e sentiu o doce perfume das rosas.

PARTE I
O LADRÃO

1

Chicago, 30 de setembro de 2019

AS DORES NO PEITO COMEÇARAM NO ANO ANTERIOR.
Nunca houve um questionamento acerca da origem. Eram induzidas pelo estresse, e os médicos prometeram que nunca o matariam. No entanto, o episódio daquela noite foi especialmente penoso. Ele acordou suando frio e com calafrios. Ao tentar introduzir ar nos pulmões, foi como respirar através de um canudinho. Quanto mais se esforçava para inspirar, mais atormentado ficava. Sentou-se na cama e lutou contra o medo de sufocamento. O histórico lhe dizia que o episódio passaria. Ele estendeu a mão e pegou o frasco de aspirina que guardava na gaveta do criado-mudo. Em seguida, pôs uma sob a língua, junto com um comprimido de nitroglicerina. Depois de dez minutos, os músculos do peito relaxaram e os pulmões conseguiram se expandir.

Não foi por acaso que esse episódio mais recente de angina coincidiu com a chegada da carta da comissão de livramento condicional, que estava sobre o criado-mudo. Ele passara algum tempo lendo-a antes de adormecer. Junto com a carta, a intimação do juiz para uma audiência. Ao sair da cama, pegou o documento. Com a camisa molhada de suor, desceu a escada e se dirigiu ao escritório. Girou o segredo do cofre situado sob a mesa e abriu sua porta. No interior, havia uma pilha de cartas antigas da comissão de livramento condicional, à qual adicionou a última.

A primeira chegara dez anos antes. Duas vezes por ano, a comissão recebia seu cliente, negando-lhe a liberdade e explicando a decisão em um texto adequadamente redigido, que resistia a apelações e protestos. Porém, no ano anterior, chegou um documento diferente. Era uma avaliação extensa do presidente da comissão, que descrevia em detalhes como a comissão estava impressionada com o progresso de seu cliente ao longo dos anos, e como ele era a própria definição de *reabilitação*. Foi depois da leitura da sentença final daquela carta — que registrava o entusiasmo da comissão de livramento condicional com a próxima avaliação e a sugestão de que grandes oportunidades aguardavam seu cliente — que as dores no peito começaram.

Essa última correspondência marcou a chegada de um trem de carga lento, que carregava dor e angústia e também segredos e mentiras. Esse trem imaginário sempre fora apenas um ponto no horizonte, que nunca avançava. Contudo, naquele momento, era um trem em alta velocidade, que ficava maior a cada dia e era impossível de ser freado apesar de todo seu empenho. Sentado atrás da mesa, ele observou a prateleira do meio do cofre. Uma pasta estava recheada com páginas da sua investigação. Uma pesquisa que, em um momento de tristeza e angústia como dessa noite, ele adoraria nunca ter começado. Porém, os desdobramentos das suas descobertas eram tão profundos e transformadores que ele sabia que se sentiria vazio se não as tivesse feito. E o pensamento de que suas mentiras e fraudes poderiam em breve sair rastejando das sombras sob as quais tinham repousado durante anos era suficiente para fazer seu coração literalmente doer.

Ele enxugou o suor da testa e se esforçou para encher os pulmões de ar. Seu maior medo era de que o cliente logo estivesse livre para continuar a busca. A investigação, que fora declarada infrutífera, ressuscitaria assim que o cliente saísse da prisão. E isso, ele sabia, não poderia acontecer. Deveria fazer tudo ao seu alcance para impedir.

Sozinho no escritório, um novo calafrio se apossou de seu corpo enquanto a camisa molhada pesava-lhe sobre os ombros. Ele fechou a porta do cofre e girou o segredo. As dores no peito voltaram, os pulmões se contraíram, e ele se reclinou na cadeira para combater mais uma vez o pânico do sufocamento. Passaria. Sempre passava.

2

Chicago, 1º de outubro de 2019

RORY MOORE COLOCOU AS LENTES DE CONTATO, REVIROU os olhos e piscou para pôr o mundo em foco. Ela detestava a visão oferecida pelos óculos fundo de garrafa: um mundo curvado e distorcido em comparação com a nitidez de suas lentes de contato. No entanto, como apreciava a proteção que os óculos de aros grossos proporcionavam, adotara um meio-termo. Assim, após a colocação das lentes de contato, ajeitou no rosto os óculos sem grau e se ocultou atrás da armação de plástico, como uma guerreira se escondendo atrás de um escudo. Para Rory, cada dia representava uma batalha.

Eles combinaram de se encontrar na Biblioteca Central Harold Washington, na rua State. Trinta minutos depois que Rory vestiu sua armadura de proteção — óculos de aros grossos, gorro puxado para baixo, casaco abotoado até o queixo com a gola levantada —, desembarcou de seu carro e entrou na biblioteca. O primeiro encontro com possíveis clientes sempre acontecia em locais públicos. Claro que a maioria dos colecionadores se preocupava com esse tipo de arranjo, pois significava expor seus preciosos troféus à luz do dia. Contudo, se quisessem Rory Moore e suas habilidades de restauração, seguiriam as regras dela.

O encontro daquele dia exigia mais atenção do que o normal, já que fora promovido como um favor para o detetive Ron Davidson, que, além de ser um amigo de confiança, também era seu chefe. Como esse era seu trabalho paralelo, ou o que os outros chamavam irritantemente de *passatempo*, parte dela se sentia honrada por Davidson ter lhe estendido a mão.

Nem todos entendiam a personalidade complicada de Rory Moore, mas Ron Davidson conseguira ganhar sua admiração ao longo dos anos. Quando ele pedia um favor, Rory nunca pensava duas vezes.

Ao atravessar as portas da biblioteca, Rory logo percebeu a boneca Kestner guardada em uma caixa longa e fina. Ela estava nos braços de um cavalheiro que esperava no saguão. Rory só precisou de um olhar rápido para avaliar o homem, seus pensamentos relampejando através da mente: cinquenta e poucos anos, rico, médico ou advogado, bem barbeado, sapatos engraxados, *blazer*, sem gravata. Rapidamente, recuou e rejeitou o pensamento inicial, eliminando a hipótese de o homem ser médico ou advogado. Ele era um pequeno empresário. Do ramo de seguros ou similar.

Ela respirou fundo, ajeitou os óculos no rosto e caminhou até ele.

— Sr. Byrd?

— Sim — o homem confirmou. — Rory?

O homem, trinta centímetros mais alto do que o metro e sessenta de Rory, baixou o olhar sobre sua pequena constituição física e esperou pela confirmação. Em vão.

— Vejamos o que senhor tem. — Ela apontou para a boneca de porcelana cuidadosamente acondicionada na caixa, antes de se dirigir para a ala principal da biblioteca.

O sr. Byrd a seguiu para uma mesa de canto. No meio da tarde, havia poucas pessoas no recinto. Rory deu um tapinha na mesa, e o sr. Byrd pousou a caixa ali.

— Qual é o problema? — Rory perguntou.

— Esta é a boneca Kestner da minha filha. Dei de presente a ela quando fez cinco anos, e foi mantida em bom estado.

Rory se inclinou sobre o tampo para conseguir uma visão melhor da boneca pela janela de plástico da caixa. O rosto de porcelana estava rachado ao meio. A rachadura começava em algum lugar além do contorno do couro cabeludo da boneca, passava pela órbita do olho esquerdo e alcançava a bochecha.

— Eu a deixei cair — informou o sr. Byrd. — Estou transtornado por causa do meu descuido.

Rory assentiu.

— Posso dar uma olhada, sr. Byrd?

Ele empurrou a caixa na direção de Rory. Então, ela abriu com cuidado o fecho e ergueu a tampa. Examinou a boneca danificada como o faria um cirurgião na avaliação inicial de um paciente anestesiado deitado na mesa de cirurgia.

— Rachada ou quebrada? — Rory perguntou.

O sr. Byrd enfiou a mão no bolso e tirou um saco plástico contendo pequenos pedaços de porcelana. Rory notou o movimento de subida e descida da cartilagem tireóidea dele ao engolir em seco para controlar a emoção.

— Foi tudo o que consegui achar. Deixei a boneca cair sobre um piso de madeira. Então, acho que recuperei todos os fragmentos.

Rory pegou o saco plástico e analisou os cacos. Voltou para a boneca e, com delicadeza, passou os dedos pela porcelana danificada. A rachadura era bem simétrica e provavelmente ficaria bem unida. A restauração da bochecha e da testa poderia ser realizada com perfeição. Já a da órbita ocular era outra questão. Exigiria toda sua habilidade. Provavelmente, Rory precisaria da ajuda da única pessoa que era melhor do que ela em restauração de bonecas. Quanto ao pedaço quebrado, tinha certeza de que seria encontrado na parte posterior da cabeça. O reparo ali também seria desafiador, considerando os fios de cabelo e os pequenos cacos de porcelana contidos no saco de plástico. Ela decidiu retirar a boneca da caixa só quando estivesse em sua oficina, pois temia que uma maior quantidade de porcelana pudesse cair da área quebrada.

Rory fez que sim lentamente, mantendo o olhar na boneca.

— Consigo arrumar.

— Graças a Deus! — exclamou o sr. Byrd.

— Duas semanas. Um mês, talvez.

— O tempo que for necessário.

— Informarei o preço ao senhor depois de começar.

— O preço não tem importância, desde que você seja capaz de consertar a boneca.

Rory voltou a assentir. Colocou na caixa o saco plástico contendo os cacos, fechou a tampa e a travou.

— Vou precisar de um número de telefone para poder entrar em contato com o senhor — afirmou.

O sr. Byrd pegou um cartão de visita na carteira e o entregou a ela. Rory olhou-o de relance antes de colocá-lo no bolso.

CORRETORA DE SEGUROS BYRD
WALTER BYRD, PROPRIETÁRIO

Ela ergueu a caixa e fez menção de ir embora, mas o sr. Byrd pôs a mão sobre a dela. Rory não tolerava muito o toque de um estranho e quase retrocedeu quando ele falou, baixinho:

— A boneca era da minha filha.

O tempo verbal pretérito chamou a atenção de Rory. Tinha alguma intenção por trás. Rory olhou para a mão do sr. Byrd e depois encontrou os olhos dele.

— Ela morreu no ano passado — ele revelou.

Lentamente, Rory se sentou. Uma resposta normal poderia ter sido "Sinto muito pela sua perda". Ou "Entendo por que essa boneca significa tanto para o senhor". Porém, Rory Moore era tudo menos uma pessoa normal.

— O que aconteceu com ela? — perguntou.

— Foi assassinada. — Ele soltou a mão de Rory e se sentou diante dela. — Estrangulada, acham. Seu corpo foi deixado no Grant Park em janeiro passado, já meio congelado quando o encontraram.

Rory voltou a olhar para a boneca Kestner guardada na caixa, com o olho direito fechado em paz, o olho esquerdo aberto e torto, com uma rachadura profunda atravessando a órbita. Ela entendeu o que estava acontecendo e soube o motivo pelo qual o detetive Davidson fora tão inflexível no sentido de que aceitasse aquele encontro. Era um estratagema clássico, e Davidson sabia que Rory seria incapaz de resistir.

— Nunca o encontraram? — Rory quis saber.

O sr. Byrd fez um gesto negativo com a cabeça, baixando o olhar para a boneca da filha morta.

— Nunca encontraram nem sequer uma pista. Nenhum dos detetives retorna minhas ligações. Parece que simplesmente desistiram do caso.

A presença de Rory na biblioteca naquela manhã demonstrava que a afirmação do sr. Byrd era falsa, uma vez que fora Ron Davidson quem a convencera a ir.

O sr. Byrd trouxe o olhar de volta para ela.

— Escute, isso não é uma armação. Peguei a boneca de Camille outro dia porque estava sentindo muita falta da minha filha e precisava segurar algo que me lembrasse dela. Deixei a boneca cair, e ela se quebrou. Não tive coragem de contar para a minha mulher porque sinto muita culpa e sei que isso a deixaria deprimida. Essa boneca era o brinquedo favorito da minha filha durante a infância. Então, por favor, acredite em mim: eu quero muito que você a restaure. Mas o detetive Davidson me disse que o seu trabalho como perita em reconstituição criminal é aclamado na cidade de Chicago e em outros lugares. Estou disposto a lhe pagar o que for para você reconstituir o crime e encontrar o homem que apertou o pescoço da minha filha e tirou a vida dela.

O olhar fixo do sr. Byrd foi demais para Rory, e como que atravessou o escudo protetor dos seus óculos sem grau. Finalmente, ela se levantou, ergueu a caixa da boneca Kestner da mesa e a segurou debaixo do braço.

— O conserto da boneca levará um mês. A solução do caso da sua filha, muito mais tempo. Deixe-me fazer algumas ligações e eu entrarei em contato.

Ao sair da biblioteca, Rory adentrou a manhã de outono. Assim que o pai de Camille Byrd usou o tempo passado para descrever a filha, ela sentiu aquela vibração sutil em sua mente. Aquele sussurro quase imperceptível, mas agora sempre presente. Um sussurro que seu chefe sabia muito bem que ela não seria capaz de ignorar.

— Você é um verdadeiro filho da puta, Ron — Rory disse para si mesma.

Ela estava dando um tempo em seu trabalho como perita forense; um intervalo programado que se forçava a fazer de vez em quando para evitar o esgotamento e a depressão. Aquela pausa mais recente, porém, vinha se alongando mais do que qualquer outra, e começava a irritar o seu chefe.

Enquanto Rory caminhava pela rua State para pegar seu carro, com a boneca danificada de Camille Byrd debaixo do braço, soube que as férias tinham acabado.

3

Chicago, 2 de outubro de 2019

O CELULAR DE RORY TOCOU PELA QUINTA VEZ NAQUELA manhã, e ela tornou a ignorá-lo. Com o olhar fixo em seu reflexo no espelho, puxou o cabelo castanho para trás e o prendeu. Não era uma pessoa matinal e, por princípio, não atendia ao celular antes do meio-dia. Seu chefe sabia disso, e, assim, Rory não sentia nenhum remorso por não o atender.

— Quem está ligando para você sem parar? — uma voz perguntou do quarto.

— Vou me encontrar com Davidson.

— Não sabia que você tinha decidido voltar ao trabalho — disse o homem.

Rory saiu do banheiro e colocou o relógio no pulso.

— Vejo você hoje à noite? — ela perguntou.

— Tudo bem. Não vamos falar sobre isso.

Rory se aproximou e o beijou na boca. Lane Phillips era mesmo o quê dela? Ela não era tradicional o suficiente para chamá-lo de "namorado", e agora, aos trinta e tantos anos, a descrição parecia pueril. Nunca pensou em se casar com Lane, apesar de terem dormido juntos durante a maior parte da última década. Porém, ele era muito mais do que um caso. Lane era o único homem neste planeta, além de seu pai, que a entendia. Ele era… dela; essa foi a melhor maneira que Rory encontrou para descrevê-lo para si mesma, e os dois se sentiam bem com isso.

— Falarei sobre isso quando tiver algo a dizer. Neste exato momento, não sei no que estou me metendo.

— Tudo bem. — Lane se sentou reto na cama. — Fui chamado para dar meu parecer como perito em um julgamento de homicídio. Vou testemunhar dentro de duas semanas. Então, irei me encontrar com o promotor público hoje. Depois, vou dar aula até as nove da noite.

Quando Rory tentou se afastar, ele a agarrou pelos quadris.

— Tem certeza de que não vai me dar nenhuma pista de como Davidson a atraiu de volta?

— Dê uma passada hoje à noite depois da aula e eu te conto as novidades.

Rory deu-lhe outro beijo, afastou as mãos itinerantes dele e saiu do quarto. Um minuto depois, ela abriu a porta da frente e partiu.

O CELULAR TOCOU MAIS DUAS VEZES ENQUANTO RORY enfrentava o trânsito matinal na via expressa Kennedy. Ela saiu na rua Ohio e serpenteou pelas vias em padrão reticular de Chicago. Encarou um congestionamento até alcançar o Grant Park, rodou pelas ruas laterais por quinze minutos e finalmente encontrou uma vaga para estacionar, mas que era pequena até mesmo para seu diminuto Honda. De alguma forma, conseguiu realizar uma baliza perfeita; sem saber se conseguiria escapar das inúmeras manobras para a frente e para trás quando chegasse a hora de sair.

Rory atravessou o túnel sob a Lake Shore Drive e o caminho pitoresco até chegar à beira do parque. O Grant Park era uma magnífica área de construções que separava os arranha-céus do Loop, centro financeiro de Chicago, da margem do lago Michigan. O parque sempre foi um destino popular entre os turistas, e naquela manhã não era uma exceção. Rory caminhou entre a multidão e, finalmente, localizou Ron Davidson sentado em um banco perto da Fonte Buckingham.

Apesar de o casaco já estar abotoado até o pescoço, Rory o apertou ainda mais contra o corpo, ergueu a gola e empurrou os óculos para o alto do nariz. Era uma manhã amena de outubro, e as outras pessoas ao redor usavam bermudas e moletons, aproveitando a brisa do lago e o sol brilhante. Rory estava vestida para um dia frio de outono: casaco cinza fechado de alto a baixo, gola erguida, jeans cinza e coturnos de amarrar

Madden Girl Eloisee, que ela usava sempre, inclusive durante os dias mais quentes do verão. Ao se aproximar do detetive, Rory enterrou ainda mais o gorro de lã desleixado na cabeça, para cobrir a testa. A beira do gorro tocou a parte de cima dos óculos, e ela se sentiu protegida.

Sem nada dizer, Rory se sentou ao lado dele.

— Bem, louvado seja Deus, é a dama de cinza — Davidson resmungou.

Como os dois tinham trabalhado juntos em muitos casos, Davidson já conhecia todas as esquisitices de Rory. Ela não apertava a mão de ninguém, algo que Davidson aprendeu após algumas tentativas que deixaram sua mão flutuando no ar enquanto Rory desviava o olhar. Ela não gostava de se encontrar com o pessoal do departamento, a não ser Ron, e tinha pouca tolerância com a burocracia. Nunca aceitara um prazo de trabalho, e trabalhava absolutamente sozinha em seus casos. Retornava ligações em seu tempo livre, e às vezes não retornava de modo algum. Odiava política, e se alguém — desde um vereador até o prefeito — tentasse colocá-la no centro das atenções, desaparecia por semanas. Se suas habilidades como perita em reconstituição criminal não fossem tão incríveis, Ron Davidson jamais toleraria as dores de cabeça que ela causava.

— Você ficou desconectada, Gray.

Enquanto olhava para a Fonte Buckingham, Rory permitiu que os cantos da boca se curvassem um pouco. Ninguém exceto Davidson a chamava de Gray — "cinza" em inglês —, e ao longo dos anos, ela acabou simpatizando com o apelido: uma combinação da cor de sua roupa e de sua persona distante.

— Estava ocupada com a vida.

— Como vai Lane?

— Tudo bem.

— Ele é um chefe melhor do que eu?

— Ele não é meu chefe.

— Mas você passa todo seu tempo trabalhando para ele.

— Trabalhando *com* ele.

Ron Davidson hesitou por um momento.

— Você não retornou nenhuma ligação durante seis meses, Gray.

— Eu lhe disse que estava dando um tempo.

— Tive alguns casos nos quais gostaria de ter contado com a sua ajuda.

— Eu estava ficando estressada. Precisava de um descanso. Por que acha que a maioria dos detetives que trabalham para você não valem merda nenhuma?

— Ah, senti falta de sua franqueza, Gray...

Por alguns minutos, permaneceram sentados em silêncio, observando os turistas que passavam pelo parque.

— Você vai me ajudar? — Davidson finalmente perguntou.

— É uma tremenda canalhice sua fazer isso dessa maneira — Rory afirmou.

— Você não retornou nenhuma ligação por meio ano, na certa ocupada demais com Lane Phillips e seu Projeto de Controle de Homicídios. Então tive de ser criativo. Achei que você apreciaria.

Mais silêncio.

— E então? — Davidson voltou a perguntar depois de um bom tempo.

— Estou aqui, não estou? — Rory mantinha o foco na fonte. — Fale-me sobre ela.

— Camille Byrd. Garota de vinte e dois anos que foi estrangulada. O corpo foi jogado neste parque.

— Quando?

— Em janeiro do ano passado. Há vinte e um meses — Davidson respondeu.

— E vocês não descobriram nada?

— Eu fiz algumas ameaças, mas meus rapazes não chegaram a lugar nenhum, Rory.

— Vou precisar das pastas sobre o caso. — Rory ainda olhava para a fonte, mas notou a curva no pescoço de Davidson quando o chefe da divisão de homicídios de Chicago levantou os olhos sutilmente e deixou escapar um suspiro de alívio.

— Obrigado, Gray.

— Quem é Walter Byrd?

— Um empresário rico e amigo do prefeito. Ou seja, há certa urgência para darmos uma solução ao caso.

— Porque ele é rico e bem relacionado? Deveria haver urgência em relação a qualquer pai cujo filho é morto. Onde o corpo da garota foi encontrado?

— No lado leste do parque. — Davidson apontou. — Eu te mostro.

Rory se levantou e deixou que Davidson assumisse a dianteira na caminhada. Atravessaram o parque e chegaram a uma colina relvada fora da trilha. Uma fileira de bétulas flanqueava cada lado da área, e Rory calculou mentalmente as maneiras com as quais alguém poderia transportar um corpo para aquele local.

Davidson pisou na relva.

— O corpo dela foi encontrado aqui.

— Estrangulado?

Davidson assentiu.

— Estupro?

— Não.

Rory se encaminhou até o local onde localizaram o corpo de Camille Byrd e começou a girar lentamente, observando a margem do lago e os barcos flutuando na água. Continuou girando e viu a silhueta dos edifícios de Chicago. No céu azul, nuvens brancas e encorpadas pairavam no ar como balões superinflados. Ela imaginou o corpo da garota encontrado no auge do inverno, inchado, sem vida e congelado. Imaginou as árvores peladas de janeiro, com as folhas despidas pelo frio.

— Jogou o corpo dela aqui — Rory afirmou. — Por quê? Ele correu um risco enorme sem a proteção das árvores. Quem quer que tenha feito isso queria que ela fosse encontrada.

— A menos que ele a tenha matado aqui. Algo saiu do controle. Uma discussão séria. Ele acabou com ela e fugiu.

— Isso significaria uma briga de namorados. Suponho que seus rapazes tenham esgotado esse ângulo. Eles interrogaram todos os namorados dela, atuais e passados? Colegas de trabalho, antigas paixões...

Davidson assentiu.

— Interrogados e inocentados, todos eles.

— Então não era alguém que ela conhecia. Camille foi morta em outro lugar e trazida para cá. Por quê?

— Meus rapazes não sabem.

— Preciso de tudo, Ron. Arquivos, autópsia, interrogatórios. Tudo.

— Posso conseguir tudo isso para você, mas tenho de recolocá-la na folha de pagamentos. Oficializar o seu retorno ao trabalho. Desse modo, conseguirei tudo o que você precisar.

Mais uma vez em silêncio, Rory absorvia a cena. Muitas coisas passavam por sua mente. Ela se conhecia bem o bastante para não tentar domar o fluxo de informações. Nem tudo aquilo de que vinha tomando conhecimento era apreendido por sua consciência. Ela queria apenas absorver tudo e, então, nos dias e nas semanas à frente, seu cérebro classificaria as coisas que estava computando e catalogaria as imagens que capturava. Aos poucos, Rory organizaria tudo. Estudaria o prontuário do caso. Conheceria melhor Camille Byrd. Daria um nome e criaria uma narrativa para essa pobre garota que fora estrangulada até a morte. Vislumbraria detalhes que os detetives tinham deixado escapar. O intelecto estranho de Rory juntaria as peças de um quebra-cabeça que todos haviam considerado insolúvel, reconstituindo o crime em sua totalidade.

O celular de Rory tocou, afastando-a do funcionamento interno de sua mente. Era seu pai. Ela cogitou deixar a ligação cair no correio de voz, mas decidiu atender:

— Pai, agora não posso falar. Estou ocupada. Posso ligar mais tarde?

— Rory?

Ela não reconheceu a voz do outro lado da chamada, só percebeu que era feminina e estava em pânico.

— Sim? — disse, afastando-se alguns passos de Davidson.

— Rory, é Celia Banner. A assistente de seu pai.

— O que houve? O número do meu pai apareceu no meu celular.

— Estou ligando da casa dele. Há algo errado aqui, Rory. Ele teve um ataque cardíaco.

— O quê?!

— Deveríamos nos encontrar para o café da manhã, mas ele não apareceu. A situação não é nada boa. Na realidade, é muito ruim.

— É muito ruim quanto?

O silêncio foi como um vácuo que sugou as palavras da boca de Rory.

— Celia? É muito ruim quanto?

— Ele se foi, Rory.

4

Chicago, 14 de outubro de 2019

LEVOU UMA SEMANA INTEIRA APÓS O FUNERAL ATÉ QUE
Rory encontrasse tempo e tivesse disposição de passar no escritório do
pai. Tecnicamente, o escritório também era seu; mas, como ela não lidava
com nenhum caso formal havia mais de uma década, o envolvimento de
Rory no Grupo Moore de Advocacia não era imediatamente evidente. Seu
nome vinha impresso no papel timbrado do escritório, e todos os anos ela
fazia uma declaração de isenta de imposto de renda relativamente aos serviços limitados que prestava para o pai, sobretudo pesquisa e preparati-
vos para julgamentos. Porém, como ao longo dos anos sua função no
Departamento de Polícia de Chicago e no Projeto de Controle de Homicídios de Lane exigia mais de sua atenção, o seu trabalho realizado para o
escritório ficou menos evidente.

Além do emprego ocasional de Rory, o Grupo Moore de Advocacia
era uma empresa individual com dois funcionários: um assistente jurídico
e uma administradora de escritório. Com uma equipe minúscula e uma
lista de clientes manejável, Rory presumiu que a dissolução do escritório
de advocacia do pai exigiria pouco tempo e um mínimo de habilidade;
mas, no final das contas, seria alcançada depois de algumas semanas de
trabalho concentrado. O diploma em direito de Rory, algo que ela obtivera
havia mais de uma década e nunca realmente usara, tornava-a a candidata
perfeita e única para cuidar do encerramento dos negócios do pai. Sua mãe
havia morrido anos antes, e ela não tinha irmãos.

Rory entrou no prédio da rua North Clark e pegou o elevador para
o terceiro andar. Destrancou a porta e a abriu. A recepção consistia de

uma mesa na frente de arquivos de metal bege dos anos 1970 e era lade-ada por duas salas. A da esquerda era a do pai; a outra pertencia ao assistente jurídico.

Rory deixou cair o equivalente a uma semana de correspondência sobre a mesa da recepção e se dirigiu para a sala do pai. Sua primeira tarefa seria repassar os casos ativos e os casos que estavam aguardando decisão para outros escritórios. Após encerrar a lista de casos da firma, haveria a questão de pagar as contas e liquidar a folha de pagamento do pessoal com os recursos existentes. Então, Rory poderia rescindir o contrato de locação do escritório e fechar o lugar. Celia, a administradora do escritório e a que descobrira seu pai morto na casa dele, concordara em se encontrar ao meio-dia para revisar os casos e ajudar na transferência deles. Rory pôs a bolsa no chão, abriu uma Diet Coke e começou a trabalhar.

Ao meio-dia, sentada à mesa do pai, via-se cercada por montanhas de pastas. Ela esvaziara os arquivos de metal da recepção, e o conteúdo estava agora organizado em três lotes: casos que aguardavam decisão, casos ativos e casos solucionados.

Rory ouviu a porta da frente se abrir. Celia, alguém que ela encontrara poucas vezes ao longo dos anos, apareceu na entrada do escritório. Rory se levantou.

— Ah, Rory… — Celia passou ao lado do amontoado de pastas para dar-lhe um abraço bem apertado.

Rory manteve os braços esticados bem junto ao corpo e piscou diversas vezes por trás dos óculos de aros grossos, enquanto a estranha invadia seu espaço pessoal de uma maneira que a maioria dos conhecidos de Rory sabia que não deveria fazer.

— Sinto muito sobre seu pai — Celia afirmou junto ao ouvido de Rory.

Claro que Celia dissera a mesma frase no funeral alguns dias antes. Na sala mal iluminada do velório, Rory permanecera impassível ao lado do caixão que acomodava o seu pai. Naquele momento, no escritório, ao sentir o calor da respiração de Celia no seu rosto e o que supostamente eram as lágrimas da mulher rolando no seu pescoço, Rory finalmente pôs as mãos nos ombros de Celia e se libertou do seu abraço. Bufou e se livrou da ansiedade que crescia no peito.

— Esvaziei os arquivos — Rory disse, enfim.

Com uma expressão confusa, Celia percorreu com o olhar o escritório e reconheceu a quantidade de trabalho realizado por Rory. Ela deu um tapinha na frente de seu *blazer* para se recompor e enxugou as lágrimas.

— Você cuidou disso a semana toda?

— Não, só durante esta manhã. Cheguei aqui há algumas horas.

Havia muito tempo, Rory desistira de tentar explicar sua capacidade de realizar tarefas como aquela em uma fração do tempo que os outros demandavam. Um dos motivos pelos quais nunca tinha exercido a advocacia era que aquilo a fazia morrer de tédio. Rory se lembrava dos colegas de classe passando horas estudando livros-texto que ela memorizava com uma simples passada de olhos. E outros fazendo cursos preparatórios de meses para o exame de ordem, no qual Rory passou na primeira tentativa sem abrir um único livro. Outro motivo pelo qual Rory evitava exercer a advocacia era sua grande aversão às pessoas. A ideia de barganhar com outro advogado a sentença de prisão de um criminoso insignificante causava-lhe arrepios, e o pensamento de ficar diante de um juiz fazendo uma defesa emotiva de seu caso provocava-lhe mal-estar. Ela se sentia melhor trabalhando sozinha na reconstituição de cenas de crime, com suas opiniões finais aparecendo sob a forma de um relatório escrito que acabava sobre a mesa de um detetive.

O mundo de Rory Moore era um santuário fortificado no qual poucas pessoas recebiam permissão de entrar, e um número ainda menor recebia permissão de entender. Por isso, as descobertas daquela manhã eram especialmente perturbadoras. Ela ficou sabendo que o pai tinha diversos casos ativos indo a julgamento nos próximos meses e que precisariam de assistência imediata. Rory já havia considerado a possibilidade de ser forçada a desempoeirar o diploma, engolir a amargura e, de fato, participar de uma primeira audiência em um tribunal para explicar ao juiz que o advogado principal morrera, que o caso precisaria de uma prorrogação, na melhor das hipóteses, ou de um julgamento anulado, na pior, e que ela solicitaria alguma orientação do meritíssimo para descobrir o que fazer a partir dali.

Celia puxou Rory de volta dos recônditos de sua mente:

— Só algumas horas? Como isso é possível? Parece que são todos os casos de que já cuidamos.

— São. Tudo o que consegui encontrar nas gavetas dos arquivos. Não consegui verificar os computadores.

Era mentira. Rory não teve dificuldade de acessar o banco de dados do pai. Era protegido por senha, mas mal protegido, e Rory rapidamente superou as modestas precauções de segurança e cruzou os casos dos arquivos de metal com aqueles existentes no disco rígido. Embora tivesse todo o direito de acessar os arquivos do computador, o fato de estar tão afastada do trabalho diário do escritório fazia aquilo parecer uma violação.

— Se estão nos arquivos de metal, também estão no computador — Celia informou.

— Certo. Então isso é tudo. — Rory apontou para a mesa e, em seguida, para o primeiro lote de pastas. — Esses são os casos aguardando decisão. Não vejo problema em ligar para os clientes e explicar a situação. O escritório não vai mais cuidar dos casos, e os clientes terão de procurar outros advogados. Acho que seria bastante profissional fazer uma lista de escritórios que cuidam desses tipos de casos, para que os clientes tenham algum lugar por onde começar.

— Claro — concordou Celia. — Seu pai gostaria que isso fosse feito.

— O segundo lote envolve os casos solucionados. Uma carta-padrão explicando que Frank Moore morreu deve ser suficiente. Posso deixar esses dois lotes aos seus cuidados?

— Sem problema — Celia respondeu. — Cuido disso. E esse terceiro?

Rory olhou para o último lote de pastas que colocara na mesa do pai. A visão a fez começar a respirar em ritmo fora do normal. Sentiu os muros da sua existência cuidadosamente construída e meticulosamente bloqueada vibrando ante invasores indesejados do além.

— São todos os casos em aberto do meu pai, que classifiquei em três categorias. — Rory pôs a mão sobre a primeira pilha. — Acordos judiciais com confissão de culpa atualmente em negociação: são doze. — Assim que disse isso, ela sentiu as axilas transpirando; e tocou na segunda pilha de pastas. — No aguardo de audiências: dezesseis casos. — Uma gota de suor lhe escorreu pela espinha e umedeceu a parte inferior das costas. — E finalmente... — Deslocou a mão na direção da última pilha. — ...em preparação para julgamento: três casos — informou com a voz trêmula quando disse *três* e tossiu para disfarçar o medo. Os três casos que iam a julgamento precisavam de assistência imediata.

Celia ficou apreensiva quando viu uma vermelhidão tomar conta do rosto de Rory, como se a doença cardíaca que atingira o pai dela fosse uma maldição da família e pudesse se manifestar duas vezes no mesmo mês.

— Você está bem?

Rory tossiu mais uma vez e recuperou a compostura.

— Estou bem. Vou encontrar um jeito de lidar com os casos ativos se você puder cuidar do resto.

Celia assentiu, pegando o lote de casos que aguardavam decisão.

— Vou começar entrando em contato com estes clientes agora mesmo. — Celia levou a pilha para sua mesa na recepção e começou a trabalhar.

Com a porta da sala do seu pai fechada, Rory se sentou na cadeira dele e olhou para as pastas e para as quatro latas de Diet Coke vazias que alimentaram seu trabalho matinal. Em seguida, ligou o computador e procurou advogados criminalistas em Chicago dispostos a assumir os casos.

5

Penitenciária de Stateville
15 de outubro de 2019

FORSICKS ERA SEU ALTER EGO. O APELIDO EXISTIA HAVIA tanto tempo que ele não podia garantir que responderia se fosse chamado pelo nome verdadeiro. O apelido se originou do número que lhe fora atribuído na noite da sua chegada, estampado na parte de trás de seu macacão numa letra pesada e robusta: **12276594-6**.

Antes que os carcereiros soubessem o nome de um presidiário ou o crime pelo qual ele fora condenado, sabiam o seu número. O dele fora reduzido aos dois últimos dígitos da sequência — quatro-seis, *four-six* em inglês — que, ao longo dos anos, transformou-se naquilo que a maioria dos reclusos e alguns carcereiros desinformados acreditavam ser o seu sobrenome: Forsicks.

Ele entrou na biblioteca da prisão e acendeu as luzes. Era sua casa dentro dos muros da prisão. Forsicks administrou o lugar por décadas. Nunca se interessou em levantar pesos e malhar o corpo, e juntar os animais no pátio e aliciá-los para a formação de gangues também era repulsivo. Em vez disso, encontrou a biblioteca, fez amizade com o idoso sentenciado a prisão perpétua que cuidava do lugar e esperou sua vez. O sentenciado a prisão perpétua começou a respirar com dificuldade no inverno de 1989 e não chegou a ver a última década do século XX. Um carcereiro bateu nas grades da cela de Forsicks na manhã seguinte para lhe dizer que o velho tinha partido e ganhado liberdade condicional no céu. Forsicks agora passaria a ser o responsável pela administração da biblioteca. *Não faça asneiras*. Ele não faria.

A biblioteca ficou sob seu controle durante trinta anos. No total, ele registrara quatro décadas no interior dela sem um único incidente. O histórico fora de série o tornara quase invisível, como os super-heróis que ele lia nas revistas de histórias em quadrinhos que conseguia ganhar todos os meses. Ele desprezava as revistas de histórias em quadrinhos e as novelas gráficas, mas mesmo assim fazia questão de lê-las. Dotavam-no de uma persona mais suave e o ajudavam a esconder os anseios que ainda assomavam em sua alma.

Antes da cadeia, ele estabelecera sua vida ao redor do Barato: a sensação que se apossava dele depois que passava algum tempo com as suas vítimas. O Barato controlara sua mente e moldara sua existência. Era algo do qual ele nunca poderia escapar. Após sua captura, não teve outra escolha senão se adaptar à vida na prisão. O afastamento fora angustiante. Ansiava muito pela sensação de poder e domínio que o Barato já lhe propiciara, pelo sentimento absurdo de integridade que desfrutava ao colocar o laço corrediço da tira de náilon ao redor do próprio pescoço e se oferecer à sedução da euforia que só as suas vítimas podiam proporcionar.

Porém, depois que a vertigem do afastamento ficou para trás e ele se assentou em relação aos anos à sua frente, procurou outra coisa para preencher o vazio. Logo ficou evidente o que seria. O segredo que destruíra sua vida estava enterrado em algum lugar fora dos muros da prisão, e ele decidiu passar o último capítulo da sua existência desenterrando-o.

Forsicks se sentou à sua mesa na frente da biblioteca. Somente nos Estados Unidos um homem que matara tantas pessoas poderia ter essa liberdade: uma mesa e toda uma biblioteca de prisão para administrar. Contudo, após tantas décadas naquele lugar, apenas poucos no interior conheciam a sua história. Um número ainda menor se importava. Seu anonimato era outra razão pela qual ele nunca corrigira ninguém que o chamava de *Forsicks*. Aquilo complementava seu disfarce. O mundo apagara as luzes sobre ele anos atrás. Só recentemente a luz halógena do passado começara a piscar de volta à vida. Sozinho em sua biblioteca, abriu o *Chicago Tribune* e encontrou a manchete na página 2 do jornal: "QUARENTA ANOS DEPOIS DO VERÃO DE 1979, O LADRÃO VAI SER LIBERTADO".

Seu olhar se fixou em seu antigo apelido: o Ladrão. Não podia ignorar o que o título lhe causava, a torrente sutil de adrenalina que proporcionava. Porém, também tinha consciência do aspecto negativo de uma assinatura tão perfeita: com certeza chamava a atenção e revolvia lembranças. À medida que as manchetes começaram a pipocar e os apresentadores na tevê passaram a discutir o verão de 1979, ele precisaria encontrar uma maneira de evitar os manifestantes e escapar daqueles que planejavam assediá-lo e torturá-lo. Precisava apenas de uma pequena janela de anonimato após a soltura para completar sua jornada final; o planejamento para o qual dedicara sua vida na prisão. Era uma viagem por cujo embarque aguardara décadas — e que tolamente acreditara que outros poderiam realizar por ele. Mas o Ladrão era o único que poderia desenterrar a coisa que o assombrava, o segredo que o arruinara.

Muitos anos depois do seu reinado de terror, suas vítimas permaneceram sem rosto e anônimas. Mesmo quando ele visitava as partes mais sombrias da mente e tentava evocar algo do Barato que costumava alimentá-lo, tudo o que conseguia era se lembrar parcamente de alguma das mulheres. Estavam todas mortas, apagadas da sua memória pelo tempo e pela indiferença.

Apenas uma permanecia cheia de vida na sua lembrança, nítida e presente como se quarenta anos representassem apenas um piscar de olhos, uma mera batida do seu coração. Ela era a única que ele jamais poderia esquecer. Ela percorria seus pensamentos durante os dias tranquilos na biblioteca e frequentava seus sonhos quando ele dormia. Ela era a única da qual ele se lembrava, e a sua liberdade iminente representava uma oportunidade muito tardia para amarrar as pontas soltas com ela.

Chicago

AGOSTO DE 1979

AO LADO DE CATHERINE BLACKWELL, SUA AMIGA, ANGELA Mitchell assistia ao noticiário na tevê. Na tela, uma repórter estava parada na frente de um beco escuro, enquanto o sol se punha na noite de verão. Algumas latas de lixo se achavam junto a cercas de arame, e ervas daninhas brotavam nas fendas do calçamento irregular.

— *Foi confirmado o desaparecimento de outra mulher* — a repórter informou. — *Samantha Rodgers, jovem de 22 anos de Lincoln Park, foi dada como desaparecida na terça-feira depois de faltar no trabalho. As autoridades acreditam que ela é a quinta vítima em uma série de desaparecimentos inexplicáveis que começaram na primeira semana de maio.*

A repórter caminhava ao longo da avenida. Alguns pedestres passavam por trás dela e encaravam a câmera com sorrisos estúpidos, alheios à tragédia que estava sendo relatada.

— *Os desaparecimentos começaram em 2 de maio com o sumiço de Clarissa Manning. Desde então, outras três mulheres desapareceram nas ruas de Chicago. Nenhuma foi encontrada, e a suspeita é de que os desaparecimentos estejam todos relacionados. Agora, há o temor de que Samantha Rodgers seja a última vítima de um predador que as autoridades estão chamando de o Ladrão. O Departamento de Polícia de Chicago continua a alertar as mulheres jovens para não andarem sozinhas pelas ruas. As autoridades estão pedindo quaisquer pistas sobre o paradeiro das desaparecidas e criou um disque-denúncia.*

— Cinco mulheres em três meses — disse Catherine. — Como a polícia não foi capaz de encontrar esse cara?

— Eles devem saber alguma coisa — Angela afirmou em voz baixa e controlada. — Provavelmente, estão escondendo os detalhes do público para não revelar o que sabem para esse cara.

O marido de Angela entrou na sala, desligou a tevê e a beijou de leve na testa.

— Vamos. O jantar está pronto.

— É terrível — Angela afirmou.

O marido passou o braço em torno do seu ombro e a puxou para um abraço rápido. Ele inclinou a cabeça na direção da cozinha, fazendo contato visual com Catherine quando saiu da sala.

Angela continuou a olhar para a tela apagada da tevê. A reportagem ficou gravada na sua mente, uma pós-imagem que permitiu a Angela recordar os detalhes do rosto da mulher, o beco, as placas de sinalização verdes no fundo e até os olhares idiotas dos transeuntes que atravessaram o quadro. Era tanto uma dádiva quanto uma maldição lembrar de tudo o que via. Finalmente, piscou e afastou a imagem da repórter, deixando que ela se desvanecesse de seu córtex visual. Nesse exato momento, Catherine puxou levemente o cotovelo de Angela, levando-a para a mesa de jantar.

Chicago

AGOSTO DE 1979

OS QUATRO – ANGELA E CATHERINE, JUNTO COM SEUS RES-pectivos maridos — estavam sentados à mesa de jantar. Thomas, marido de Angela, terminara de grelhar o frango e legumes, e eles preferiram a segurança do ar-condicionado da sala de jantar ao plano original de comer no terraço dos fundos. O calor e a umidade do verão estavam sufocantes, e os mosquitos não davam trégua.

— Perdoem-me passar outra noite de verão aqui dentro. — Thomas deu de ombros. — Esperamos o ano todo para o inverno ir embora, e ainda nos encontramos presos aqui dentro.

— Tenho passado todos os meus dias ao ar livre — disse Bill Blackwell, marido de Catherine. — Como um de nossos supervisores pediu demissão há algumas semanas, cabe a mim cuidar das equipes dele. Assim, um refresco em relação ao calor é tudo o que eu quero.

— Ainda não contratamos ninguém para substituí-lo? — Thomas perguntou.

Thomas e Bill eram sócios em uma empresa que implantava fundações para novas residências e pavimentava estacionamentos industriais e garagens em recintos fechados. A empresa, criada quando ambos tinham vinte anos, havia crescido e se transformado em uma empresa média com força de trabalho sindicalizada.

— Fiz um pedido ao sindicato. Eles estão procurando, mas até contratarmos alguém preciso supervisionar as equipes. Isso significa que fico ao ar livre o dia todo. E com as temperaturas rondando os trinta e cinco graus, sinto-me feliz de poder ficar sentado aqui dentro esta noite.

— Se isso serve de consolo, esta semana tive de operar a escavadeira quando um dos nossos homens ficou doente.

— Não serve não, Thomas. Operar uma escavadeira não é o mesmo que supervisionar as equipes. Se eu levar mais picadas de mosquito, posso pegar malária.

— Devemos ser mais solidárias com os homens que trabalham duro, Angela? — Catherine perguntou.

Com uma expressão distante, Angela não tirou os olhos do prato.

— Angela! — Thomas a chamou.

Ante o silêncio da esposa, ele estendeu a mão e tocou no ombro dela, assustando-a. Angela ergueu o olhar de repente, dando a impressão de ter ficado surpresa por ver os outros na sala de jantar.

— Bill acabou de dizer o quanto os mosquitos incomodam — comentou Thomas, com uma voz encorajadora. — E que ele está trabalhando mais duro do que eu. Preciso da minha esposa para me defender aqui.

Angela tentou sorrir, mas acabou simplesmente acenando com a cabeça para Thomas.

— De qualquer forma, se você levar mais picadas, terá de se preocupar menos com a malária e mais com a necessidade de uma transfusão de sangue. Parece que o Drácula o pegou — Catherine brincou, apontando para o pescoço do marido.

Bill tocou o pescoço.

— Tive uma reação alérgica ao repelente — ele revelou.

Thomas manteve a mão no ombro de Angela, numa tentativa de persuadi-la a participar da conversa. Ela colocou a mão em cima da dele e deu outro sorriso amarelo.

— Não sei se repelente de insetos funciona em vampiros.

O comentário de Angela arrancou risadas do grupo. Ela tentou se envolver na conversa, mas sua mente estava completamente tomada pela pós-imagem da repórter da tevê e pela lembrança das mulheres que haviam desaparecido naquele verão.

Chicago
AGOSTO DE 1979

OS CONVIDADOS JÁ TINHAM IDO EMBORA. NAQUELE momento, Angela apertava a parte de cima do saco de lixo e a amarrava. Junto à pia, lavando a louça, seu marido enxugou a testa com o antebraço. Para Angela, entreter-se era uma novidade, e algo ao qual ela ainda estava se adaptando. Antes de conhecer Thomas, ela jamais apreciara a experiência de amigos íntimos; ou de quaisquer amigos. Angela passara a vida à margem das normas sociais. As lembranças vívidas da sua infância a recordavam do motivo pelo qual as amizades tradicionais eram impossíveis. Quando tinha cinco anos, uma menina se aproximou dela na sala de aula do jardim de infância oferecendo uma boneca Betsy McCall e convidando-a para brincarem juntas. Desde pequena, Angela se sentia bastante incomodada quando alguém chegava muito perto dela, pois se lembrava da repulsa que experimentara ao tocar em uma boneca que tantas outras crianças tinham tocado. Mesmo antes do jardim de infância, Angela carregava suas coisas em sacos plásticos para mantê-las a salvo de germes e sujeiras. Seus pais perceberam que os acessos de Angela — descolamentos sensoriais completos — eram domados apenas quando as coisas dela estavam seguras dentro de sacos plásticos. O hábito se manteve na época do ensino fundamental, mantendo-a isolada das amizades tão firmemente quanto suas coisas eram protegidas do mundo.

Assim, receber Catherine e Bill Blackwell para jantar havia levado Angela para longe da zona de conforto na qual permanecera durante meses. Mas era uma coisa boa. Estava deixando sua vida mais normal.

Tinha de agradecer a Thomas pela sua transformação. Angela teria sempre consciência dos olhares enviesados que recebia da maior parte do mundo, mas se consolava com a aceitação de Thomas, apesar das suas muitas idiossincrasias. Com o casamento, um novo mundo se abriu. Catherine foi a primeira pessoa a quem chamou de amiga. Em torno de outras pessoas, Angela conseguia controlar muitos dos hábitos singulares, que atormentavam o resto do seu tempo. Catherine vira algumas dessas idiossincrasias e as aceitava. Como, por exemplo, a aversão ao contato físico de qualquer outra pessoa além de Thomas, a aflição que sentia com ruídos altos e o modo como ficava paralisada por algo em que a sua mente não conseguia deixar de pensar; como foi o caso naquela noite, quando viu a repórter informando que outra mulher tinha desaparecido. Angela não pudera se concentrar em mais nada pelo resto da noite.

Apesar de sua amizade com Catherine, Angela nunca se empolgou com o marido dela, um dos amigos mais próximos de Thomas. Mas isso também não parecia ser um problema para Catherine. Elas se encontravam frequentemente para almoçar enquanto seus maridos trabalhavam.

— Foi divertido — Thomas comentou.

— Sim.

— Parece que você e a Catherine se tornaram boas amigas.

— É verdade. E o marido dela também é legal.

Thomas se aproximou dela.

— O marido da Catherine tem nome, sabia?

Angela desviou o olhar, para observar os pés.

— Sei que esta noite foi difícil para você, mas se saiu muito bem. Também sei que a Catherine lhe dá certo nível de conforto, mas você não pode conversar só com ela e comigo. Precisa conversar com todas as pessoas que estão na casa, querida. É uma questão de educação.

Angela assentiu.

— E você tem de chamar as pessoas pelos seus nomes. Bill. Certo? O nome do marido da Catherine é Bill.

— Eu sei — Angela respondeu. — Ele apenas… Não estou acostumada com ele. Só isso.

— Ele é meu sócio e também um bom amigo. Portanto, nós vamos vê-lo muito.

— Vou cuidar disso.

Thomas voltou a beijar a testa da mulher, como fez no momento em que ela assistia à repórter informando a respeito do último desaparecimento. Em seguida, voltou a lavar a louça.

— Vou jogar o lixo lá fora. — Angela ergueu o saco de plástico já amarrado.

Ela saiu pela porta da cozinha e chegou ao quintal. Atravessou o pequeno terreno gramado e reparou que a porta de serviço da garagem se achava aberta. Estava escuro, e uma luz escapava do interior da garagem pela fresta da porta, formando um trapézio na grama do lado de fora. Angela lembrou que, enquanto Thomas grelhava o frango, o marido de Catherine — *Bill*, como Thomas acabara da lembrá-la — entrou e saiu diversas vezes da garagem. Foi outra parte da noite que a deixou desconfortável, pois sabia que o lugar estava uma confusão de tranqueiras e velharias. Angela sofria com coisas não estritamente organizadas, e ficou tão envergonhada com a aparência da garagem que considerou trancar a porta em certo momento da noite como forma não verbal de pedir que o marido de Catherine permanecesse no terraço.

Naquele momento, Angela fechou a porta de serviço da garagem e passou pela cerca de arame para entrar no beco escuro. Depois de erguer a tampa da lixeira, colocou o saco no recipiente vazio. Um gato miou e saiu correndo por trás das lixeiras. Assustada, ela soltou um grito e deixou cair a tampa, provocando um barulho metálico alto que ecoou através do beco. Os cachorros latiram dos terrenos adjacentes.

Angela respirou fundo e observou o beco. Um poste de luz brilhava na extremidade do quarteirão, lançando no chão as sombras oscilantes dos galhos das árvores. Em sua mente surgiu uma imagem de satélite dos limites da cidade, e ela tomou como referência sua localização naquele momento, parada no beco escuro no subúrbio. Seu pensamento se voltou para o diagrama que ela havia criado meticulosamente, no qual marcara pontos vermelhos referentes à localização presumida de cada mulher raptada. Angela destacara em amarelo brilhante a área que unia todas elas. Seu bairro se situava muito longe do pentágono colorido.

Com o peito oprimido e um tremor nas mãos, Angela recuperou a tampa da lixeira e a recolocou no lugar com certo atropelo. Em seguida, atravessou rapidamente o quintal e entrou na cozinha. Thomas acabara de lavar a louça. Então, ela escutou a transmissão do jogo de beisebol do Chicago Cubs que vinha da sala de estar. Ela o avistou sentado na poltrona reclinável, o que significava que logo estaria roncando. Cheia de adrenalina, as pontas dos seus dedos coçavam, e ela se esgueirou para o quarto e se ajoelhou ao pé da cama. Ao abrir o baú, achou as pastas com recortes de jornal e o mapa da cidade.

Angela passou toda a noite refreando suas necessidades obsessivo-compulsivas. O autocontrole que aprendera recentemente lhe fizera muito bem. Abrira um novo mundo em relação a Thomas e permitira que se tornasse amiga de Catherine. Mas Angela sabia que não podia ignorar completamente as necessidades da sua mente e as demandas do seu sistema nervoso central, que clamavam que ela organizasse, registrasse e analisasse tudo o que não fazia sentido. Angela enxergava as coisas como retas e ordenadas ou em desordem completa. Os apelos da sua mente para juntar, em ordem rígida, o que quer que fosse que não se alinhasse harmoniosamente sempre foram estridentes e impossíveis de ignorar. Mas, ultimamente, esses apelos se tornaram ensurdecedores. A ideia de que havia um homem que enganara a polícia e jogara a cidade em um estado de paralisia era a própria definição de caos. E desde que Angela dera permissão à sua psique ardente e implacável para levar em consideração aquele homem que as autoridades chamavam de o Ladrão, não fora capaz de pensar em mais nada.

Ela colocou a pilha de artigos de jornal sobre a mesinha do quarto, acendeu a luz e os espalhou diante de si. E leu-os pela centésima vez, determinada a descobrir o que todos tinham deixado escapar.

Chicago

AGOSTO DE 1979

À MESA DA COZINHA, ANGELA PASSOU A MANHÃ SEGUINTE cercada pelos recortes de jornal da semana anterior sobre o Ladrão. Ela lera os artigos até tarde da noite enquanto Thomas dormia na poltrona reclinável da sala. Naquele momento, ele tinha saído para o trabalho, e Angela estava de volta à leitura, tanto do *Tribune* como do *Sun Times*. Com uma tesoura, ela cortou com cuidado cada artigo de seu interesse. Até conseguiu um *New York Times* que incluía um breve artigo a respeito dos acontecimentos em Chicago e que traçava paralelos com os assassinatos cometidos pelo Filho de Sam três anos antes. Angela leu e releu os artigos, concentrando-se nas cinco mulheres desaparecidas e catalogando tudo que fora relatado acerca de cada vítima. Coletou fotos e criou biografias por sua própria conta. Sabia tanto sobre cada mulher que se sentia conectada a elas.

Angela se esforçou para esconder de Thomas a dimensão completa da sua aflição. Houvera períodos, no passado, em que seu transtorno obsessivo-compulsivo a consumira, assoberbando sua mente de uma maneira que impedia os rituais rotineiros da vida diária. Nos tempos mais sombrios, a doença prendera Angela à conclusão de tarefas redundantes que seu cérebro insistia serem necessárias. E quanto mais ela tentava se libertar daqueles deveres tumultuosos, mais paranoica ficava, achando que algo terrível aconteceria se ela interrompesse o ciclo de tarefas sem sentido. O ciclo de paranoia se alimentava por si mesmo até que Angela se perdia em seu poder.

Estava experimentando aquele impulso novamente, e sabia que precisava subjugar a crise de obsessão para evitar uma recaída. No entanto, Angela se sentia impotente quando sua mente se concentrava nas mulheres desaparecidas e no homem desconhecido responsável por aquilo. Ela acreditava que poderia encontrar um elo entre as vítimas. Ainda não decidira o que faria com sua descoberta. Talvez compartilhasse as conclusões com as autoridades. Contudo, tomou cuidado para não agir com precipitação. Pensar muito longe no futuro abria sua mente para especulação selvagem, causando angústia e medo. Se Thomas notasse de novo a perda dos cílios e as sobrancelhas ralas, iria se preocupar com uma recaída. Isso a mandaria de volta ao consultório do terapeuta, o que significaria o fim da sua investigação. Ela não podia deixar aquilo acontecer. As mulheres que a encaravam a partir dos recortes de jornal mereciam a sua atenção, e Angela era incapaz de ignorá-las.

Depois que os recortes de jornal foram catalogados e ordenados, Angela guardou as pastas e as recolocou no baú ao pé da cama. Eram dez da manhã quando levou seu café e dois sanduíches embrulhados em papel alumínio para a garagem, que tinha duas vagas e ficava atrás da sua casa em estilo bangalô. Um caminho cimentado conduzia do terraço da cozinha até a porta de serviço situada nos fundos da garagem, cuja frente dava acesso ao beco. Na noite anterior, Angela permitira que a imaginação criasse pesadelos irracionais a respeito do que se ocultava nas sombras escuras depois que o gato saiu correndo por trás das lixeiras. Naquela manhã, o sol brilhava, e seu medo havia passado.

Ela atravessou a porta de serviço e acionou o interruptor localizado na parede. Trepidando, a grande porta da garagem se abriu para cima e permitiu que o sol matinal iluminasse a área. Como Angela raramente se aventurava na garagem, o espaço era incompatível com a casa mantida por ela. Se o espaço fosse dela e não de Thomas, estaria arrumado meticulosamente, do jeito que tudo o mais em sua vida tinha de estar. Em vez disso, era uma bagunça só: prateleiras cheias de livros velhos e recipientes empoeirados; havia as latas de tinta usadas quando ela e Thomas pintaram o quarto; as ferramentas para reparo de carro, que Thomas empilhara no canto; e um sofá velho que eles pretendiam vender, mas nunca o tinham feito. O sofá estava imundo de pó e sujeira e coberto de revistas e jornais velhos. Ele era seu projeto matinal.

Quarta-feira era o dia de coleta de lixo, e Angela se propôs a arrastar o sofá velho até o beco para os lixeiros levarem embora. Os sanduíches eram a propina para os rapazes recolherem aquela porcaria grande e pesada. Porém, antes que conseguisse chegar ao sofá, Angela precisou retirar as revistas e os jornais que o cobriam, jogando-os no lixo. Depois de dez minutos, o sofá ficou livre de tranqueiras. Posicionando-se perto da entrada da garagem, ela agarrou o braço do sofá e puxou. O móvel era pesado. Avançando lentamente, depois de alguns minutos, ela conseguiu arrastar o sofá até o beco. Precisava movê-lo mais seis metros para alcançar a área reservada ao lixo, mas gastara sua força puxando aquele móvel pesado até ali. Voltou para a garagem a fim de recuperar o fôlego e recobrar a energia.

Respirando fundo, Angela olhou, inquieta, para as prateleiras desordenadas, sabendo que Thomas ficaria chateado se ela aplicasse no resto da garagem sua obsessão de pôr ordem nas coisas. Afinal, dissera ao marido que pretendia apenas jogar o sofá no lixo. Mas seus dedos formigaram quando ela olhou para aquelas prateleiras caóticas. Examinando os itens, encontrou coisas que tinha esquecido que existiam: antigos objetos de vidro de antes de se casarem e decorações de Natal que ela e Thomas nunca usaram.

Em outro conjunto de prateleiras, Angela topou com velhos presentes de casamento que eram supérfluos e nada práticos. Encontrou uma cesta de piquenique contendo compartimentos para garrafas de vinho em cada lateral. Nunca em sua vida ela fez um piquenique, e a ideia de bebericar vinho sentada na grama infestada de insetos causava-lhe arrepios. Angela ergueu a tampa da cesta. Algo no interior chamou sua atenção. Um exame mais atento revelou um estojo para joias.

Ela percorreu a garagem com os olhos e, depois, olhou para o beco, como se tivesse acabado de descobrir um tesouro escondido e temesse que alguém ficasse sabendo do seu segredo. Tirou o estojo do fundo do cesto e o abriu. Um raio de luz do sol matinal que penetrava pela janela lateral da garagem atingiu os diamantes do colar, destacando brilhantemente os peridotos verdes que eles circundavam. Não era incomum Thomas fazer compras extravagantes. Ele fizera isso no passado, e o aniversário de Angela aconteceria dentro de apenas uma semana. Ela imediatamente se sentiu culpada de ter estragado a surpresa do marido.

— Posso lhe dar uma mão?

A voz grave e desconhecida fez Angela estremecer. Ela deixou cair o colar de volta no cesto e se virou, vendo-se frente a frente com um estranho. Seus pulmões se expandiram em um suspiro involuntário, e um gemido escapou no ar. O homem estava no beco perto do sofá, mas sua presença parecia muito mais próxima. Seus olhos eram fundos, obscurecidos pela luz matinal que brilhava atrás dele e desenhava sua silhueta. A presença escura da sua sombra avançava pelo chão da garagem, chegando tão perto de Angela que sua pele se arrepiou toda.

— Parece que você está empacada.

— Não, não — Angela disse sem pensar. Cambaleante, começou a recuar em direção à porta de serviço às suas costas. Como regra geral, sempre que possível, Angela Mitchell evitava o contato visual. Contudo, os buracos cor de carvão no rosto do homem eram muito enigmáticos para serem ignorados.

— Posso ajudá-la a empurrar o sofá até as latas de lixo — o homem se ofereceu. — Você o está jogando fora, não está?

Angela assentiu. Sua mente se voltou para as biografias que juntara sobre as mulheres desaparecidas, os artigos de jornal que analisara e estudara, o mapa da cidade marcado com os locais dos desaparecimentos e o pentágono amarelo brilhante que destacara para demarcar a área da cidade a evitar. Naquele momento, ela viu-se possuída pelo mesmo pavor de quando o gato de rua miou por trás das latas de lixo. Na noite anterior, ela sentira a presença de outra pessoa, e correra de volta para casa antes que sua mente se concentrasse demais no sentimento. E desde então, Angela trabalhou duro para compartimentar o pensamento, para suprimir a ideia de que alguém estivera presente com ela no beco, vigiando das sombras. Permitir que sua mente se concentrasse naquele medo, permitir que a sua psique lançasse fogo no estopim da sua ansiedade, tinha o poder de deixá-la louca. Uma vez acesas, ela seria incapaz de conter as chamas.

Anos antes, um pensamento errante como aquele poderia colocá-la em um tal estado de paranoia e obsessão que a faria se trancar dentro de casa, checar e voltar a checar as fechaduras da porta, saltar da cama no meio da noite para se certificar de que cada janela estava fechada, tirar o telefone do gancho cem vezes seguidas para ter certeza de que havia sinal de discagem e que o aparelho funcionava. Seus esforços nos últimos anos tinham sido grandes demais para que agora aceitasse permitir que sua nova vida fosse arruinada pelo funcionamento interno da sua mente confusa. Porém, naquele momento, com o olhar fincado no homem no beco, Angela desejou que tivesse prestado mais atenção aos alertas enviados pelo seu cérebro na noite anterior.

— Meu marido já vai aparecer — ela conseguiu dizer. — Ele me ajudará a terminar o serviço.

O homem observou para além de Angela, através da porta de serviço aberta atrás-dela, alcançando os fundos do bangalô. Ele apontou lá.

— Seu marido está em casa?

— Sim — Angela afirmou rápido demais.

O homem deu um passo à frente na direção do declive da garagem, trazendo sua sombra escura para mais perto até que ela escalasse as pernas de Angela. Ela quase podia sentir.

— Tem certeza de que não quer ajuda?

Angela recuou mais um pouco e se virou. Saiu correndo pela porta de serviço e atravessou o quintal. Alcançou a porta da cozinha e se atrapalhou com a maçaneta. Porém, logo que conseguiu abrir a porta, entrou na segurança da sua casa e girou imediatamente a chave na fechadura. Ao puxar as cortinas para o lado para espiar o lado de fora, avistou o homem perto do sofá abandonado, olhando para a porta aberta da garagem nos fundos da casa de Angela. Então, os freios rangentes do caminhão de lixo chiaram quando ele fez a manobra para entrar no beco. O estranho olhou para trás e saiu correndo com a aproximação do caminhão.

As mãos de Angela tremiam. Ela não conseguiu voltar para o beco para conversar com os lixeiros e entregar os sanduíches em troca de levarem o sofá. Em vez disso, correu para o banheiro, ergueu a tampa do vaso sanitário e vomitou até os olhos lacrimejarem e o peito doer.

6

Chicago, 16 de outubro de 2019

RORY MOORE PAROU PERTO DA VIATURA POLICIAL SEM
identificação. Ela baixou a janela e empurrou os óculos sem grau para o
alto do nariz. Estava escuro e sombreado no interior do seu carro. Rory
tinha certeza de que o detetive Davidson não podia ver seus olhos, o que
sempre era uma vantagem.

O detetive passou-lhe um envelope pardo pela janela.

— Autópsia e exames toxicológicos — ele informou. — Além de todas
as anotações e todos os interrogatórios sobre o caso.

Rory pegou o pacote, viu o nome de Camille Byrd impresso na parte
inferior da pasta e pensou na boneca Kestner quebrada e nos pedidos de
socorro do pai. Rory colocou a pasta sobre o assento do passageiro.

— Você está oficialmente no caso, Gray. Preenchi a papelada esta
manhã.

— Quando foi a última vez que algum dos seus rapazes examinou
isto? — Rory quis saber.

Davidson inchou as bochechas ao expirar um suspiro de derrota. Rory
sabia que ele se sentia constrangido por causa da resposta que estava prestes a apresentar.

— Faz mais de um ano, com nada novo em meses e mais de quinhen-
tos outros homicídios até agora este ano. Está frio.

A mente de Rory a levou de volta para a manhã no Grant Park,
quando Ron mostrou-lhe onde o corpo congelado de Camille fora encontrado. Rory sentiu uma pontada de dor no peito, como sentia em relação

às vítimas de todos os casos que enfrentava. Por isso ela era tão seletiva. Dentro do mundo minúsculo da reconstituição criminal, ninguém poderia fazer o que Rory Moore realizava rotineiramente. Ela dava fôlego novo a casos mais frios do que um inverno de Chicago. Simplesmente estava em seus genes. Seu DNA era programado tanto para enxergar aquilo que os outros deixavam escapar como para ligar pontos que pareciam dispersos e incongruentes para todo mundo. Rory deixava as reconstituições óbvias — acidentes de carro e suicídios — para outras pessoas de seu grupo profissional, que estavam mais bem preparadas para lidar com esses casos triviais, esses que os detetives conseguiam desvendar com um pouco de esforço e um golpe de sorte. Esses casos clínicos jamais desafiaram Rory. Ela reconstituía homicídios de casos arquivados ou não esclarecidos, casos que os outros haviam abandonado e dos quais haviam desistido. Contudo, realizava isso desenvolvendo uma ligação pessoal e profunda com as vítimas, tomando conhecimento da história delas, descobrindo primeiro quem eram. Por que tinham sido mortas sempre vinha em seguida. Era uma técnica que exigia demais, que a exauria emocionalmente e muitas vezes a aproximava da vítima para quem ela buscava justiça mais do que de qualquer outra pessoa da sua vida. Mas essa era a única maneira que Rory conhecia de fazer o seu trabalho.

Ela sabia que Ron Davidson, que dirigia a divisão de homicídios do Departamento de Polícia de Chicago, estava sob pressão de todas as ordens, políticas e sociais, para tirar da lama a taxa de homicídios não esclarecidos de Chicago. A cidade tinha uma das menores taxas de homicídios esclarecidos do país. Assim, o fato de Rory ter concordado em assumir o homicídio não esclarecido de Camille Byrd representava uma oportunidade para Ron solucionar um caso da sua lista sem gastar muitos recursos. Rory reconstituía crimes sozinha, recusando o auxílio de qualquer um dos detetives. A divisão mantinha Rory como prestadora de serviços havia anos, e se ela não fosse tão seletiva com os casos que assumia, teria um novo caso por semana.

— Vou dar uma olhada e entro em contato para comunicar meu parecer — Rory finalmente disse.

— Mantenha-me informado.

A janela do carro de Rory começou a subir.

— Ei, Gray! — Davidson exclamou.

Rory parou de subir a janela e olhou para ele por cima do vidro.

— Sinto muito pelo seu pai.

Rory assentiu e terminou de fechar a janela. Em seguida, os dois carros partiram em direções opostas.

7

Chicago, 16 de outubro de 2019

RORY ENTROU NA CASA DE REPOUSO E SE DIRIGIU AO quarto 121. As luzes estavam apagadas, e o brilho da tevê deixava o aposento mergulhado em um tom azulado. Uma mulher estava deitada com os olhos abertos, mas sem se dar conta da presença de Rory, que se aproximou da cama hospitalar que ostentava grades de proteção altas em cada lado. Ela se sentou na cadeira adjacente e fitou a mulher, que continuou a assistir à tevê como se Rory fosse invisível.

Então, ela estendeu o braço e pegou-lhe a mão.

— Tia Greta. Sou eu: Rory.

Sua tia-avó sugou os lábios para dentro da boca, como fazia depois que as enfermeiras retiraram sua dentadura.

— Greta? — Rory sussurrou. — Você pode me ouvir?

— Eu tentei salvar você — a velha afirmou. — Eu tentei, mas havia muito sangue.

— Tudo bem, tia, não faz mal.

— Você estava sangrando. — A tia-avó olhou para Rory. — Havia muito sangue.

Uma enfermeira entrou no quarto.

— Desculpe, eu tentei alcançá-la antes que você entrasse. Ela está num dia ruim. — A enfermeira ajustou os travesseiros atrás da cabeça de Greta e colocou um copo de isopor branco com um canudo depois de posicionar uma mesinha sobre a cama. — Aqui está sua água, querida. E não há sangue por aqui. Odeio sangue. Por isso trabalho neste lugar.

— Ela está assim faz quanto tempo? — Rory quis saber.

A enfermeira olhou para ela.

— A maior parte do dia. Estava bem, ontem. Mas, como você sabe, a demência leva para outra parte da vida. Às vezes, apenas por um curto tempo. Outras vezes, demora muito mais. Vai passar.

Rory assentiu e apontou para o copo de isopor.

— Vou fazê-la beber.

A enfermeira sorriu.

— Me chame se precisar de alguma coisa.

Assim que a enfermeira partiu, a tia-avó de Rory voltou a olhar para a sobrinha.

— Eu tentei salvar você. Havia muito sangue.

Greta fora enfermeira muitos anos atrás, mas a demência que devastava sua mente a arrastava de volta para os momentos mais sombrios da sua profissão.

Ela ficou em silêncio e voltou a fitar a tevê. Rory sabia que aquela seria uma visita difícil. Aos noventa e dois anos, a capacidade mental da sua tia-avó variava muito. Às vezes, ela se mostrava atenta como sempre fora. Em outras ocasiões, como naquela noite e ao longo das últimas duas semanas desde que Greta soube da morte do pai de Rory, ela se perdia no passado. Em um mundo que Rory era incapaz de penetrar. Nos últimos anos, a melhor chance de encontrar a tia-avó em um estado de lucidez era à noite. Em algumas noites, Rory chegava e ia embora em questão de minutos. Em outras, quando tia Greta se mostrava alerta e falante, ficava até as primeiras horas da manhã conversando e rindo; algo que Rory lembrava que a tia-avó fazia quando ela era criança. Poucas pessoas entendiam completamente Rory Moore. Sua tia Greta era uma delas.

— Greta, você se recorda do que lhe falei sobre o papai? Sobre Frank, seu sobrinho?

Greta mordeu um pouco mais os lábios invertidos.

— O funeral foi na semana passada. Tentei levá-la, mas você não estava se sentindo bem. — Rory viu a mastigação de sua tia-avó ficar mais rápida. — Você não perdeu nada. Exceto eu me esquivando no canto, tentando evitar todo mundo. Poderia ter usado você como escudo.

Isso provocou um olhar fugaz de Greta e a contração sutil de um sorriso. Rory sabia que viera em uma noite que oferecia poucas oportunidades.

— Existe melhor maneira de desviar a atenção de mim do que empurrar a cadeira de rodas de uma velhinha que todos adoram?

Rory sentiu a tia-avó apertar sua mão. Uma lágrima se formou na pálpebra de Greta e depois rolou pelo seu rosto. Rory se levantou e rapidamente tirou um lenço de papel da caixa para enxugar o rosto da tia.

— Ei... — Rory procurava o contato visual que normalmente tentava evitar. — Peguei um trabalho difícil e vou precisar da sua ajuda. É uma boneca Kestner com uma rachadura complicada na órbita do olho esquerdo. Consigo repará-la, mas talvez precise de algum auxílio com a coloração. A porcelana está desbotada, e vou ter de colorir o epóxi. Você quer me ajudar?

Greta olhou para Rory e parou de mastigar os lábios. Em seguida, assentiu com um gesto sutil de cabeça.

— Ótimo — Rory afirmou. — Você é a melhor, e me ensinou tudo o que sei. Vou trazer tintas e pincéis da próxima vez que eu vier visitá-la. Então, você poderá dar uma olhada.

Rory recostou-se na cadeira ao lado da cama, voltou a pegar na mão de Greta e passou uma hora vendo a tela da tevê sem som até ter certeza de que sua tia-avó adormecera.

8

Chicago, 16 de outubro de 2019

ELA PAROU O CARRO NA FRENTE DO SEU BANGALÔ E O ESTA-cionou na rua, ocupada pelos veículos dos vizinhos. Passava das onze da noite, e Rory sentia-se bem depois de visitar Greta. Não era sempre que se sentia bem ao deixá-la. O Alzheimer e a demência tinham roubado a maior parte da personalidade da sua tia-avó, transformando-a às vezes em uma velha desagradável, que podia proferir insultos como um marinheiro bêbado em um momento, e balbuciar palavras incoerentes, no seguinte. Apesar da ferocidade do insulto, a versão torpe de Greta era preferível à alma inexpressiva e de olhos vazios que Rory costumava encontrar quando ia vê-la. Cada uma das personalidades de Greta era tolerada porque ocasionalmente, como naquela noite, havia um vislumbre da mulher que Rory amara a vida inteira. Fora uma noite positiva.

O cachorro do outro lado da rua latiu quando Rory subiu os degraus e inseriu a chave na fechadura da porta da frente. Antes de entrar em casa, ela pegou a correspondência. Colocou a pilha de envelopes, junto com o laudo da autópsia de Camille Byrd, na mesa da cozinha e tirou um copo do armário. A prateleira do meio da geladeira tinha seis garrafas de Three Floyds Dark Lord, uma cerveja preta "impossível de encontrar" cujo estoque Rory conseguia manter por meio de um contato em Indiana. Cada garrafa de 650 ml estava alinhada com o rótulo para a frente, em fileiras perfeitas — da única forma que a Dark Lord deveria ser estocada. Ela apanhou uma garrafa da frente, abriu a tampa, despejou a cerveja em um copo alto e reforçou com um pouco de suco de groselha. Com um teor alcoólico de quinze por cento, a cerveja era mais forte do que a maioria dos vinhos, e só era preciso alguns copos para obter o efeito desejado. Na mesa da cozinha, empurrou a pilha de correspondência para a direita e puxou para si o envelope pardo que recebera do detetive Davidson. Tomou dois grandes goles de cerveja, respirou fundo e começou, tirando a pasta do envelope e a abrindo na primeira página do laudo da autópsia.

Quando morreu, Camille Byrd tinha vinte e dois anos e era recém-formada da Universidade de Illinois. Ela terminara a faculdade em maio e ainda procurava um emprego para pôr em prática seu curso de comunicação. Morava em Wicker Park com duas colegas de quarto. O médico-legista determinou a causa da morte: sufocamento ou estrangulamento manual. O tipo de morte: homicídio. Nenhuma evidência de agressão sexual.

Rory tomou mais dois goles de cerveja, virou a página e leu as descobertas do médico-legista. Sinais clássicos de asfixia foram notados: líquido ensanguentado nas vias aéreas, inchaço dos pulmões, petéquias no rosto e hemorragia subconjuntival nos olhos. Existiam contusões graves no pescoço de Camille, junto com fraturas no osso hioide e na laringe, confirmando a conclusão de estrangulamento. A presença de marcas de "impressão digital" não deixava dúvidas. Rory pôs uma foto da autópsia diante de si e releu as constatações. Camille Byrd desapareceu numa noite, e seu corpo foi encontrado na noite seguinte. A rigidez cadavérica e a lividez permitiram que o horário da morte fosse estimado em vinte e quatro horas antes da descoberta do cadáver. Quem matou Camille Byrd fez isso rapidamente. Leucotrieno B4 foi detectado em amostras da pele, Rory leu, indicando que o hematoma no pulso tinha ocorrido *ante mortem*, isto é, antes de a garota morrer, e agora estaria presente para sempre, uma vez que o poder de cura do corpo desaparecia com o último suspiro.

Rory passou uma hora na sua casa silenciosa, folheando o resto do laudo do médico-legista. Em seguida, passou para as anotações do detetive. O laudo da autópsia fora criado em computador, enquanto a divisão de homicídios do Departamento de Polícia de Chicago ainda trabalhava com formulários de papel. A abertura da pasta revelou uma caligrafia feia e brusca, difícil de decifrar. Rory tinha certeza de algum vínculo freudiano entre a caligrafia terrível dos detetives do sexo masculino e suas mães, como se a escrita infantil fosse uma prova da necessidade masculina constante por mimos.

Por uma hora, e ao longo do consumo de outra Dark Lord batizada com um pouco de suco de groselha, Rory leu sobre a vida de Camille Byrd. Desde a infância, passando pelo dia em que desapareceu, até a manhã em que seu corpo congelado foi encontrado no Grant Park. Rory tomou notas, em espaço simples, uma sentença após a outra, até que preencheu uma página inteira. Ao contrário do detetive, Rory tinha uma caligrafia perfeita. No entanto, sem espaços entre as sentenças e com poucos sinais de pontuação, ela tinha certeza de que suas anotações pareciam quase tão indecifráveis quanto os garranchos grosseiros do detetive.

Ao fechar a pasta, Rory sabia que estava muito longe de conhecer Camille Byrd e que também seria necessário encontrar as respostas que procurava. Mas aquela noite era um começo. Empilhando os papéis ao seu lado, Rory finalmente fechou os olhos, acalmou a mente e permitiu que os fatos se consolidassem. Naquela noite, sonharia com Camille Byrd do modo como sempre sonhava com as vítimas que estudava. Era como cada reconstituição começava. Ela escolhia cada caso cuidadosamente e dedicava toda sua atenção até chegar a uma conclusão e entregar tudo para que os detetives terminassem o trabalho.

Após vinte minutos de meditação, Rory ergueu as pálpebras e respirou fundo. Carregou as pastas para o seu escritório e as colocou de modo organizado sobre a mesa. Pegou a foto de 20 por 25 centímetros de Camille Byrd e a fixou no grande quadro de cortiça localizado na parede. Marcado com diversos furos de reconstituições anteriores, o quadro contara muitas histórias perturbadoras ao longo dos anos. Naquela noite, os ecos dos casos pregressos não foram ouvidos quando Rory olhou para a foto de Camille Byrd, que olhava de volta de algum lugar sobrenatural, esperando pela ajuda dela.

Ao sair do escritório, Rory deixou as luzes acesas. Com o resto da casa no escuro, ela pegou outra cerveja na geladeira e se dirigiu para o seu recanto. O cômodo possuía somente iluminação indireta, sem lâmpadas no teto. Eram apenas refletores cuidadosamente posicionados. O primeiro interruptor acionado por Rory acenderam refletores que revelaram prateleiras embutidas e as silhuetas de duas dúzias de antigas bonecas de porcelana postas em saliências. Com três bonecas por prateleira e em colunas contínuas, a iluminação indireta proporcionava uma combinação perfeita de claridade e sombra. O rosto de porcelana de cada boneca brilhava sob a magia da iluminação, com a coloração e o polimento impecáveis.

Encontravam-se ali exatamente vinte e quatro bonecas. Uma a menos deixaria um lugar vago que torturaria Rory até que o espaço vazio fosse preenchido. Ela já tentara remover uma boneca sem substituí-la por outra. O espaço não preenchido criava um desequilíbrio em sua mente que impedia o sono, o trabalho e o pensamento racional. O desconforto torturante se dissipava, Rory descobriu, só depois que ela preenchia o local vago com outra boneca, deixando a prateleira completa. Ela se conformara com essa aflição anos antes e finalmente parou de combatê-la. Estava entranhada nela desde a infância, quando ficava postada na casa de tia Greta olhando para as prateleiras repletas de bonecas. O amor de Rory por restauração se originou em seus anos de formação, quando passava os verões com Greta restaurando bonecas quebradas e as deixando como novas. Agora, o recanto de Rory parecia o mesmo por mais de uma década, e era uma réplica da casa de tia Greta de anos atrás, com as prateleiras embutidas repletas com algumas de suas restaurações mais incríveis, sem a existência de nenhum lugar vago.

Uma gaveta estreita estava posicionada embaixo de cada prateleira, na qual ficavam guardadas fotos de antes da restauração de cada boneca apresentada na saliência acima. As fotos de 20 por 25 centímetros em papel cuchê retratavam rostos rachados, olhos ausentes, lágrimas pontudas que derramavam enchimento branco, roupas manchadas, membros ausentes e porcelana desbotada que tinha perdido seu brilho ao longo de anos de vida. As imagens nas gavetas contrastavam totalmente com as bonecas sem defeitos colocadas nas prateleiras acima, que Rory ressuscitara meticulosamente.

Sentada em sua bancada de trabalho, Rory acendeu a luminária de haste curva e dirigiu o facho para a boneca Kestner danificada que o pai de Camille Byrd usara para atraí-la na reconstituição da morte da filha. Ela tomou outro gole de Dark Lord e começou o exame superficial, fotografando a boneca de todos os ângulos até finalmente deitá-la de costas e tirar uma foto conclusiva que se tornaria a imagem do "antes" em relação à qual sua restauração seria avaliada. O efeito da cerveja junto com a preocupação em relação a um novo projeto — tanto a boneca da infância de Camille Byrd como a mulher em si — foram suficientes para penetrar nas dobras profundas do cérebro de Rory e distraí-la da imagem torturante dos arquivos à espera de resolução no escritório de advocacia do pai. A distração de um novo projeto foi suficiente para empurrar para as sombras da sua mente o pensamento do seu pai morrendo sozinho em casa.

9

Penitenciária de Stateville
17 de outubro de 2019

DÉCADAS ATRÁS, POR UM CURTO PERÍODO, A SUA FÚRIA assassina o tornou uma celebridade. No entanto, pouco depois da sua condenação, o mundo seguiu em frente e praticamente se esqueceu do Ladrão. Apenas nos últimos meses sua estrela começou a ascender novamente, quando alguns jornalistas passaram a reviver o verão de 1979, apresentando as mulheres enumeradas informalmente como suas vítimas. Familiares foram localizados. Amigos, agora grisalhos e enrugados pela idade, falaram da proximidade, esquecida havia muito tempo, com aquelas que perderam. Âncoras ambiciosos reprisaram filmagens antigas em uma tentativa de recapturar o pânico da cidade durante aquele verão sufocante, quando o Ladrão andava solto pelas ruas cheias de sombras de Chicago, aproximando-se de jovens mulheres que nunca mais seriam vistas.

E agora, à medida que sua celebridade começava a lenta ascensão, ele precisaria confiar no homem que mais o ajudara ao longo dos anos. Tinha acesso ao sistema de e-mail da prisão, mas o processo de receber e enviar mensagens era enfadonho, e as regras prisionais impunham uma contagem estrita de palavras em seus e-mails. Era mais rápido e mais fácil escrever cartas à mão e enviá-las pelo correio, o que ele fizera diversas vezes nas últimas três semanas, mas sem receber qualquer resposta. O Serviço Postal dos Estados Unidos — correio da prisão — sempre fora sua forma mais rápida de comunicação, mais até do que uma chamada telefônica, que exigia que ele fizesse um pedido formal, esperasse a aprovação e então agendasse uma data e um horário para utilizar o telefone público do presídio. Quando precisava entrar em contato com o advogado, ele sempre preferia simplesmente escrever uma carta, colocá-la em um envelope e deixá-la cair em uma caixa de correio. No entanto, depois de duas semanas sem uma resposta, ele decidiu requerer uma chamada telefônica. Com a audiência final da comissão de livramento condicional se aproximando rapidamente, seu advogado mantivera contato constante com ele para falar dos detalhes da soltura iminente. Porém, nas últimas duas semanas, o advogado ficara em silêncio e inacessível.

Naquele momento, enquanto esperava, o Ladrão, deitado em seu beliche, cruzou as mãos sobre o peito. Havia um desequilíbrio no universo. Ele conseguia intuir. A passagem do tempo nunca fora um desafio. Pelo menos, não por muitos anos. Mas ultimamente, desde que a comissão de livramento condicional aprovara sua soltura, o tempo tornou-se algo mais difícil de ser gerenciado. Sua sentença estava chegando ao fim, e ele se permitia sentir o gosto do que o esperava do lado de fora. Era uma prática perigosa considerar os pensamentos sobre as liberdades que logo chegariam a ele. Era especialmente perigoso imaginar a satisfação de encontrá-la. Mesmo assim, apesar dos riscos, ainda deitado em seu beliche, ele fechou os olhos e imaginou finalmente ficar frente a frente com ela. Que momento feliz seria. Finalmente, a mulher que o colocara ali receberia o troco.

— Forsicks — disse o guarda, interrompendo-lhe os pensamentos —, você tem direito ao telefone hoje?

Ele se sentou rápido e se levantou do beliche.

— Sim, senhor.

O guarda virou a cabeça e, com uma voz estridente, gritou, alcançando todo o comprimento da unidade de celas:

— Um, dois, dois, sete, seis, cinco, nove, quatro, seis.

Sua voz ecoou nas paredes e convocou os prisioneiros para a frente das suas celas, onde meteram os braços através das barras e apoiaram os cotovelos sobre o metal, para observar o que estava ocorrendo.

A porta da cela de Forsicks se abriu, e o guarda fez um sinal para que o prisioneiro assumisse a dianteira enquanto eles percorriam o longo corredor. Não percebendo nada estimulante, os outros prisioneiros voltaram para o interior de suas celas. O guarda e Forsicks se aproximaram do final do corredor, e uma porta zumbiu quando Forsicks a empurrou. O outro guarda que o esperava do outro lado fez uma rápida revista e, em seguida, apontou para um telefone público isolado na parede.

Forsicks passou pela rotina de navegar pelo sistema telefônico automatizado da prisão, que permitia chamadas a cobrar, digitou o número de memória e ouviu o ruído de estática do outro lado. Após o oitavo toque, a chamada caiu no correio de voz, e ele ficou sabendo que a caixa de correio eletrônico do seu advogado estava cheia.

O universo estava fora do eixo. Algo dera errado. Todas as suas fantasias a respeito de encontrá-la começaram a desaparecer.

Chicago

AGOSTO DE 1979

O VÔMITO PROSSEGUIU POR TODA A SEMANA APÓS O encontro com o estranho no beco. A cabeça mergulhava em vertigem e o estômago revirava de náusea toda vez que Angela pensava naquela manhã. O sofá sujo ficou abandonado o dia todo. Os lixeiros não tocaram nele. Por ter sido colocado em um ângulo estranho no declive da garagem, Angela imaginou que eles deduziram que o sofá estava ali temporariamente enquanto a garagem estaria sendo limpa. Ela observara através da fenda da cortina que cobria a janela da cozinha o caminhão de lixo parado no beco, os lixeiros esvaziando as lixeiras transbordantes na traseira, depois saltando de volta sobre o para-choque e o motorista voltando a movimentar o veículo pelo beco. Angela não conseguiu abrir a porta da cozinha e correr pelo beco para pedir que levassem embora o sofá.

Naquele dia, no começo da tarde, Angela ouviu uma buzina. Seu vizinho tentava entrar com o carro na garagem, que ficava bem em frente à de Angela, mas não conseguia passar pelo sofá. Como era típico em Chicago, o toque constante da buzina de alguém era a solução escolhida para quase todos os problemas enfrentados por um motorista, incluindo um veículo lento na frente, crianças jogando bola na rua ou um sofá abandonado em um beco. Quando o toque da buzina alcançou cinco minutos estressantes, Angela finalmente criou coragem para sair de casa. Ela puxou o sofá de volta para a garagem, fechou a porta, correu de volta para o bangalô e se trancou lá dentro. *Uma. Duas. Três vezes, para ter certeza.*

Angela contou para Thomas sobre a aventura do dia logo que ele entrou em casa. O marido sugeriu que ligassem para a polícia, mas quando discutiram o assunto mais um pouco, Angela ficou confusa, sem saber exatamente o que relataria. Que um estranho, e provavelmente um vizinho, fora bastante gentil de oferecer uma ajuda? Que um gato a assustara na noite anterior e a fez sentir que estava sendo vigiada? Angela sabia como essa conversa se desenrolaria. Já podia ver os olhares de viés que os policiais trocariam uns com os outros enquanto ela gaguejava sua explicação, o tempo todo dando o melhor de si para evitar contatos visuais. O tique nervoso de arrancar os pelos da sobrancelha seria encarado como uma doença contagiosa. Então, os policiais pediriam desculpas e falariam com Thomas em particular a respeito da sua mulher paranoica, que estava claramente vendo mais coisas do que realmente tinham acontecido. Quanto mais ela discutia o incidente com Thomas, mais absurdo parecia chamar a polícia.

Mais urgente agora, uma semana depois, era o medo de Angela de estar à beira de um colapso obsessivo-compulsivo. Que ela até reconhecesse sua aproximação iminente, como nuvens negras no horizonte, poderia ser considerado um progresso. Anos antes, a aflição se apossaria dela sem aviso e roubaria uma semana ou um mês. Então, as exigências da sua mente a encaminhariam para tarefas supérfluas e sem sentido. Mas no novo paradigma da sua vida, Angela não só sentia o colapso se aproximando como também lutava muito para impedi-lo. À medida que combatia o seu distúrbio, também se esforçava para esconder o pior de seus sintomas de Thomas. A falta de cílios era camuflada por uma aplicação espessa de rímel nos poucos fios restantes, e um lápis de olho disfarçava as sobrancelhas ralas. Apesar do calor sufocante, Angela passou a usar calças jeans e blusas de manga comprida em vez de shorts e regatas, para ocultar as cicatrizes sangrentas que marcavam os ombros e as coxas, provenientes da coceira de fundo emocional.

No entanto, o mascaramento dos sintomas era uma muleta perversa que piorava as coisas. Quanto mais Angela fosse capaz de ocultar os hábitos da automutilação, mais dramática se tornava sua dependência em relação a ela. Tentou se conter com truques sutis que haviam funcionado no passado. Mantinha as pontas dos dedos escorregadias com vaselina, o que dificultava a ação de agarrar os fios das sobrancelhas. E conservava as unhas aparadas rentes às raízes para torná-las ferramentas benignas quando atacava a pele. Até aquele momento, vinha conseguindo manter escondido o pior do seu colapso.

O vômito, porém, estava virando um problema. Thomas o notou certa manhã e a questionou. Angela lhe disse que era resultado de comida chinesa estragada. Na realidade, a náusea se manifestava toda vez que ela se entregava com furor aos pensamentos sobre o estranho do beco. Todas as manhãs, depois que Thomas saía para o trabalho, Angela passava horas puxando para o lado as cortinas da porta da cozinha para poder observar o beco. Uma rotina se desenvolveu: puxar a cortina, verificar o beco, fechar a trava da porta, tirar o telefone do gancho, ouvir o sinal de discagem, repetir. A única coisa que quebrava o círculo vicioso era a necessidade de vomitar. Seu estômago se embrulhava quando a imagem do homem parado no beco, espiando através da porta aberta da garagem surgia em sua mente. Isso a enviava para o banheiro em violentos surtos de engulho.

Uma semana depois do encontro inesperado no beco, durante um raro momento de lucidez, Angela encontrou um frasco de Valium com a validade vencida e que fora receitado pelo seu médico anterior. Ela descobriu que, ao engolir um comprimido a cada seis horas, relaxava, conseguia dormir à noite e afastava da mente o encontro na garagem. Era uma solução temporária até ela conseguir raciocinar por si mesma e tranquilizar a mente. Angela superara a obsessão antes. Poderia superá-la mais uma vez.

Sob os efeitos calmantes do Valium, Angela se convenceu de que era possível, e até provável, que o estranho que encontrara no beco não fosse nada mais do que um bom samaritano oferecendo ajuda. Além disso, era muito *im*provável que o horror das mulheres desaparecidas pudesse se estender para assim tão longe, até os limites da cidade, onde ela levava uma vida sossegada. Angela respirou fundo e tentou firmar os dedos trêmulos enquanto se servia do café matinal. Deteve o olhar antes que observasse pela centésima vez o beco através da janela dos fundos. Em vez disso, forçou os pensamentos a se concentrar nas mulheres desaparecidas e nos perfis por ela criados. Fazia dias que pensava nelas.

Angela pegou os recortes de jornal do baú em seu quarto e os espalhou pela mesa da cozinha. Por duas horas, estudou os casos das mulheres desaparecidas e as anotações que fizera sobre cada uma delas. Talvez fosse o recomeço da sua mente acontecendo depois de uma semana perdida de paranoia, ou o Valium liberando seus pensamentos para fluírem de um modo como não fluíram nas semanas pregressas, mas o fato foi que, durante a leitura dos perfis, ela enxergou algo que tinha deixado escapar. Sua mente percorreu as informações catalogadas como se consultasse microfilmes na biblioteca. De repente, os artigos que lera nos últimos anos se reuniram na sua mente, e ela descortinou um padrão que sempre estivera ali, esperando para ser descoberto, mas que até aquele momento passara despercebido. Angela sentiu a mente disparar e tomou notas rapidamente, mas o esforço de combater o transtorno obsessivo-compulsivo na última semana desgastara seus neurônios, e isso trouxe insegurança. Com toda a certeza, ela estava errada.

Deixando suas inseguranças de lado, Angela tomava notas freneticamente enquanto os pensamentos lhe escapavam, com receio de que, se não os capturasse na página, eles se perdessem para sempre. Ela se lembrou com grande clareza dos artigos de jornal que havia lido anos antes e rabiscou nomes e datas a partir das imagens que lhe ocorriam. Ao terminar, consultou o relógio. Era quase meio-dia. Angela se sentara à mesa da cozinha fazia três horas, mas parecia que estava ali por apenas alguns minutos.

Depois de vestir rapidamente uma calça jeans e uma blusa de mangas compridas, Angela enfiou as anotações na bolsa. Uma onda de náusea se apoderou dela quando se imaginou saindo de casa, mas não teve escolha. Precisava ir à biblioteca para confirmar as suspeitas. Também sabia que teria de tomar outra precaução. Tinha de confirmar que seus pensamentos eram lúcidos e coerentes, e não o resultado da sua paranoia. E essa confirmação só podia vir de uma pessoa.

Angela pegou o telefone e digitou o número de Catherine.

— Alô?

— Catherine... — Angela disse, baixinho.

— Angela?

— Sim, sou eu.

— Está se sentindo melhor? Thomas disse a Bill que você adoeceu desde a noite em que jantamos juntos.

Angela considerou que talvez não tivesse escondido seus sintomas tão bem quanto imaginava.

— Estou melhor, mas preciso conversar com você. Podemos nos encontrar?

— Claro. Algo errado?

— Não. Só preciso de alguma ajuda. Posso dar uma passada na sua casa daqui a pouco?

— Sem dúvida — respondeu Catherine.

Angela desligou o aparelho sem se despedir, correu para o banheiro e vomitou.

Chicago

AGOSTO DE 1979

ANGELA MITCHELL PASSOU DUAS HORAS ENTRE AS PRATE-leiras da biblioteca, tirando livros e folheando páginas. Sentou-se junto à unidade de microfilme e consultou antigos rolos de artigos de jornal que remontavam ao verão de 1970, ou seja, de quase uma década antes. Ela rabiscou anotações até perceber claramente o padrão de cuja existência suspeitava. Passou trinta minutos registrando as constatações em papel milimetrado e criando um gráfico de linha que convertia suas conclusões em imagens, de modo que outras pessoas pudessem entender as suas descobertas.

Ela organizou as anotações, devolveu o microfilme para a prateleira e saiu às pressas da biblioteca. A casa de Catherine ficava a apenas dois quarteirões da sua, e, às três da tarde, Angela atravessou o portão de ferro forjado que levava à escada na entrada da residência. Antes mesmo que Angela pudesse bater, Catherine abriu a porta.

— Mulher, está fazendo trinta e dois graus! — Catherine disse enquanto Angela vencia os degraus da escada. — Por você está tão coberta?

Angela olhou para o seu jeans e a sua blusa de colarinho abotoado. Estava mais interessada em ocultar as cicatrizes dos arranhões que lhe cobriam os braços e as pernas do que no efeito que a escolha das roupas causaria sob o calor sufocante.

— Estou atrasada com a lavagem da roupa — ela finalmente respondeu.

— Venha para o ar-condicionado. — Catherine abriu a porta de tela e conduziu a amiga para dentro.

Elas se sentaram à mesa da cozinha.

— Então, o que a deixou tão doente? Uma virose?

— Sim. — Angela olhou para os olhos de Catherine, seu primeiro e rápido contato visual. Em seguida, voltou a baixar os cílios na direção da mesa. — Mas melhorei nos últimos dias. Você sabe como Thomas se preocupa.

Durante o primeiro ou segundo ano de casamento, Thomas incitou Angela para que conhecesse as mulheres dos seus amigos. Mas Angela sempre se sentiu julgada por elas. Elas sussurravam a seu respeito quando achavam que ela não estava ouvindo, e a tratavam como criança quando Angela não respondia ao estilo animado delas. Catherine Blackwell era diferente. Angela se sentia aceita quando estava com Catherine, que nunca fazia perguntas tolas ou exibia uma expressão confusa quando Angela permanecia quieta por ansiedade. Catherine sempre a fazia se sentir confortável e ficava ao seu lado quando alguém a tratava mal. Na primeira vez que as duas se arriscaram a almoçar juntas, uma garçonete arrogante repreendeu Angela por não falar alto o suficiente:

Fale mais alto, querida.

O nome dela é Angela, e não querida, Catherine dissera. *E ela tem quase trinta anos, e não doze.*

Desde aquele momento, Catherine Blackwell deixou de ser apenas a sua protetora; ela passou a ser a amiga mais próxima de Angela Mitchell.

— Posso servir algo para você beber, Angela?

— Não, não. Obrigada.

— Então, o que é tão urgente?

— Sei que vai parecer absurdo. — Angela tirou uma pasta da bolsa, que continha recortes de jornal e as biografias das mulheres desaparecidas, além de muitos papéis de sua última pesquisa na biblioteca. — Mas tenho investigado as mulheres que desapareceram.

Isso chamou a atenção de Catherine.

— Investigando de que jeito?

— Tenho coletado algumas informações sobre elas nos jornais e noticiários.

Catherine puxou uma das páginas por sobre a mesa. Era o artigo do *Chicago Tribune* acerca de Samantha Rodgers, a última garota desaparecida nas ruas de Chicago. Catherine assistira com Angela a uma das reportagens a respeito da garota desaparecida quando elas e os maridos jantaram juntos, na semana anterior. A foto da garota estava no alto do artigo, com um vinco na imagem onde o recorte fora dobrado e guardado na pasta de Angela.

— Por que você está juntando tudo isso? — Catherine quis saber.

Angela levantou os olhos.

— Estou obce... — Angela se conteve. Falar a palavra *obcecada* em voz alta seria confessar à amiga a aflição tenebrosa que atormentara sua vida. Claro que era improvável que Catherine já não tivesse reconhecido os sinais do seu estado; mas, apesar de tudo, Angela se deteve. — Não consigo parar de pensar nelas — finalmente afirmou.

— Por quê?

— É complicado explicar. Quando minha mente se concentra em algo, é difícil para mim... deixar de pensar nisso. Então comecei a coletar informações sobre as garotas, e acho que descobri algo.

Angela espalhou as informações pela mesa. Na biblioteca, tirara xerox de artigos dos jornais e microfilmes e também de páginas dos livros que consultara. Além disso, tinha suas anotações, que preenchiam o primeiro terço de um caderno espiral.

— Cinco garotas desapareceram desde a primavera. Aqui estão as datas em que cada uma desapareceu. — Angela apontou para outra folha de papel. — Esta é uma lista descrevendo cada vítima: idade, etnia, profissão e características físicas, como cor do cabelo, tom de pele, cor dos olhos. Acho que você já entendeu.

Angela empurrou a lista manuscrita para Catherine.

— A polícia declara que cada desaparecimento é casual. Acreditam que o mesmo homem capturou todas essas mulheres, mas não acha que existe ligação entre elas. Até onde sei, eles têm razão de pensar assim. As mulheres, entre si, não têm associação. Mas a polícia afirma que o Ladrão ataca de forma não sistemática. Isso não é verdade.

Catherine olhou para Angela.

— Há quanto tempo você vem trabalhando nisso?

— Todo o verão. Desde que as mulheres começaram a desaparecer. É só o que eu faço, na realidade. Só consigo pensar nisso. Mas, de fato, nesta manhã, percebi que venho trabalhando nisso há muito mais tempo do que apenas neste verão. Só que até agora não tinha consciência. Até eu juntar tudo.

— Juntar tudo o quê?

Angela mostrou uma folha de papel aleatória entre diversas páginas xerocadas.

— Veja isto. Classifiquei todas as características de cada garota desaparecida: idade, raça, profissão, características físicas. Todas as coisas nesta lista que você está olhando. E então, passei a analisar não apenas os casos das mulheres desaparecidas, mas também homicídios em Chicago, e nos arredores, que envolveram mulheres que correspondiam a essas características.

Angela pegou o gráfico que tinha criado na biblioteca.

— Olhe aqui — disse, apontando para a folha de papel. — No eixo horizontal do meu gráfico, coloquei os anos, começando em 1960 e terminando no momento atual, o verão de 1979. — Ela correu o dedo da esquerda para a direita na parte inferior da página. — No eixo vertical, inseri o número de homicídios de mulheres que se enquadram na categoria dessas desaparecidas. Mais uma vez: idade, sexo, raça, características físicas. Agora observe, de 1960 a 1970, o número de homicídios que envolveram mulheres que correspondem a essas descrições não variou.

No gráfico, uma linha horizontal representava o período entre 1960 e 1970 sem nenhuma elevação ou queda substancial.

— No entanto, em 1970, houve um aumento repentino de homicídios envolvendo esses tipos de mulheres — Angela revelou.

No gráfico, a linha manuscrita por Angela subiu dramaticamente em 1970.

— Esses são *todos* os homicídios em Chicago? — Catherine perguntou.

— Não. Em 1970, ocorreram mais de oitocentos homicídios em Chicago e nos arredores. Esse gráfico representa somente os homicídios envolvendo mulheres que correspondem às características das cinco que desapareceram neste verão. — Angela voltou a tocar na página, passando o dedo sobre o gráfico. — O aumento do número de homicídios começa em 1970 e continua até 1972. Em seguida, diminui, mas permanece alto em relação a toda a década de 1960. Então, neste ano de 1979, há uma queda repentina, levando o número de volta aos níveis da década de 1960.

Enquanto ouvia, Catherine assentia com a cabeça.

— Vejo o aumento e o decréscimo. Mas o que isso significa?

— Eis a minha teoria — Angela afirmou. — A mesma pessoa que está raptando as mulheres neste verão tem assassinado esses tipos de mulheres desde 1970, aproximadamente. Entre 1970 e 1978, o assassino se mostrou descuidado e descarado. Mas desde o começo deste ano, tem sido mais cuidadoso. Em vez de a polícia encontrar um corpo algumas semanas depois que uma garota desaparece, agora elas simplesmente somem sem que os corpos sejam descobertos.

Catherine semicerrou os olhos, começando a ver a teoria de Angela se compor.

— Você está dizendo que o reino de terror desse homem abrange não só este verão, mas toda a década?

Angela voltou a fazer contato visual. Pela segunda vez.

— Sim — respondeu.

Catherine reclinou-se na cadeira.

— O que você está me dizendo é uma doideira.

— Mas você percebe como é possível, não? — Angela perguntou.

— Quando você me apresenta dessa maneira, sim. Isto é, supondo que todos os dados estejam corretos.

— Estão.

— E você conseguiu todas essas informações na biblioteca?

— Está tudo ali para quem quiser encontrar. Você só tem de examinar os lugares certos e com as ideias certas em mente. Esse sujeito, o Ladrão, tem um *tipo*. E está atacando um tipo específico de mulheres há dez anos.

— Se é assim, por que, de repente, ele ficou tão cuidadoso este ano? Por que está escondendo os corpos muito melhor?

— Boa pergunta, Catherine. O que aconteceu no ano passado? Qual foi a grande história perto daqui?

— Não sei. — Catherine fez um gesto negativo com a cabeça.

Angela tirou mais páginas da pasta e as passou para a amiga.

— Em Des Plaines?

Catherine abriu um pouco mais os olhos enquanto lia a manchete em silêncio: "Palhaço assassino declara trinta e três homicídios após a descoberta de outros corpos".

— John Wayne Gacy — disse ela.

— Exatamente. A polícia descobriu um *serial killer* chamado John Wayne Gacy que matou mais de trinta rapazes e os enterrou no porão de casa.

— E daí? O Ladrão se assustou com a prisão de Gacy?

— Exatamente. A atividade policial aumentou. O público ficou mais cuidadoso. E se as autoridades tivessem alguma capacidade de perceber padrões, teriam percebido esse. — Angela deu um tapinha em seu gráfico mais uma vez. — Então, ele mudou, passando de assassino para ladrão. Ele ainda mata essas mulheres. Tenho certeza disso. Mas simplesmente esconde melhor os cadáveres.

— Angela, meu amor, realmente não sei o que dizer. Se você está correta, mesmo que parcialmente, precisa levar tudo isso para a polícia.

Angela tornou a olhar para Catherine.

— É por isso que preciso da sua ajuda.

— Para qualquer coisa.

— Não posso procurar a polícia. Todos lá vão olhar para mim... — Angela se conteve, fazendo um breve contato visual novamente. — Você sabe o que irão pensar.

— Leve Thomas com você.

Angela já estava fazendo um gesto negativo com a cabeça.

— Não posso falar com Thomas sobre isso. Ele já tem mostrado preocupação com o modo como passo o meu tempo. Se ficar sabendo que estou obcecada...

O som da própria voz pronunciando *aquela palavra* mais uma vez fez Angela arranhar o ombro através do tecido da blusa. A frustração se apossou dela quando as unhas, curtas demais, não conseguiram produzir a dor intensa pela qual esperava.

— Thomas vai achar que é um jeito nada saudável de eu passar o meu tempo.

— Mas se o que você descobriu é verdade, Angela, isso transcende o que Thomas pensa ou deixa de pensar. — Catherine deu um tapinha no gráfico. — Se isso for mesmo verdade, entregar tudo para a polícia pode salvar vidas.

A porta da frente foi aberta, e Bill gritou na direção do interior da residência:

— Catherine, você está em casa?

— Estou aqui, querido.

Em pânico, Angela começou a juntar as páginas da sua investigação para recolocá-las na pasta. Naquele momento, Bill Blackwell entrou na cozinha, usando um jeans sujo e uma camisa coberta de respingos de concreto. Imediatamente, Angela reconheceu a aparência, já que era como Thomas costumava voltar para casa depois do trabalho. O marido de Catherine usava uma bandana que pendia solta em volta do pescoço. Angela se lembrou das marcas vermelhas na pele de Bill e dos comentários dele da outra noite sobre mosquitos e reação alérgica, e também do supervisor que pediu demissão, o que o forçava a supervisionar as turmas. Naquela noite, Angela não se deu conta das palavras de Bill Blackwell, já que estava pensando com grande preocupação nas mulheres desaparecidas. Sua mente funcionava daquela maneira, absorvendo tudo ao seu redor e armazenando nos recessos profundos do seu cérebro. As informações catalogadas flutuavam ao acaso pelo seu subconsciente até Angela ter conhecimento da sua presença. Isso acontecia com frequência com ela. Sua mente sussurrava que estava ciente de algo, mesmo que não captasse exatamente o que estava entendendo. Então, posteriormente, a imagem armazenada ou um fragmento de conhecimento se desprenderia da âncora na sua mente e subiria à superfície. Mas, naquele momento, outra coisa lhe chamou a atenção. Angela tentou não olhar, concentrando a visão na tarefa de organizar os papéis para poder ir embora o mais rápido possível.

— Angela, como vai? — Bill a cumprimentou. — Não sabia que vocês se encontrariam hoje.

Angela sorriu e olhou rapidamente para Bill Blackwell. Então, a outra imagem que chamara sua atenção entrou em foco. Ela viu outro homem ao fundo.

— Este é Leonard Williams — Bill informou quando o homem entrou na cozinha. — Ele está trabalhando para mim no depósito de Kenosha.

Parei em casa para fazer um lanche rápido antes de seguir para um trabalho na zona oeste.

Quando Leonard Williams apareceu no corredor e entrou na cozinha, Angela logo o reconheceu como o homem do beco que tentara ajudar a mover o sofá. Seus olhos escuros estavam menos sombreados agora do que naquele dia, com o sol matinal iluminando seu corpo por trás, mas a cor de carvão de suas íris era inconfundível. Angela sentiu o ar faltar em um espasmo passageiro de pânico, e, por um instante, foi incapaz de respirar, o que fez com que seus olhos se arregalassem e inchassem ao observar o estranho do beco. O homem que a empurrara para uma semana de histeria, que provocara os hábitos obsessivo-compulsivos.

Finalmente, Angela conseguiu introduzir ar nos pulmões e voltou a colocar os papéis na bolsa. Porém, alguns caíram e se espalharam pelo chão. Rapidamente, ela tentou recuperá-los e impedir que outros caíssem, mas só conseguiu espalhar mais páginas pela mesa.

— Ei, ei, ei! — Bill exclamou. — Relaxe!

Com os olhos arregalados, Bill olhou de relance para Catherine e, em seguida, apanhou alguns papéis no chão da cozinha e os entregou para Angela, que os arrancou de sua mão sem fitá-lo. Angela não precisou olhar nos olhos de Bill Blackwell para ver sua expressão desgostosa. Podia senti-la. Era uma expressão que a enviava de volta à infância. A maioria das pessoas a olhara daquele jeito ao longo da sua adolescência, e, naquele momento, Angela sentiu grande parte da confiança que ganhara nos últimos anos escapulindo. Ela murmurou um agradecimento quase silencioso enquanto guardava as páginas na bolsa.

— Deixe-me ajudá-la. — Assumindo o controle da situação, Catherine organizou as páginas em uma pilha alinhada para Angela colocar de volta na bolsa. — Angela parou para tomar um café. Apenas uma visita rápida.

Bill olhou para a cafeteira seca, vazia desde aquela manhã.

— Entendi — ele disse. — Sente-se melhor, Angela? Thomas disse que você estava doente.

Angela assentiu.

— Sim. Obrigada. — Então, ela olhou para Catherine. — Me ligue depois para conversarmos.

— Vou ligar.

Angela passou pelo marido de Catherine e pelo homem do beco, apressou-se na direção do vestíbulo da frente, empurrou a porta de tela e desceu correndo a escada, andando às pressas pela calçada com a bolsa agarrada com força sob o braço.

NO INTERIOR DA CASA, BILL BLACKWELL, AO LADO DE Catherine, observou Angela se afastar. Ele manteve a voz baixa, para que Leonard Williams, que Thomas acabara de contratar como supervisor, não ouvisse. Não queria que as palavras chegassem ao conhecimento do seu sócio.

— Eu jamais diria algo para Thomas, mas que diabos há de errado com ela? Angela é um pouco... estúpida? Ela é retardada?

Catherine virou a cabeça e encarou o marido.

— Ela é tudo, menos estúpida, seu idiota. Angela é inteligente de um jeito que você e eu nunca poderemos entender.

— Então por que ela age assim?

— Porque Angela é um gênio, Bill. E as pessoas a tratam como se ela fosse uma leprosa.

78

10

Chicago, 21 de outubro de 2019

RORY ENTROU NO PEQUENO ESCRITÓRIO DE ADVOCACIA E
acendeu as luzes. Passou pela mesa de Celia e entrou na sala do pai, onde
as pilhas de pastas tinham encolhido desde sua primeira visita. Ela ainda
se lembrava do dia em que Celia gotejou lágrimas no seu pescoço. Uma
semana depois, o pensamento continuava a incomodar a sua pele com
arrepios e a requerer uma lavagem extra no chuveiro a cada manhã.

Apesar de histérica, Celia era bastante eficiente. Ela e o assistente jurídico haviam comunicado todos os clientes atuais do escritório sobre a
morte de Frank Moore e a necessidade de encontrarem novos advogados.
A partir do trabalho e da pesquisa diligente de Celia, quase todos os clientes estavam representados por um novo escritório ou tinham boas orien-
tações de onde levar seus casos. Uma carta fora enviada para todos os
ex-clientes dando conta dos acontecimentos. Em apenas uma semana, Celia
concluíra o seu trabalho e esvaziara sua mesa. O resto da dissolução da
firma de Frank Moore estava a cargo de Rory.

Rory também se mantivera ocupada. Ela ligou para todos os clientes
cujos casos tinham o julgamento próximo e explicou a situação, informando que prorrogações estavam sendo protocoladas até que um novo
advogado fosse constituído. Quase todos os casos haviam sido analisados
e, quando ela entrou na sala do pai, naquela manhã, encontrou apenas
uma pasta esperando na mesa. Era um caso tão enigmático quanto preocupante, e, até aquele momento, Rory não conseguira transferi-lo. Principalmente porque o juiz com quem ela conversara a respeito solicitara uma

reunião antes que Rory fizesse qualquer coisa, mas também porque, quanto mais Rory examinava os detalhes da pasta, mais curiosa ficava de como aquele caso tinha caído nas mãos de seu pai.

À mesa de Frank Moore, Rory passou uma hora buscando na internet qualquer informação que pudesse encontrar sobre o cliente. Ela nunca tomara conhecimento do caso durante seu tempo no escritório. No entanto, dado seu papel limitado dentro do Grupo Moore de Advocacia, aquela não era uma notícia surpreendente. Rory jamais ouvira falar da maioria dos clientes do pai, mas aquele era de tal magnitude que ela ficou interessada em saber por que Frank mantivera tanto segredo sobre ele. A história do seu pai com aquele cliente era extensa, e desenredar o escritório da situação não seria tão simples quanto dar alguns telefonemas procurando transferências.

Às dez da manhã, Rory desligou o computador, apanhou a única pasta que permanecia na mesa do pai e trancou o escritório de advocacia ao sair. Embarcou no carro e se encaminhou até o centro da cidade, rumo ao Daley Center. Dentro do prédio, passou pela segurança e, em minutos, pegou o elevador com um guarda até o 26º andar, onde ficava a Vara Cível do Condado de Cook. O guarda a conduziu pelo corredor até a sala de audiências do juiz e bateu em uma porta fechada. Um momento depois, a porta se abriu, e apareceu um homem mais velho, de aparência distinta, com cabelo branco e óculos de aro de metal. Usava terno e gravata.

— Rory Moore? — o juiz perguntou.

— Sim, meritíssimo — Rory respondeu, enquanto o guarda inclinava o chapéu em sinal de respeito e partia.

— Russell Boyle. Entre.

Rory entrou na sala do juiz e se sentou em frente à mesa dele. O juiz sentou-se em seu trono de couro e se virou para encarar Rory.

— Faz algumas semanas que estou tentando entrar em contato com o seu pai. Lamento tomar conhecimento da morte dele. Acabei de ser avisado das circunstâncias.

— Obrigada.

— *Eu* que agradeço por ter vindo aqui em prazo tão curto. Não quero que pareça rude; mas, por diversos motivos, além do óbvio, a morte do seu pai vem em um momento terrível. Frank e eu vínhamos trabalhando em um caso delicado, e a situação exige atenção. — O juiz Boyle ergueu uma pasta da mesa.

— Sim, senhor. É o último caso do escritório do meu pai de que estou tentando cuidar.

— Você está familiarizada com esse caso?

— Não, senhor. Não estava familiarizada com nenhum dos casos dele.

— Você não era sócia do escritório?

— Sócia? Não, senhor. O escritório de advocacia do meu pai era uma empresa individual. Ele não tinha sócios. Certamente não eu. Quando meu pai precisava de ajuda, eu fazia algum trabalho por fora para ele, mas eu não era atuante no escritório.

— Qual era sua função no escritório, srta. Moore?

Rory tentou encontrar as palavras corretas para descrever o que exatamente chegou a fazer para o pai. O raciocínio rápido e a memória fotográfica privilegiada permitiam-lhe ler peças processuais e compreender a lei e suas brechas melhor do que Frank já compreendera. Quando Frank Moore empacava em um caso, ele pedia ajuda para a filha. Apesar de nunca ter pisado em uma sala de tribunal, Rory sempre fora capaz de elaborar uma estratégia vencedora para quase todos os casos para os quais seu pai procurara conselho.

— Principalmente pesquisa — Rory enfim respondeu.

— Mas a senhorita *é* advogada, certo?

A resposta técnica era *sim*, mas tudo o que ela queria fazer era mentir.

— Não estou mais exercendo.

— Você tem licença para Illinois?

— Sim, senhor, mas apenas como complemento para o meu emprego no Departamento de Polícia de Chicago…

O juiz Boyle entregou a pasta para Rory no meio da frase.

— Ótimo. Então, você é mais do que qualificada para lidar com essa situação.

Rory pegou a pasta.

— Deixe-me atualizá-la. O cliente do seu pai está se preparando para o livramento condicional, e trata-se de uma situação delicada.

Rory abriu o arquivo e começou a ler.

— Ele deve comparecer diante da comissão de livramento condicional uma última vez para recapitular minhas recomendações relativas às condições da sua soltura, que está programada para 3 de novembro. A audiência será no dia anterior. Seu pai e eu estávamos discutindo os detalhes. Infelizmente você terá de comparecer à audiência. É uma mera formalidade, pois o conselho concordará com todas as minhas recomendações, e eu já aprovei todas as recomendações do conselho. Mas, não obstante, precisamos esclarecer tudo a respeito desse caso. Você terá de comparecer com o cliente.

— Senhor, não tenho certeza de que seja uma boa ideia.

— Eu arrastei esse caso o máximo possível, mas a comissão de livramento condicional tomou a decisão, e já falei com o governador sobre isso. Não há como impedir que aconteça. Assim, vou garantir que tudo corra da melhor forma possível agora. Havia uma porrada... desculpe o linguajar... de detalhes que elaborei com o seu pai. Diversos termos da soltura foram negociados. Tínhamos tudo praticamente resolvido.

O juiz Boyle apontou para a pasta nas mãos de Rory.

— Familiarize-se com os detalhes para que possamos discutir os termos finais na próxima vez que você e eu nos encontrarmos.

— Meritíssimo, estou trabalhando para redistribuir todos os casos do meu pai. Não estou assumindo nenhum deles.

— Infelizmente, não vejo uma opção aqui. A menos que você ache que pode encontrar alguém para lidar com ele na próxima semana.

— Posso pedir uma prorrogação?

— Seu pai pediu várias prorrogações. Não posso mais adiar. O caso vem chamando muita atenção. Seu cliente tem aparecido no noticiário ultimamente. Ele deve comparecer diante do conselho dentro de duas semanas. Antes disso, e quando você estiver familiarizada com o caso, nós dois conversaremos sobre os pormenores do livramento condicional. Vamos dar um jeito na situação desse homem e tirar a pasta dele da minha pauta de casos.

— Senhor, não sirvo para salas de tribunal. Ou para comissões de livramento condicional. Ou para exercer a advocacia, em geral.

O juiz Boyle já estava fora do seu majestoso trono de couro e a caminho da porta da sua sala de audiências.

— Sugiro que encontre uma maneira de remediar essa situação antes de cancelar o seu afastamento na semana que vem.

Ele abriu a porta e se manteve ao lado dela. Rory entendeu a dica: hora de partir. Ao ficar de pé, seus joelhos dobraram um pouco. Depois que se aprumou, pigarreou.

— O que esse homem fez que tornou tão complicada a concessão de um simples livramento condicional?

— Ele matou muita gente em 1979. E agora alguns idiotas de uma comissão de livramento condicional acham que é uma boa ideia deixá-lo sair da prisão.

Chicago

AGOSTO DE 1979

ANGELA PERCORREU RAPIDAMENTE OS DOIS QUARTEIRÕES entre a casa de Catherine e a sua, subiu correndo a escada e atravessou a porta da frente. Fechou-a fazendo barulho e prendeu a trava com os dedos trêmulos. Ofegava por causa da caminhada frenética, olhando constantemente por sobre o ombro para ter certeza de que ninguém a seguia. Com a porta muito bem trancada, encostou a testa na moldura. A lembrança de ter ficado frente a frente com o estranho do beco lhe causava dificuldade para respirar. Durante a última semana, tentou impedir que a imagem dos olhos fundos dele tomasse conta da sua mente. Hoje fizera um bom trabalho em substituir a imagem do rosto do estranho pela das mulheres desaparecidas, ao elaborar a sua teoria de que o Ladrão estivera à espreita havia muito mais tempo do que naquele verão. Mas agora, depois de ver o homem na casa de Catherine e saber que Thomas e Bill o tinham contratado, a paranoia de Angela, firmemente presa, se soltara.

Ela passou uma hora checando as fechaduras e as janelas, tirando o telefone do gancho cem vezes seguidas. Ligou para o escritório de Thomas, mas não teve resposta. Seu dedo indicador ficou esfolado de tanto digitar os números no telefone. Ela se acomodou em um ciclo maquinal de digitar o número do escritório de Thomas no telefone, dirigir-se até a porta dos fundos, puxar as cortinas para o lado e olhar para o beco. Andou de um lado para o outro durante horas. Por fim, ouviu o grave ronco da caminhonete Ford de Thomas entrando no beco e viu a porta da garagem começar a abrir. Naquele dia, o ronco da caminhonete do marido, um ruído que geralmente a irritava como todos os ruídos altos, trouxe conforto.

Enquanto esperava por Thomas na cozinha, Angela sentiu a pele arder em sinal de ansiedade. Quando a porta se abriu, ela imediatamente identificou a expressão de preocupação do marido.

— O que houve? — Ele correu para ela.

— Eu o vi de novo — Angela respondeu.

Mas Thomas não prestava atenção às palavras dela. Ele segurou os pulsos de Angela com delicadeza e examinou-lhe as mãos, erguendo-as até o rosto para poder observar melhor. Pela primeira vez, Angela notou as pontas dos dedos ensanguentadas. Thomas, então, arregaçou as mangas da camiseta dela. Inconscientemente, Angela tinha trocado a blusa de mangas que usara na biblioteca, e que Catherine questionara, por aquela camiseta branca. As mangas estavam empapadas de manchas de sangue como resultado do arrancamento das cicatrizes que estavam escondidas nos seus ombros.

— O que está acontecendo, Angela? Você está coberta de sangue.

Ela sentiu o marido enxugar a sua testa e as suas sobrancelhas, onde as pontas dos dedos ensanguentadas haviam deixado listras vermelhas do ato de puxar os cílios.

— Ele estava na casa de Catherine. Bill o contratou.

— Fale mais devagar — Thomas pediu, olhando-a nos olhos. — Fale mais devagar e respire.

Angela engoliu em seco e tentou controlar a respiração frenética. Era como uma criança que tinha chorado intensamente e agora tentava falar. Ela expeliu o ar com força algumas vezes e deixou que Thomas segurasse seus ombros para sossegar a sua mente.

— Fui até a casa de Catherine hoje.

— Certo.

— E Bill voltou para casa.

— Certo.

— E ele estava com o homem do beco. De quando eu tentei me livrar do sofá.

— Quem era ele?

— Bill disse que ele trabalha para vocês. Ele cuida do depósito na zona norte.

Thomas franziu a testa e, depois, inclinou a cabeça.

— O depósito de Kenosha? O homem se chama Leonard.

— Ele estava na casa de Catherine. Olhou diretamente para mim.

— Leonard Williams? Você está falando de Leonard?

— Sim! — Angela gritou. — Ele era o homem do beco.

— Angela, tudo bem.

Thomas tentou puxá-la para o seu peito, mas ela resistiu como uma criança se esforçando para impedir que um adulto a levantasse.

— Mas... eu o vi no beco.

— Leonard mora por aqui. Provavelmente, estava dando uma volta naquela manhã. Essa é uma boa notícia, Angela. Entende? Leonard é inofensivo. Ele cuida de um dos nossos depósitos. Isso é tudo.

Angela sentiu Thomas puxá-la para perto de novo e, dessa vez, ela não resistiu. Apoiou a cabeça no ombro dele, com a respiração ainda ofegante, mas nenhum conforto veio do abraço do marido. Sua preocupação residia em tudo o que ela podia fazer e em tudo o que ela podia sentir. Era só o que a sua mente permitiria. Enchia seu peito, sua cabeça e sua alma.

— Acho que é hora de você voltar a consultar o seu médico — Thomas sussurrou no ouvido de Angela.

11

Chicago, 22 de outubro de 2019

NO MEIO DA MANHÃ DO DIA SEGUINTE AO SEU ENCONTRO com o juiz Boyle, a corte estava em sessão, e os corredores estavam vazios quando Rory atravessou os corredores do Tribunal Federal Dirksen, no Loop. A batida dos seus coturnos no chão ecoava pelas paredes. Ela encontrou a sala de audiências, puxou a gola do casaco cinza até o pescoço, abriu a pesada porta e se sentou silenciosamente no banco da última fileira. Os bancos estavam quase vazios, com exceção dos três primeiros, ocupados por rapazes e moças que Rory supôs serem alunos do célebre dr. Lane Phillips. *Tietes*, ela pensou, que seguiam o grande doutor em todos os lugares a que ele ia. As aparições de Lane no tribunal provocavam grande entusiasmo nos jovens que esperavam ver seu mentor no banco de testemunhas. Rory admitiu que a aparição de Lane Phillips no tribunal rivalizava com qualquer outro tipo de entretenimento.

Lane prestava seu depoimento como testemunha pericial da acusação no caso de um duplo assassinato ocorrido no ano anterior. Um homem fora acusado de matar a esposa e a mãe em um ataque de raiva. Rory não vira muito Lane na semana anterior porque ele vinha se preparando para o seu tempo no banco de testemunhas.

— Dr. Phillips — o advogado chamou por trás da tribuna —, o senhor mencionou anteriormente que é especializado em psicologia forense, correto?

— Correto — disse o dr. Phillips, da cadeira de testemunha.

Lane Phillips se aproximava dos cinquenta anos, mas parecia estar na casa dos trinta, com o cabelo despenteado e os resquícios de uma covinha outrora proeminente no lado direito do rosto, que aparecia quando ele sorria. Sua atitude casual em relação a qualquer coisa que lhe acontecesse o tornava popular entre os estudantes, que o adoravam como a uma divindade. Seu estilo *laissez-faire* — cabelo desarrumado, jeans preto, *blazer* surrado e sem gravata — certamente impressionava o público jovem que enchia os bancos da frente. Quando passava a noite na casa de Rory, Lane nunca levava mais do que dez minutos para tomar banho e se vestir, pela manhã. Sua eficiência fazia Rory Moore, que estava longe de ser feminina, parecer uma rainha da beleza.

A aparência de Lane contrastava bastante com a do advogado bem-vestido que o interrogava, cujo cabelo estava perfeito e cujas abotoaduras brilhavam sob as mangas do terno sob medida. Mesmo antes de Rory levar em consideração a discussão entre os dois homens, ficara óbvio que eles eram rivais.

— Também é verdade, doutor, que o senhor atua frequentemente dando seu parecer de perito em casos de grande visibilidade?

— A visibilidade de um caso não é uma variável na minha decisão de atuar como testemunha.

— Muito bem. — O advogado andou por trás da tribuna. — Mas é verdade que o senhor frequentemente presta testemunho como perito em casos de homicídio, não é?

— Sim, é verdade.

— Sua expertise costuma ser requisitada para ajudar o júri a entender a atitude mental daquele que é acusado de assassinato, certo?

— Muitas vezes, sim. — Lane se endireitou no banco com as mãos cruzadas no colo, revelando uma confiança tranquila em relação à agressividade do advogado.

— Neste caso de hoje, o senhor ofereceu ao júri uma *visão* bastante detalhada, por assim dizer, da mente do meu cliente. É justo dizer isso?

— Apresentei minha opinião sobre a atitude mental do seu cliente quando ele matou a mulher e a mãe, sim.

O advogado deixou escapar uma risada sutil.

— Objeção, meritíssimo.

— Dr. Phillips — o juiz disse —, por favor, limite seus comentários às perguntas feitas, e não sugira mais conjecturas sobre culpa ou inocência.

— Desculpe, meritíssimo. — O dr. Phillips voltou a olhar para o advogado. — Apresentei minha opinião sobre o que alguém poderia estar pensando *se* tivesse atirado e matado a mulher e a mãe.

Isso provocou uma reação sutil dos alunos.

O advogado assentiu com um gesto de cabeça e deu uma risadinha, passando a língua na parte interna da bochecha.

— Assim, como no testemunho anterior de hoje, e em muitos outros casos em que o senhor atuou como especialista em mentes criminosas, podemos supor que o senhor é funcionário de uma agência governamental. Por exemplo, o FBI?

O dr. Phillips fez um gesto negativo com a cabeça.

— Não.

— Não? Uma mente tão notável como a sua não seria bem utilizada na divisão de investigação criminal ou na unidade de ciência comportamental do FBI?

— Talvez — respondeu o dr. Phillips, abrindo as palmas das mãos.

O advogado deu alguns passos à frente.

— Quer dizer que, em vez disso, o senhor deve trabalhar em um consultório particular, aconselhando esses indivíduos regularmente. Decerto foi *assim* que o senhor se tornou um especialista em mentes criminosas.

— Não — Lane respondeu, sereno. — Não trabalho em consultório particular.

— Não? — O advogado fez um gesto negativo com a cabeça. — Nesse caso, por favor, diga-nos, dr. Phillips, com todos os seus doutorados e seus diversos livros e artigos sobre psicologia forense, onde exatamente o senhor trabalha?

— No Projeto de Controle de Homicídios.

— Sim. — O advogado reuniu alguns papéis e os leu. — O Projeto de Controle de Homicídios. Esse é o seu projeto de estimação, que supostamente desenvolveu um algoritmo para detectar *serial killers*. Entendi isso direito?

— Na verdade, não.

— Então, por favor, nos esclareça.

— Em primeiro lugar, não é um projeto de estimação. É uma empresa de responsabilidade limitada legítima, que paga salários para os meus funcionários e para mim. E eu não *supostamente* desenvolvi nada. *Na realidade,* desenvolvi um algoritmo que rastreia semelhanças entre homicídios em todo o país para procurar tendências. Essas tendências podem levar a padrões, que podem ajudar a polícia a solucionar homicídios.

— E em relação a todos esses homicídios que o senhor ajuda a solucionar, quantos dos criminosos acusados o senhor trata pessoalmente como psicólogo?

— Meu programa identifica tendências para ajudar a polícia a rastrear assassinos potenciais. Quando percebemos um padrão, as autoridades assumem o caso.

— Ou seja, a resposta de quantos desses supostos assassinos o senhor acaba aconselhando como psicólogo seria *zero*, certo?

— Não me envolvo diretamente com nenhum dos acusados que o meu aplicativo ajudou a identificar.

— Nesse caso, intitular-se especialista em psicologia quando o senhor não exerce mais a profissão é algo um pouco enganador, não é?

— Não, senhor. Enganador é usar um terno reluzente e se intitular advogado, quando, na realidade, o senhor é apenas um picareta lançando insultos para distrair o júri.

Em vão, os alunos de Lane tentaram conter as risadas.

— Dr. Phillips — o juiz disse.

Lane assentiu.

— Desculpe, meritíssimo.

Imperturbável, o advogado voltou aos seus papéis.

— O senhor também é professor na Universidade de Chicago, certo?

Lane olhou para o rival.

— Sim.

— Professor de que, exatamente?

— Psicologia criminal e forense.

— Entendo. — O advogado retornou à tribuna com uma expressão demasiado obscura e coçando a costeleta. — Então, o senhor dirige uma empresa que alega identificar assassinos, mas não trabalha em nenhuma função de psicologia com esses assassinos. E o senhor *ensina* a psicologia da mente criminosa a jovens universitários. Estou me esforçando para entender de onde vem a sua experiência *prática*, dr. Phillips. Quer dizer, o senhor apresentou muita informação sobre a atitude mental do meu cliente e do que ele devia estar pensando nos dias que antecederam a noite em que a mulher e a mãe dele foram mortas. Os *insights* como aqueles que o senhor apresentou têm de vir da experiência *clínica prática* do trabalho com homens e mulheres condenados por crimes violentos. Mas me parece que a acusação pôs no banco de testemunhas um suposto perito que dirige uma empresa que vende algoritmos e dados para a polícia, e que leciona psicologia para jovens universitários. Doutor, o senhor já ouviu falar do ditado "quem sabe faz; quem não sabe ensina"?

— Objeção! — a promotora exclamou, levantando-se por trás da mesa.

— Retiro, meritíssimo. Não tenho mais perguntas para o dr. Phillips.

A promotora pública se dirigiu até o banco de testemunhas.

— Dr. Phillips, antes de assumir o cargo de professor universitário e criar o Projeto de Controle de Homicídios, onde o senhor trabalhava?

— No FBI.

— Por quanto tempo trabalhou lá?

— Dez anos.

— E qual era o seu cargo no FBI?

— Fui contratado como psicólogo forense.

— E o seu trabalho era analisar crimes para determinar o tipo de pessoa que podia tê-lo cometido, certo?

— Sim, eu era analista de perfis criminais.

— Durante a sua permanência no FBI, o senhor trabalhou em mais de cento e cinquenta casos. Qual foi sua taxa de elucidação de homicídios nesses casos? Onde a sua expertise em traçar o perfil do criminoso levou a uma prisão?

— Alcancei uma taxa próxima de noventa e dois por cento.

— A média nacional para taxa de elucidação de homicídios é de sessenta e quatro por cento. Sua taxa de sucesso foi trinta pontos percentuais maior do que essa. Antes do seu trabalho no FBI, dr. Phillips, o senhor escreveu uma tese a respeito de mentes criminosas intitulada *Alguns escolhem a escuridão*. Essa tese ainda é considerada uma visão abrangente das mentes dos assassinos e de por que eles matam. Por favor, conte-nos, dr. Phillips, como o senhor obteve esse *insight*.

— Durante o meu doutorado, passei dois anos em licença sabática, período em que viajei pelo mundo entrevistando assassinos condenados, entendendo motivos, atitudes mentais, empatias e padrões de como um ser humano decide tirar a vida de outro. A tese foi um documento que teve ótima recepção e foi revisada por especialistas.

— De fato — afirmou a promotora. — Mais de dez anos depois da publicação da sua tese, ela ainda é difundida na comunidade forense, certo?

— Certo.

— Na realidade, sua tese é a principal ferramenta de treinamento utilizada pelo FBI para ensinar os novos funcionários a se tornarem analistas de perfis criminais, certo?

— Sim.

— Além da sua tese, o senhor também compilou suas descobertas sobre *serial killers* dos últimos cem anos em um livro de crimes reais, certo?

— Sim.

— Na tiragem mais recente, quanto exemplares desse livro foram colocados à venda?

— Cerca de seis milhões de exemplares.

— Não tenho mais perguntas, meritíssimo.

12

Chicago, 22 de outubro de 2019

RORY ENTROU NO BAR NA TARDE SEGUINTE À APARIÇÃO DE
Lane no tribunal. Ela e Lane se sentaram no canto do balcão e pediram bebidas. Rory tirou o gorro e os óculos. Havia poucas pessoas no mundo com quem Rory se sentia à vontade. Lane Phillips era uma delas. O garçom colocou uma cerveja preta Surly Darkness na frente dela e uma cerveja light na frente de Lane. Rory fez cara feia quando viu a cerveja de Lane.

— O que foi? — ele perguntou.

— Sua cerveja tem cor de urina.

— Essa coisa escura estraga o meu estômago.

— *Você* estraga o meu estômago — Rory disse. — Por que se submete a tanta porcaria?

— No banco de testemunhas? Toda testemunha pericial tem suas qualificações questionadas. Faz parte do show. É preciso ser casca-grossa para lidar com isso e enxergar a situação com objetividade. A defesa me ataca para distrair o júri do fato de que o seu cliente matou a própria mulher. Se as minhas qualificações precisam ser desvalorizadas para que minhas opiniões sejam ouvidas, tudo bem para mim, desde que o filho da puta seja considerado culpado.

— Odeio valentões.

— O cara só está fazendo o trabalho dele.

— Advogados são a escória da terra. — Rory tomou um gole de cerveja.

— Diz a advogada ao meu lado. Aliás, aquele advogado tem razão. Não exerço psicologia há anos. E não lido com criminosos insanos há mais de uma década.

— Isso pode estar prestes a mudar. Preciso de uma mãozinha.

— Com a reconstituição do caso de Camille Byrd?

Por um momento, Rory pensou em Camille Byrd, cuja foto ela pregara no quadro de cortiça dias antes. Seu pai morreu de um ataque cardíaco logo depois que ela havia concordado em pegar o caso, e resolver os assuntos paternos pendentes acabou sendo uma tarefa que tomou todo seu tempo. Sentiu uma pontada de tristeza quando o rosto de Camille surgiu em seus pensamentos. Rory quase abandonara o caso, e, de repente, a culpa de deixar abandonado um caso não esclarecido se tornou um peso nos seus ombros. Ela tomou nota mentalmente de investir algumas horas na reconstituição assim que conseguisse resolver a última pendência de seu pai.

— Não, outra coisa. — Rory enfiou a mão na bolsa e tirou a pasta que o juiz Boyle lhe dera. — Consegui resolver bem as pendências do escritório do meu pai, exceto esta aqui.

Rory empurrou o arquivo pelo balcão e viu Lane endireitar a postura. O ato de folhear a pasta de um criminoso o empolgava. E apesar de algum advogado bem-vestido tentar convencer as pessoas do contrário, Lane Phillips era um dos melhores em dissecar a mente de um assassino. Ele não se demitira do FBI porque sua habilidade de traçar perfis fosse duvidosa, mas porque era muito competente nisso. Ao mergulhar nas mentes dos criminosos, o que ele encontrava ali o abalava e atormentava. Lane os entendia tão bem que era difícil de se livrar da impressão inquietante que as mentes deixavam nele. Assim, quando seu livro de crimes reais, que descrevia as mentes dos *serial killers* mais notórios dos últimos cem anos, incluindo entrevistas pessoais com muitos deles, vendeu mais de dois milhões de exemplares no primeiro ano de publicação, Lane deixou o FBI e criou o Projeto de Controle de Homicídios com Rory. O projeto era uma iniciativa para rastrear homicídios não esclarecidos e identificar padrões que podiam realçar semelhanças entre os crimes, muitas vezes apontando para assassinatos em série. As habilidades de Rory e de Lane se complementavam. Ela era capaz de reconstituir homicídios melhor do que qualquer outra pessoa no país, enquanto Lane Phillips era uma das maiores autoridades mundiais em assassinatos em série.

— Já ouviu falar desse sujeito? — Rory perguntou, vendo Lane folhear a pasta.

— Sim. Ele era chamado de o Ladrão. Mas, meu Deus, isso foi há quarenta anos. Seu pai era o advogado desse cara?

— Ao que tudo indica. Ainda estou fazendo a triagem dos detalhes. O Garrison Ford, grande escritório de advocacia criminalista, cuidava do caso originalmente. Meu pai trabalhou no Garrison Ford depois de deixar o cargo na defensoria pública, mas ficou pouco tempo lá. Apenas dois anos. Ao sair para abrir seu próprio escritório, levou o caso com ele.

Lane virou mais algumas páginas.

— Quando seu pai deixou o Garrison Ford?

— Em 1982 — respondeu Rory. — E, desde então, ele teve esse cara como cliente.

— Fazendo o quê?

— É o que venho tentando descobrir. Depois que o Garrison Ford organizou uma defesa malsucedida no julgamento, meu pai trabalhou em apelações e representou o cliente nas audiências de livramento condicional. O sujeito também tinha uma pequena fortuna antes de ser preso, e parece que o meu pai administrou o dinheiro. Ele criou um truste, com o qual protegeu o dinheiro por três décadas, pagou algumas dívidas, cuidou de alguns imóveis e retirou seus honorários advocatícios.

Lane virou a página.

— E visitou muito esse sujeito. Veja todas essas entradas no registro de visitantes.

— Sim, meu pai tinha um bom relacionamento com esse homem.

— Então, qual é o problema? Livre-se desse caso como você fez com todos os outros.

— Não posso. Esse sujeito obteve livramento condicional. Meu pai estava resolvendo com o juiz os detalhes quando morreu, e o meritíssimo está sob pressão para tirar isso da pauta. Ou seja, ele não vai deixar que eu protele o caso.

Lane tomou um gole de cerveja e continuou a folhear a pasta.

Rory pegou a cerveja preta.

— Me fale sobre esse cara, Lane. Eu pesquisei sobre ele. Foi condenado com base em uma acusação única de homicídio culposo. Não parece tão espetacular que ele seja solto por livramento condicional depois de quarenta anos. Mas quando eu conversei com o juiz, ele me disse que o sujeito matou um monte de gente.

— Ai, ai... — Lane, naquele momento, encarou Rory.

— O quê?

— Algo despertou o seu interesse sobre esse caso, não é?

— Pare com isso, Lane.

— Sei como você funciona, Rory. Algo sobre o envolvimento do seu pai nesse caso se instalou na sua mente, e agora você não consegue deixar de pensar nisso.

Com a morte de Frank, Lane Phillips passou a ser a única pessoa que compreendia plenamente a obsessão de Rory por coisas desconhecidas. Seu histórico como psicólogo impedia Rory de fingir que ele estava errado. O dr. Phillips conhecia bem o funcionamento do cérebro humano, e o de Rory em particular, melhor do que a maioria. Essa peculiaridade na personalidade dela era o que a tornava uma perita em reconstituição criminal tão procurada. Até que ela tivesse todas as respostas sobre um caso, era incapaz de impedir que sua mente trabalhasse para encontrá-las. Principalmente se uma primeira olhada no caso tivesse algo que não fizesse sentido. E o envolvimento do seu pai com o homem que os jornais chamavam de o Ladrão não fazia nenhum sentido.

— Me fale sobre esse cara — ela repetiu.

Lane envolveu a mão na base da caneca de cerveja e a girou no lugar enquanto reunia seus pensamentos sobre o caso de muito tempo atrás.

— A promotoria pressionou por homicídio qualificado, mas o júri decidiu por homicídio culposo em relação à única vítima. Mas esse cara era suspeito em diversos outros casos de mulheres desaparecidas. Cinco ou seis... Eu teria de pesquisar.

— Cinco ou seis homicídios, Lane? Na pasta, não há nenhuma menção a outras vítimas. E seria impossível que ele conseguisse condicional se tivesse matado tanta gente.

— Ele era *suspeito* de outras mortes. Nunca foi acusado. E você não vai encontrar nada ligando-o formalmente a outros assassinatos. Apenas rumores e conjecturas.

— Por que foram atrás dele por apenas um homicídio se achavam que existiam outros?

Lane fechou o arquivo.

— Havia algumas razões. A cidade estava em pânico no final dos anos 1970. O Filho de Sam, o maluco que matou um monte de gente em Nova York em 1976, não saía da cabeça das pessoas. Então, aqui em Chicago, tivemos o horror de John Wayne Gacy, que assassinou e enterrou trinta e poucos garotos no porão da própria casa. Depois, no verão de 1979, algumas mulheres começaram a desaparecer, e o medo tomou conta da cidade. Foi um verão cheio de calor e ansiedade. Enfim, perto do outono, a polícia encontrou o homem. Mas a maneira como o descobriram foi bastante incomum e inteiramente graças a uma mulher autista que juntou todas as peças do quebra-cabeça.

Rory se inclinou para a frente para ouvir com atenção, agora muito mais interessada do que antes.

— O método pelo qual essa mulher reuniu e entregou as provas foi muito estranho. O promotor sabia que nenhuma das provas resistiria no tribunal. A maioria delas era absolutamente inadmissível. Nenhum dos lados queria um julgamento. Se a promotoria não conseguisse convencer o júri da culpa do homem, ele sairia livre. Se conseguisse, ele seria condenado à pena de morte, que ainda estava em vigor em 1979. Assim, um julgamento era arriscado para os dois lados. No final, a promotoria optou por acusá-lo de apenas um homicídio. A promotoria tinha provas questionáveis, um monte de elementos e nenhum corpo.

— Nenhum corpo?

— Não. Por esse motivo era muito arriscado levá-lo a julgamento, e por isso a promotoria decidiu pegá-lo apenas por uma única vítima. Nenhum cadáver foi encontrado; e se não bastasse, não foi possível ligá-lo de maneira significativa àquele pelo qual ele foi julgado. E sem nenhum corpo, o júri chegou a um veredicto de culpado por homicídio culposo. A pena foi de sessenta anos de prisão, mas permitia a obtenção do livramento condicional depois de trinta. A sentença pôs fim aos medos da cidade.

— E agora, depois de dez anos de audiências de livramento condicional e quarenta anos de prisão, ele está prestes a ser libertado.

— Estudei o caso para o meu livro, mas faltaram detalhes para incluí-lo. Aquela mulher que descobriu tudo. Caramba, ainda me lembro das manchetes: "Mulher esquizofrênica derruba o Ladrão".

— Esquizofrênica?

— Ninguém sabia nada sobre autismo naquela época. Além disso, "esquizofrênica" vendia mais jornal.

Rory olhou para o abismo negro da sua Surly Darkness, ergueu a caneca e engoliu o resto da cerveja. Queria pedir outra. Ansiava por um pouco de vertigem para suavizar os pensamentos sobre aquela mulher autista de quem ela nada sabia. O fato era que aquelas curiosidades estavam criando raízes na sua mente que seriam impossíveis de ignorar. Rory encarou Lane.

— O que houve com a mulher autista?

Lane deu uma batidinha na pasta com o dedo.

— O nome dela era Angela Mitchell. Ele a matou antes que ela tivesse a chance de testemunhar.

Chicago

AGOSTO DE 1979

DOIS DIAS APÓS SEU COLAPSO, ANGELA, NO CONSULTÓRIO médico, sentada na mesa de exame com uma camisola hospitalar fina, puxava os cílios.

— Relaxe, querida — pediu a enfermeira, preparando a seringa. — Só preciso de dois frascos. Você não vai sentir nada.

Angela olhou para o outro lado quando a enfermeira encostou a agulha no seu braço, mas não era a ameaça de uma agulha que a deixava nervosa. Seu ataque de pânico havia colocado o radar de Thomas em alerta máximo, e ele a forçou a consultar o médico antes que tudo fugisse do controle. O marido mal sabia que o limite já havia sido ultrapassado. Expor sua paranoia a Thomas lhe causara mais angústia do que sentia na clínica naquele momento. Ela já passara por tudo aquilo antes. A maior parte da sua adolescência havia transcorrido em consultórios médicos e em poltronas de psiquiatras. Sob a tutela dos pais, os médicos e os psiquiatras eram parte da sua rotina. Seus pais acreditavam que, se Angela consultasse uma quantidade suficiente deles, e os corretos, eles poderiam tratar dos seus distúrbios mentais e recuperar sua saúde. Quando nenhum dos terapeutas conseguiu fazer por Angela o que os seus pais exigiam, eles a internaram em um hospital psiquiátrico juvenil.

Angela tinha dezessete anos quando os pais forçaram sua internação naquele lugar. Ela passou sete meses ali, até se dar alta em seu décimo oitavo aniversário. Foi apenas com a ajuda de uma conhecida que Angela escapou daquela vida. Tinha percorrido uma trajetória (geralmente) suave nos últimos anos. Desde que conhecera Thomas, havia administrado firmemente sua ansiedade e até sentira que começava a se ajustar na sociedade. Seu autismo era algo que ninguém entendia, incluindo muitos médicos que fingiam o contrário, e Angela, havia muito tempo, parara de tentar explicar aos outros como a sua mente funcionava. Ela aprendera ao longo de muitos anos de críticas e fracassos que ninguém conseguia entender plenamente como os seus pensamentos se organizavam. Contudo, ali estava mais uma vez, esperando que um médico explicasse o que havia de errado com ela.

Angela sabia que Thomas tinha boas intenções. A ânsia de que ela procurasse ajuda psiquiátrica era simplesmente a maneira dele de protegê-la. O marido não conhecia sua história completa. Angela fizera o possível para manter escondidos os dias sombrios da sua adolescência. E até recentemente, o estratagema funcionara. Thomas abrira sua vida para novas oportunidades. Ele a fazia se sentir segura. Ela também conhecera Catherine, sua melhor amiga e confidente, que a aceitava sem julgamentos. Porém, apesar do progresso, os acontecimentos do verão fizeram Angela perceber o quão frágil era o domínio que tinha sobre tudo aquilo. As mulheres desaparecidas que desfilavam na sua mente, e a ideia de que faziam parte de uma longa série de violência, tinham colocado Angela em um caminho sem saída. Apesar de ela reconhecer que a obsessão por aquelas mulheres não era saudável, sentia uma ligação com elas que não podia ignorar.

O estranho do beco, que reaparecera na cozinha de Catherine, desencadeara sua ansiedade, transportando-a ao longo dos anos e de volta à adolescência. O transtorno obsessivo-compulsivo que ela achou que prendera e guardara em um compartimento bloqueado da psique fora despertado novamente para causar estragos como quando era mais jovem. Ainda por cima, temia que sua aflição afastasse Thomas. Naquele momento, Angela temia que Thomas tivesse visto sua paranoia com clareza; a âncora que a firmara nos últimos anos estava se libertando do ancoradouro e deixando Angela à deriva e sozinha. Tantas preocupações lhe percorriam a mente que ela tinha dificuldade em controlar todas elas.

— Pronto, querida — disse a enfermeira, trazendo os pensamentos de Angela de volta ao momento presente. A enfermeira segurava dois frascos de sangue vermelho-escuro na mão enluvada. — O médico já vem.

Alguns minutos depois, o médico entrou na sala e realizou um exame superficial.

— Você já teve ataques de pânico antes? — ele perguntou, rabiscando no prontuário.

— Não — ela respondeu. — Quer dizer... Quando eu era mais jovem, mas não chamavam disso.

O médico demorou um minuto para terminar de escrever e depois olhou para Angela.

— Você costumava tomar lítio na adolescência. Era eficaz?

Angela, que normalmente se esquivava de um homem olhando para ela, observou o médico com uma intensidade que surpreendeu até a si mesma. Os horrores da sua adolescência alimentaram sua raiva.

— Não! Ele me forçou a tomar, e os meus pais concordaram com ele.

— Quem?

— O psiquiatra para o qual os meus pais me mandaram. O que me manteve presa no hospital psiquiátrico. Ele achava que eu tinha um transtorno comportamental e que eu era maníaco-depressiva. Usaram lítio para me sedar. Além de me colocar para dormir, me causou alucinações absurdas.

O médico fez uma pausa antes de assentir.

— Sim, nem todos respondem ao lítio. — Ele tirou um receituário do bolso interno do jaleco e fez nele uma anotação. Arrancou a folha da receita e entregou-a para ela. — É para o Valium. Vai acalmá-la sem nenhum dos efeitos colaterais do lítio.

O médico voltou a anotar no receituário e arrancou uma segunda folha.

— E aqui está o nome de um psiquiatra. Acho que você deveria conversar com alguém. Tenho encaminhado muitas das minhas pacientes para ele ultimamente. As mulheres desaparecidas da cidade deixaram muita gente assustada. Conversar com alguém vai ajudar. Enquanto isso, ingira líquidos até que os vômitos passem. O Valium deve auxiliar. — O médico se levantou. — E, sra. Mitchell, a polícia é boa no que faz. Ela vai pegar esse homem. Vai ser a melhor cura para tudo o que a senhora está passando.

Na saída do consultório, Angela amassou a receita com o nome do psiquiatra, jogou-a na lixeira e embarcou no carro. Dez minutos depois, entrou na farmácia para encomendar o Valium.

13

Chicago, 23 de outubro de 2019

RORY TELEFONOU PARA O DETETIVE DAVIDSON. RON DAVID-
son era o chefe da divisão de homicídios de Chicago e estava em dívida
com ela depois do arranjo com o pai de Camille Byrd. Naquele
momento, Rory ligava para cobrar o favor devido. Ela precisava de
tudo o que ele pudesse encontrar sobre o antigo caso de 1979. Depois
de vasculhar os recônditos dos prédios federais no Condado de Cook
em busca do que Rory precisava, Ron cumpriu o compromisso, deixando três caixas de informações à porta da casa dela no início da
tarde. Naquele momento, as caixas estavam empilhadas ao lado de sua
mesa, e Rory analisava os detalhes.

Rory esvaziou a primeira caixa e espalhou o conteúdo sobre a mesa.
Os fatos acerca do caso de 1979 a fascinavam. Acima de tudo, a mulher
enigmática chamada Angela Mitchell, que tinha conseguido identificar um
serial killer, atraiu toda sua atenção. Ela sentiu uma ligação estranha com
a mulher de quatro décadas atrás. Basicamente, Angela Mitchell fizera o
que Rory fazia agora: dar nomes e criar narrativas para as vítimas a fim
de reconstituir crimes.

A equipe de defesa que representava o Ladrão, da qual o seu pai fora
membro, criara uma biografia de Angela Mitchell, que a descrevia como
uma "mulher socialmente inábil de vinte e nove anos que sofria de autismo
e tinha uma capacidade limitada de entender o ambiente circundante".
Um transtorno obsessivo-compulsivo, o relatório prosseguia, limitava sua
habilidade de lidar com as atividades da vida diária e, no momento em

que ela coletou as "provas" que a acusação teve permissão para apresentar no julgamento, estava tomando doses cavalares de Valium. O relatório ainda descrevia a adolescência conturbada de Angela, a internação em um hospital psiquiátrico e o afastamento de seus pais. Aparentemente, o relato pintava um quadro nada lisonjeiro de Angela Mitchell.

Quanto mais Rory lia, mais ligada se sentia àquela mulher. As histórias delas eram semelhantes sob vários aspectos. Embora Rory nunca tivesse se afastado dos pais, muito pelo contrário, e nunca houvesse sido forçada a se internar em um hospital psiquiátrico, sua infância fora atormentada por muitas das mesmas doenças de Angela. Em vez de encaminhar Rory para médicos e hospitais, porém, seus pais a enviavam para a casa de tia Greta durante os verões e na maioria dos fins de semana. Embora Rory nunca tivesse sido forçada a nenhum tratamento médico, tia Greta prescreveu diferentes medicamentos contra sua ansiedade social. Sem a tia-avó, a infância de Rory poderia ter sido escrita usando uma linguagem igual à que fora utilizada para Angela Mitchell.

Ela afastou da mente o pensamento do suposto vício em Valium de Angela Mitchell, esforçando-se para evitar a comparação com o copo de Three Floyds Dark Lord situado à sua frente. Eram três da tarde, e Rory estava em seu segundo copo de cerveja, com a cabeça em vertigem por causa dos efeitos iniciais do álcool. Em uma demonstração de rebeldia aos seus próprios pensamentos, ela ergueu o copo, tomou um longo gole e depois passou duas horas analisando o caso de 1979, perdida nos detalhes referentes a Angela Mitchell e no que ela conseguira fazer. Rory examinou duas caixas completas, mas deixou a terceira intocada. Então, voltou-se para o computador e digitou o nome *Angela Mitchell* no mecanismo de busca. Após percorrer páginas de links que não tinham nada a ver com o Ladrão de 1979, Rory finalmente encontrou alguns artigos que continham alguns pormenores sobre o caso. Nenhum dos resultados encontrados na internet apresentava revelações que já não estivessem nas caixas ao seu lado.

Rory estava pronta para desligar o computador quando chegou a um link para uma página no Facebook intitulada *Justiça para Angela*. A página tinha mil e duzentos seguidores, e a última postagem fora feita dois anos antes, um curto parágrafo datado de 31 de agosto de 2017:

A data de hoje marca o trigésimo oitavo aniversário do desaparecimento da minha querida amiga Angela Mitchell. Tantas décadas depois, ainda não há pistas sobre o caso. Poucos membros do Departamento de Polícia de Chicago ainda se recordam de Angela, e os que lembram se aposentaram há muito tempo e perderam as esperanças de descobrir o que realmente aconteceu com ela durante o verão de 1979. Nós, que fazemos parte desta comunidade on-line e que procuramos respostas, sabemos que nenhuma solução foi dada durante o julgamento que ocorreu em 1980 e que foi uma farsa. A cada ano que passa, parece cada vez mais provável que o único que poderia esclarecer a verdade está na cadeia. Claro que ele se recusa a proferir uma palavra a respeito de Angela.

Como sempre, qualquer pessoa com dicas ou informações sobre Angela Mitchell pode comentar esta postagem, e eu entrarei em contato pessoalmente. O menor detalhe, mesmo tantos anos depois, pode ser útil.

A postagem no Facebook incluía uma imagem granulada de Angela Mitchell. Na realidade, era a foto de uma foto. A pessoa que a havia postado utilizou um celular para captar a antiga fotografia de Polaroid, que estava amarelada e desbotada pela passagem dos anos, com o flash da câmera se refletindo no canto superior. Rory olhou para Angela Mitchell. Era uma mulher pequena que, na foto, estava ao lado de outra, mais alta, que Rory assumiu como a autora da postagem no Facebook. Na foto, Angela sorria com timidez para a câmera, com o olhar voltado ligeiramente para baixo e para a esquerda, incapaz, Rory entendeu, de olhar diretamente para a lente da Polaroid. Rory sentia a mesma aflição.

A suposição que Lane fizera no bar no dia anterior estava correta. A semente da curiosidade fora plantada na mente de Rory, e impedi-la de crescer era tão impossível quanto impedir o nascimento do sol. Inicialmente, ela ficou curiosa sobre o caso por causa do envolvimento do pai. Mas agora, desde que tinha ficado sabendo mais a respeito da mulher misteriosa no centro daquilo tudo, sentiu o impulso familiar do interesse que sabia que não podia ignorar. Era o mesmo sentimento que encontrava no início de uma reconstituição. Certa parte da sua mente seria incapaz de descansar até que ela soubesse tudo o que havia para saber sobre Angela Mitchell.

Por fim, Rory desviou o olhar da imagem granulada do Facebook e fez algo que normalmente nunca faria. Clicou o mouse sobre a seção de comentários e digitou:

Meu nome é Rory Moore. Preciso de alguns detalhes sobre Angela Mitchell. Por favor, entre em contato comigo.

Rory apertou *enter* antes que pudesse reconsiderar o que fez, rolou para o alto da página do Facebook, clicou no ícone *Sobre* e conseguiu informações acerca da pessoa que havia criado a página. A mulher afirmava ser a amiga mais próxima de Angela Mitchell no verão de 1979. Seu nome era Catherine Blackwell.

Chicago

AGOSTO DE 1979

O VALIUM ESTAVA AJUDANDO. ANGELA NÃO VOMITAVA havia três dias, e as dores de cabeça se manifestavam com menos frequência. A medicação embotava o impulso de arrancar as cicatrizes dos ombros, e o efeito geral entorpecia a paranoia e mantinha as preocupações de Thomas afastadas. Angela, que tomava o dobro da dose sugerida, se preocupava não só com a medicação em excesso como também com o que aconteceria quando o Valium acabasse. Thomas observava a mulher com atenção desde o colapso, e ela se esforçava para se acalmar e convencê-lo de que, desde a consulta com o médico, sentia-se melhor. Que sua breve recaída estava sob controle. Que a identidade do estranho do beco, embora a princípio perturbasse, agora trazia alívio. E, mais importante, que ela não precisava consultar um psiquiatra.

A representação e a camuflagem dos sintomas era exaustiva. Angela não tinha certeza de por quanto tempo mais conseguiria manter o truque. No entanto, um alívio estava chegando. Thomas programara inspecionar um canteiro de obras em Indianápolis no fim de semana e se encontrar com o construtor que estava planejando um loteamento de cento e cinquenta casas. Thomas e Bill vinham fazendo uma oferta pelo trabalho, e o marido ficaria fora durante todo o sábado e na maior parte do domingo. A conversa sobre o cancelamento da viagem começara depois que Thomas chegou em casa alguns dias antes e encontrou Angela coberta de sangue e em um estado de nervos como ela nunca antes mostrara ao marido. Mas precisando desesperadamente tanto de um tempo longe da preocupação sufocante de Thomas como de uma oportunidade para investigar as suspeitas acerca de Leonard Williams — o estranho do beco —, Angela usou toda sua força de vontade e dobrou a dose usual de Valium para oferecer uma fachada de normalidade e bem-estar. Naquele momento, na manhã de sábado, junto de Thomas à mesa da cozinha, tomando café, Angela deu mais um empurrão nesse sentido.

— Você tem de ir, querido. Estou me sentindo muito melhor.

— Está tomando a medicação, não está? — Thomas olhou para ela.

— Sim. Está ajudando.

— Me preocupa ficar longe durante uma noite. Bill é capaz de lidar com isso sem mim.

— Vou ficar bem — Angela afirmou, tentando ocultar a urgência em sua voz. — E nós precisamos desse contrato. Seria um bom dinheiro.

— Estamos indo bem — Thomas disse. — Seria bom, mas não *precisamos* desse contrato.

— Vá. — Ela olhou nos olhos dele de um jeito como raramente olhava para outra pessoa. — Eu estou bem.

UMA HORA DEPOIS DE VER THOMAS TIRAR A CAMINHONETE da garagem, atravessar o beco e pegar o caminho para Indiana, Angela afastou o carro do meio-fio e se dirigiu à rodovia. Thomas e Bill tinham quatro depósitos espalhados entre Kenosha, em Wisconsin, as zonas norte e oeste da cidade, e Hammond, em Indiana. Leonard Williams administrava o depósito de Kenosha, e, com a partida de Thomas, era para lá que Angela se dirigia.

Ficava a cerca de uma hora e meia de distância de Chicago. Angela consultou o mapa depois de sair da rodovia e, algum tempo depois, virou e pegou o longo caminho que levava ao escritório e depósito do marido em Wisconsin. Um rastro de poeira flutuava atrás de seu automóvel conforme ela passava. Situado no final de um grande distrito industrial, o escritório era uma das muitas construções térreas que ladeavam a estrada de cascalho. Quando Angela chegou, na manhã daquele sábado, seu carro era o único ali presente. Ela o deixou no estacionamento, mas com o motor ligado e o ar-condicionado funcionando a toda enquanto ouvia o rádio.

Durante a noite, houve um progresso no caso das mulheres desaparecidas, e a emissora WGN dava os últimos detalhes:

— *É possível* — dizia o repórter — *que o corpo encontrado no início desta manhã seja o de Samantha Rodgers, que desapareceu há três semanas e era considerada a quinta e mais recente vítima do Ladrão.*

Angela continuava sentada no carro, quando sua mente retrocedeu para a noite em que Catherine e ela, na sala de estar, assistiram ao noticiário da tevê sobre a desaparecida chamada Samantha Rodgers. Desde então, Angela criara uma biografia da mulher e sabia todos os detalhes de seu desaparecimento: a data em que ela sumira, o último lugar em que fora vista, a última vez que seus pais e amigos conversaram com ela, a última vez que o seu cartão de crédito fora utilizado e o local exato onde o táxi a deixara na noite do desaparecimento: na esquina da Western com a Kedzie, a apenas um quarteirão da casa dela. Angela conhecia os detalhes sobre Samantha Rodgers antes de o repórter informar. De fato, ela sabia muito mais do que a notícia apresentava. Angela conhecia a garota tão bem que sentiu uma dor no coração por não haver mais esperança de que ela fosse encontrada com vida.

— *Ainda estamos esperando que o Departamento de Polícia de Chicago confirme a identidade da vítima, mas acredita-se que o corpo de Samantha Rodgers foi encontrado em uma área arborizada de Forest Glen, a quilômetros de distância do apartamento da vítima, em Wicker Park. Ficaremos atentos a quaisquer novidades e vamos interromper a programação normal com qualquer notícia de última hora.*

Ao desligar o motor do carro, Angela se deu conta de que seu coração estava aos pulos. Quando tirou as chaves da ignição, elas tiniram com o tremor da sua mão. Angela se firmou ao desembarcar do veículo e olhar ao redor. Sabia que o depósito estaria vazio àquela hora numa manhã de sábado, pois as equipes já estavam nos seus canteiros de obras.

Angela atravessou o estacionamento de cascalho. A porta do escritório estava trancada. Antes de sair de casa, ela pegara um molho de chaves preso a um chaveiro do Chicago Bears no fundo de uma gaveta da cozinha. Tirando as chaves da bolsa, tentou inserir uma chave após a outra na fechadura, até que inseriu a correta e abriu a porta. Entrou no escritório e fechou a porta atrás de si, olhando pela janela na direção do estacionamento. Seu carro era o único parado ali, com a tempestade de poeira que ela causara ao dirigir pelo caminho de cascalho dissipada em uma nuvem branca que cobria a área. Angela dedicou algum tempo a olhar para a extremidade do caminho, vazia e silenciosa. Trancou a porta e se afastou da janela.

No escritório principal, Angela passou pela mesa e abriu as gavetas dos arquivos de metal que ocupavam a parede dos fundos. Folheando as pastas, precisou de dez minutos para encontrar os registros dos empregados. A Mitchell-Blackwell Construções tinha setenta e sete funcionários. Em um minuto, ela localizou a pasta com o nome *Leonard Williams*, o supervisor do depósito e o homem que acompanhava Bill Blackwell quando Angela estava na cozinha de Catherine no dia do seu colapso. Ela puxou a pasta e se sentou no chão para lê-la.

A primeira página continha uma cópia da foto da carteira de motorista de Leonard Williams. Ao olhar fixamente para os olhos escuros e o rosto sem expressão do homem que a abordara algumas semanas antes no beco atrás da sua casa, um calafrio tomou conta de Angela. Ela ficou sabendo que ele tinha cinquenta e dois anos, fora empregado de outra empresa de construção situada no subúrbio de Wood Dale, no oeste, e chegara à Mitchell-Blackwell com cartas de recomendação entusiásticas do seu antigo empregador. Leonard era casado e tinha dois filhos. Enquanto folheava a pasta, algo atraiu sua mente. Era o jeito como seu cérebro funcionava. Havia algo que ela tinha visto, mas não reconhecera. Uma pequena relevância que se enterrou no seu subconsciente, mas que ainda não flutuara para a superfície. Angela sempre fora capaz de sentir essa atenção aguda em relação a algo crítico, mesmo que não conseguisse identificar imediatamente.

Ela ignorou a ligeira falha em seus pensamentos, bem como o sussurro suave que ecoava nas partes longínquas da sua mente, e continuou a folhear o arquivo: formulários de imposto de renda, contratos de trabalho, papelada de indenização por acidentes de trabalho e referências do sindicato. Então, algo finalmente despontou nela e o sussurro se transformou em um grito. Angela voltou para a primeira página da pasta e olhou de novo para a cópia da carteira de motorista de Leonard Williams. Sua visão se estreitou para se concentrar no endereço dele. Ele morava em Forest Glen, o mesmo bairro onde o corpo de Samantha Rodgers acabara de ser encontrado.

Chicago

AGOSTO DE 1979

ANGELA ANOTOU O ENDEREÇO DE LEONARD WILLIAMS EM um pedaço de papel, recolocou a pasta no lugar e fechou o arquivo. Contornou a mesa da secretária e se dirigiu à porta lateral que levava ao depósito. Abriu-a e entrou no espaço cavernoso. O teto de vigas tinha três andares de altura, e a luz penetrava pelas janelas encardidas num tom turvo, cinzento, e Angela precisou semicerrar os olhos para enxergar na escuridão. Ela encontrou o interruptor e ligou as lâmpadas fluorescentes do depósito, que piscaram e acenderam.

Caminhões gigantes ocupavam o espaço, e paletes estavam enfileirados junto às paredes, contendo sacos verdes de concreto seco empilhados em colunas bem altas. Outros equipamentos que ela não identificou ou compreendeu se achavam pendurados nas paredes ou ficavam em pilhas altas no meio do depósito. Angela caminhou ao redor dos equipamentos. Aquele era o lugar que Leonard Williams supervisionava e no qual atuava.

Nos fundos, ela chegou a uma janela coberta com película que dava para o estacionamento. Avistou seu carro, ainda o único no terreno de cascalho, e, mais uma vez, olhou para a extremidade do longo caminho entre a via principal e o depósito, deserto naquela manhã de sábado — e, de repente, o vazio do lugar fez Angela respirar com dificuldade. Ela sentiu a pontada de um ataque de pânico iminente e lutou contra o impulso da sua mente de ir para aquele lugar sombrio e acolher pensamentos perturbadores de Leonard Williams naquela manhã, no beco, da sombra dele subindo pelas suas pernas ao se aproximar, dos olhos negros e do corpo desenhado como uma silhueta pelo ângulo pronunciado do sol. Mas também sentiu outra coisa. Algo que tornava mais fácil do que o normal superar os obstáculos mentais. O mesmo balbucio em seus pensamentos de alguns momentos antes, ao examinar a pasta de Leonard Williams e, involuntariamente, notar o endereço dele, estava acontecendo de novo naquele momento, enquanto ela olhava pela janela. Algo berrou por sua atenção.

Ela estava no canto do depósito, com a parede dos fundos à sua esquerda e a parede lateral com a janela encardida à frente. Algo estava errado. Ao voltar a olhar para o estacionamento, Angela se lembrou da imagem de quando desembarcou do carro. Ela estacionara na beira do depósito, mas seu automóvel estava muitos metros à esquerda da janela pela qual olhava. Angela fitou a parede dos fundos e se deu conta de que o depósito não terminava onde ela se achava, mas continuava além daquele ponto.

Afastando-se da janela, Angela caminhou ao longo da parede dos fundos, coberta de prateleiras de madeira que se erguiam até um andar de altura, contendo equipamentos pesados e paletes de material. Uma empilhadeira estava parada nas proximidades para pegar os itens nas prateleiras mais altas. Ao caminhar ao longo da parede dos fundos, Angela notou um intervalo nas prateleiras, na frente do qual havia um palete com sacos de concreto. Atrás dele, uma lona pendia como uma cortina e cobria parcialmente uma porta. Uma sensação estranha se apossou dela quando olhou na direção do escritório. As vigas rangeram com o vento. Ela voltou a sentir o estômago embrulhar. Tinha tomado dois comprimidos de Valium no caminho e resistiu ao impulso de pegar outro no frasco. Voltou-se para a porta parcialmente escondida, contornou o palete com os sacos de concreto e testou a maçaneta. Trancada. Angela abriu a bolsa e tirou o molho de chaves preso ao chaveiro do Chicago Bears. Tentou enfiar uma chave após a outra na maçaneta e, na quinta tentativa, a chave serviu.

Angela empurrou a porta, permitindo que ela se movesse nas dobradiças. Entrou na área escura até encontrar a parede após um giro completo de cento e oitenta graus. Estendeu o braço e achou um interruptor de luz. As luzes do teto se acenderam, e ela caminhou lentamente até a grande despensa. Fileiras de prateleiras ocupavam as paredes. Outra parede estava repleta de latas de óleo do tamanho de barris. O piso, coberto de lama, ao contrário do piso de concreto empoeirado do depósito.

No chão, ao lado das grandes latas de óleo, havia uma lona suja, uma pá, uma corda e uma pilha de blocos de concreto. Angela ergueu a tampa de uma das latas e olhou no interior — escura e vazia. Ao se virar lentamente, sentiu coceiras na pele e ficou ruborizada. Respirou fundo para acalmar o estômago, mas ainda assim a bile alcançou a garganta. No canto escuro, viu uma engenhoca estranha pendurada no teto alto. Aproximou-se para dar uma olhada melhor. Aparafusada no teto, havia uma viga de madeira em forma de "M". Cinco polias encontravam-se presas em cada ponto do "M", através das quais uma corda grossa estava enfiada. A corda pendia em cada extremidade da viga como os galhos flexíveis de um salgueiro. As duas pontas da corda eram separadas por uma distância de um metro e oitenta. Angela se aproximou ainda mais. Ligada a cada ponta da corda pendia uma tira de náilon vermelho amarrado em um laço. Aquilo lhe pareceu uma engenhoca medieval.

Angela tocou o laço de náilon, apertando o material macio e vermelho entre o polegar e o indicador. Então, ouviu um barulho do lado de fora. Soltou o laço, correu para a porta da despensa e espreitou o depósito, que continuava sombrio e cinzento, com os portões basculantes fechados. O barulho se fez ouvir mais uma vez. Espremendo-se entre as prateleiras e o palete com sacos de concreto que escondia a porta da despensa, Angela correu de volta para a janela e olhou para o estacionamento. Um dos caminhões-betoneira havia retornado e despejava os detritos em um reservatório em frente ao estacionamento. O caminhão estava encostado em um muro de contenção, com o tanque em um ângulo de noventa graus. Gritando, os trabalhadores davam ordens para o motorista.

Angela percorreu rapidamente a extensão do depósito e entrou no escritório. Trancou a porta ao sair e correu para o carro enquanto os trabalhadores continuavam o despejo a cerca de cinquenta metros de distância. Firmou-se apoiada no capô, respirando o ar úmido do verão. Quando a náusea passou, sentou-se no assento do motorista e apanhou a bolsa. Tirou o frasco de Valium, engoliu outro comprimido e saiu do estacionamento, acelerando pelo caminho do distrito industrial e levantando uma nuvem de poeira. A engenhoca em forma de "M" e os dois laços ficaram gravados na sua visão como a pós-imagem de um flash, exatamente como a imagem da repórter na noite em que ela assistira ao noticiário sobre

Samantha Rodgers. E então outra coisa… outro sussurro nos recessos profundos da sua mente, apenas um leve murmúrio pedindo para ser ouvido. Angela sabia que devia parar e escutá-lo, tentar decifrar o que tentava lhe dizer. No entanto, ela, que mal se dava conta dele ao acelerar pelo caminho de cascalho esforçando-se para respirar e controlar as mãos trêmulas, não tinha condições de compreender a mensagem confusa.

14

Chicago, 24 de outubro de 2019

RORY NUNCA HAVIA GOSTADO DE CARINHOS DEPOIS DE transar; na verdade, precisava de certo espaço depois do relacionamento íntimo. Após dez anos dormindo com ela, Lane não questionava mais as fugas furtivas de Rory do quarto depois do sexo. Na fase inicial do relacionamento, ela costumava esperar até que Lane adormecesse antes de empreender sua fuga, mas isso não era mais esperado. Naquele momento, Rory afastou as cobertas de modo lento e silencioso, vestiu uma regata e foi na ponta dos pés para o andar de baixo.

Na cozinha, abriu a geladeira, espalhando uma luz suave pelo chão enquanto pegava uma Dark Lord. No escritório, sentou-se à mesa e abriu a pasta que esperava ali. Com o resto da casa mergulhada na escuridão, seu local de trabalho estava iluminado apenas pelo suave brilho âmbar da luminária de mesa. Rory tomou um gole de cerveja preta e começou a ler.

O homem alcunhado de o Ladrão havia contratado o escritório de advocacia Garrison Ford imediatamente após sua prisão. Em 1979, o adiantamento foi de vinte e cinco mil dólares, pagos com cheque administrativo. Os honorários totais pela representação, que incluíam a defesa malsucedida e o julgamento contencioso, chegaram perto de cento e vinte mil dólares, também pagos por meio de cheques administrativos em quatro parcelas, entre o verão de 1979 e o inverno de 1981. Todas essas informações estavam contidas na terceira e última caixa que Ron Davidson entregara, junto com a pasta do escritório de Frank e as informações fornecidas pelo juiz Boyle.

Rory tomou outro gole de cerveja e virou a página. O melhor que ela conseguiu retraçar foi que seu pai se envolveu com o Ladrão durante a fase de apelações, depois que a sentença de sessenta anos foi proferida. O Garrison Ford continuou a cobrar pelos serviços até 1982, quando Frank deixou a firma para abrir o seu próprio escritório. Nos documentos de referência cruzada que Rory descobriu nos arquivos do escritório do pai, encontrou uma transição de faturamento que havia começado no segundo semestre de 1982. O primeiro cheque para o Grupo Moore de Advocacia foi emitido em 5 de outubro de 1982, para custear a segunda rodada de apelações.

Rory descobriu que todos os reembolsos — antigas cópias xerocadas de cheques manuscritos — haviam sido realizados com pagamentos à vista. Depois de abrir uma segunda garrafa de cerveja, ela ficou sabendo que, além de ser um assassino frio e calculista, o cliente do seu pai também era milionário. Na época da prisão, ele tinha um patrimônio líquido de um milhão e duzentos mil dólares. As finanças do homem estavam intimamente detalhadas na sua pasta porque, além de cuidar das apelações e da representação em audiências de livramento condicional, ele também contratara Frank para administrar sua fortuna durante o encarceramento, uma tarefa que incluía liquidar dívidas, colocar o patrimônio em ordem e vender ativos. Mergulhando no lado sombrio da advocacia criminalista, Rory percebeu como Frank havia estruturado a fortuna daquele homem em um oásis de sociedades de responsabilidade limitada e trustes para ocultar recursos e proteger contra a ameaça de ações civis. Protegida como a fortuna estava, se as famílias das outras supostas vítimas fossem atrás dele, encontrariam uma grande parte dela inacessível.

Mas nenhuma ação civil foi protocolada. Sem corpos, Rory sabia, uma ação civil seria considerada inconsistente. Os restos mortais de apenas uma mulher foram encontrados no verão de 1979. Seu nome era Samantha Rodgers. E, conforme Rory leu, embora houvesse uma tentativa de ligar o Ladrão a essa mulher, os advogados do Garrison Ford conseguiram convencer o juiz de que qualquer prova ligando seu cliente a Samantha Rodgers era meramente circunstancial. O juiz concordou, e a acusação desistiu da sua busca, concentrando-se em Angela Mitchell.

O dinheiro do cliente de Frank permaneceu protegido e, no cômputo geral, quando o assassino se instalou em sua cela no início da década de 1980, ele possuía mais de novecentos mil dólares em uma conta bancária. Ao longo da década de 1980, o pai de Rory usou esses recursos financeiros para pagar os próprios honorários advocatícios durante o processo de apelações, que se arrastou por uma década.

Além dos cheques referentes aos pagamentos de serviços jurídicos, Rory também se deparou com pagamentos adicionais classificados como "honorários de adiantamento". Ao longo da década de 1980, o Grupo Moore de Advocacia recebeu mais de duzentos mil dólares. Era uma soma elevada para simplesmente protocolar apelações. As raízes da curiosidade se aprofundaram na mente de Rory ao reconhecer que a ligação do pai com aquele homem ia além da típica relação entre advogado e cliente.

O que você ficou fazendo para esse sujeito, pai?

Rory leu os detalhes das apelações que Frank havia elaborado, que sublinhavam os pontos fracos da acusação. De modo conveniente, eles afirmavam que o promotor público não tinha conseguido produzir nenhuma prova física contra o seu cliente, incluindo o corpo da suposta vítima. Em adição à ausência dos restos mortais de Angela Mitchell, o pai de Rory sustentou que a mulher era *mentalmente retardada*, como declarado na peça processual de 1979. O termo "deficiência cognitiva" ainda estava a décadas de distância, e rotulá-la como "autista" era menos dramático e não se encaixava na narrativa. Uma esquizofrênica mentalmente retardada era muito mais impressionante. Mas não importava quais adjetivos haviam sido empregados para descrever Angela Mitchell: nenhum deles era correto. "Heroína" era um título que lhe cabia melhor, Rory descobriu, depois que aprendeu mais acerca do que Angela fizera e das vidas que salvara.

De acordo com a declaração do promotor público, Angela passou seus últimos dias de vida juntando provas que apontavam para o assassino de 1979. Ela foi morta durante o processo.

Chicago

AGOSTO DE 1979

ERA DOMINGO DE MANHÃ, MENOS DE VINTE E QUATRO horas depois da descoberta bizarra no depósito, e Angela não tinha dormido um minuto sequer. Passara a noite toda atualizando as biografias das mulheres desaparecidas e acrescentando às suas anotações tudo o que encontrara sobre Leonard Williams nos últimos três dias. Após deixar o depósito, no dia anterior, tinha passado horas na biblioteca consultando microfilmes e pesquisando mortes de mulheres por enforcamento e estrangulamento em Chicago e nos arredores. Abaixo do gráfico que ela elaborou descrevendo as tendências dos assassinatos na última década, adicionou as informações relevantes da sua pesquisa na biblioteca. Angela tentava entender a engenhoca que encontrara na despensa escondida, e acreditou que estava a um passo de descobrir alguma coisa. Das mulheres no seu gráfico que se encaixavam na descrição, que se enquadravam no perfil, e que tinham sido mortas em Chicago e nos arredores, a maioria fora estrangulada. Na última página do seu arquivo, Angela desenhou a estranha viga de madeira em forma de "M" com os dois laços pendurados.

Desde que saíra correndo do depósito para examinar os microfilmes na biblioteca, durante todo o tempo que produziu os documentos e gráficos e elaborou a teoria sobre Leonard Williams, ao longo da noite e até aquela manhã, quando chegou à casa de Catherine, aquele sussurro suave na sua mente incomodava e perturbava. Angela nunca interrompeu seu trabalho para ouvi-lo, e temia que a voz que a chamava fosse um efeito colateral do Valium, que ela vinha engolindo em um ritmo alarmante. Ou era a parte lógica e razoável da sua mente trabalhando para ser ouvida, tentando lhe dizer que ela estava se medicando em excesso e que suas ideias acerca das mulheres desaparecidas eram ridículas.

Agora, sentada à mesa da cozinha de Catherine, afastou o sussurro daquela voz e mostrou o trabalho para a amiga. Catherine ficou sentada pacientemente e ouviu Angela contar a história da sua viagem ao depósito, da descoberta de que Leonard Williams morava muito perto de onde o corpo de Samantha Rodgers fora encontrado, de que as mulheres assassinadas e que correspondiam à descrição das desaparecidas naquele verão haviam sido todas estranguladas. E concluiu mostrando a estranha imagem que ela desenhara da engenhoca com o laço duplo.

Catherine tomou um gole de café quando Angela finalmente olhou para ela.

— Você sabe que eu sempre te apoio — Catherine afirmou —, mas…

— Mas o quê? — Angela perguntou.

— Acho que tudo o que vem acontecendo neste verão a perturbou.

— O que você quer dizer?

— Você anda muito nervosa com o que está acontecendo. Eu também. Mas parece que você sente que a solução disso é sua responsabilidade e, Angela… Um tanto do que você está me mostrando é…

— É o quê?

— É difícil de digerir. Toda a investigação que você fez sobre as mulheres desaparecidas e como elas podem estar ligadas a uma série de assassinatos que já dura uma década…

— Creio que estão.

— No entanto, agora você está me dizendo que acha que sabe quem fez isso e que é um homem que trabalha para Bill e Thomas.

Com o rosto se avermelhando e ardendo, Angela desviou o olhar de Catherine e o dirigiu para suas anotações. Reuniu os papéis e os enfiou na pasta. Sua investigação e suas teorias, todas contidas no arquivo, estavam sobre a mesa da cozinha como um objeto estranho e indesejado encontrado na natureza. Não sabia bem o que fazer ou como lidar com aquilo, se valia alguma coisa ou se não passava de um pedaço inútil de algo desenterrado e arrastado interiormente.

— Acho que Leonard Williams assustou você no beco — Catherine finalmente disse, pondo a mão sobre a de Angela —, e que isso a fez olhar para ele de um jeito que a maioria não olharia. Pelo que sei, Leonard é um homem de família. Tem mulher e filhos, Angela. Não é um *serial killer* demente. Não penso que você fez algo tolo, deixe-me ser clara. Mas considerando com racionalidade tudo isso, não sei se concordo totalmente com o que você está sugerindo. Angela, não tenho certeza... Não sei dizer se acredito totalmente nisso.

Angela engoliu a rejeição em seco. Os arredores desvaneceram quando as lembranças da infância emergiram. Os comentários depreciativos da professora sempre que Angela fazia uma observação, na escola; a constante recusa dos pais em ouvir seu raciocínio sobre qualquer assunto; a completa rejeição do psiquiatra aos seus pedidos de ajuda quando o lítio lhe provocava alucinações. Todas as imagens da infância a levaram para longe, e só quando ouviu uma conversa, ela voltou ao momento presente. Então, viu Bill Blackwell ao lado de Catherine.

Houve um eco ao longe. Angela tentou escutá-lo, mas era vazio e mudo. Viu os lábios de Bill se movendo e percebeu que ele falava com ela. Angela piscou.

— É a segunda vez em uma semana que chego em casa e encontro uma surpresa — ela ouviu Bill dizer. — Thomas já voltou de Indiana?

Angela focalizou a bandana ao redor do pescoço do marido de Catherine. Percebeu que a voz suave e ecoante que ouvira um momento atrás não era a de Bill Blackwell, mas sim a voz sussurrada que ouvia desde a visita ao depósito de Kenosha. Finalmente, foi alta o suficiente para que ela pudesse decifrar. Estava gritando, na realidade, enquanto ela olhava para o homem à sua frente. A mente de Angela recuou para a noite em que todos jantaram na sua casa. Lembrou-se do pescoço avermelhado de Bill, explicado então como uma reação alérgica ao repelente de insetos e aos restos das picadas de mosquito. Lembrou-se da bandana dele da última vez em que se sentou naquela cozinha com Catherine. E nesse momento, nesse dia, Angela olhou para o pescoço coberto com a bandana e viu escuras marcas vermelhas na pele. Marcas que poderiam resultar de um laço e de um colar de proteção que o guarnecia.

Angela se levantou tão rápido que a cadeira caiu para trás e ricocheteou no chão da cozinha. Ela se afastou da mesa e, sem dizer uma palavra, virou-se e saiu às pressas pela porta da frente. Sua volumosa pasta ficou sobre a mesa.

15

Chicago, 25 de outubro de 2019

RORY PASSOU PELO PROCESSO DE TRIAGEM NOVAMENTE.
Depois de ser escoltada pelo guarda de segurança através dos corredores, entrou na sala de audiências do juiz. Exatamente como no primeiro encontro, sentou-se em frente à mesa. Atrás dela, o juiz se acomodou, ficando com a cabeça em uma altura bem inferior à do encosto do seu trono de couro.

— Temos muita coisa para discutir — afirmou o juiz Boyle. — Você se familiarizou com o seu cliente?

O seu cliente.

O som daquela frase incomodou Rory sob vários aspectos. Ela não tinha "clientes". Sua vida girava em torno de "casos". Sua vida girava em torno de ajudar as *vítimas*, e não os homens acusados de matá-las. Uma queimação ácida subiu-lhe pelo esôfago e se acomodou no fundo da garganta, mas Rory engoliu em seco. Seu interesse por Angela Mitchell era mais forte do que seu refluxo, e o papel misterioso do pai na vida do Ladrão conquistara um lugar em sua psique. Ela não poderia abandonar aquele caso até que soubesse qual era exatamente a ligação de Frank e aquele homem durante todos aqueles anos.

— Sim, senhor — Rory disse, por fim.

— Excelente. Seu pai e eu elaboramos muitas das condições relacionadas à libertação desse homem. Aqui estão algumas delas.

O juiz Boyle entregou a Rory uma folha de papel, na qual havia uma longa lista de itens. Ele leu em sua própria cópia.

— Houve um pedido para se abrir mão de um centro de reabilitação como requisito de local de moradia. Considerando a notoriedade do seu cliente, a idade e os meios financeiros dele, concordei com esse pedido. No entanto, ele é obrigado a permanecer em Illinois durante vinte e quatro meses. Seu cliente é proprietário de uma casa no estado, perto do Parque Estadual de Starved Rock, a cerca de uma hora da cidade. Frank pediu que o cliente pudesse mantê-la como sua residência, e eu concordei. Contudo, há diversas condições que precisarão ser cumpridas. Você, uma assistente social e também o agente da condicional designado terão de visitar o imóvel com antecedência e garantir que satisfaz os requisitos.

— Que requisitos, senhor?

O juiz Boyle empurrou outra folha de papel pela mesa.

— Precisa ter um telefone fixo, já que o seu cliente terá de entrar em contato diariamente com o agente da condicional nos três primeiros meses. O acesso à internet não é obrigatório, mas é recomendado. O imóvel deve ter um endereço postal do Serviço Postal dos Estados Unidos. Caixa postal não é permitido. Fotos da casa também precisarão ser tiradas e colocadas na pasta oficial. Sua viagem para lá dever ser agendada esta semana. Você vai organizar isso com a assistente social?

O juiz Boyle apresentou a afirmação como uma pergunta, mas Rory, pelo tom, entendeu que era mais uma ordem do que um pedido. Ela fez que sim com um gesto de cabeça.

— Seu cliente terá acesso a uma soma considerável de dinheiro após a libertação. Seu pai foi procurador financeiro dele nas últimas quatro décadas. Agora que Frank morreu, o dinheiro será administrado exclusivamente pelo seu cliente. São mais de oitocentos mil dólares, senhora advogada. Ele não conhece o novo mundo de operações bancárias digitais, por isso precisará de alguma ajuda até aprender. Então, claro, libere o dinheiro para o cliente, mas espero que você o administre para ele. Nos primeiros dezoito meses após a libertação, você terá de me fornecer atualizações financeiras, para provar que o cliente não vai dissipar a fortuna nem se tornar vítima de predadores financeiros que procurem se aproveitar dele. O estado de Illinois gastou muito dinheiro com esse homem. Eu gostaria de me certificar de que não gastaremos mais depois da soltura.

Rory fez anotações.

— Finalmente — o juiz prosseguiu —, ele tem sessenta e oito anos. Sem dúvida, possui recursos para não precisar trabalhar, e a sua má reputação o impede de conseguir um bom emprego. Por enquanto, é melhor que o seu cliente desapareça por um tempo. Talvez para sempre. A propriedade perto do Starved Rock foi mantida por um truste e, assim, o nome dele não está ligado a ela. Será difícil de localizá-lo após a libertação. Claro que todos em posição de autoridade que precisarem encontrá-lo terão acesso fácil. Porém, os *trolls* vão procurá-lo, e cabe a você ajudá-lo a permanecer no anonimato. Frank trabalhou muito para esse fim.

O juiz fechou o arquivo e se levantou, como se tivesse problemas ainda mais urgentes com que se preocupar.

— Mais alguma coisa?

— Sim. — Rory tornou a engolir a acidez. — Terei de vê-lo antes da audiência de livramento condicional para revisar algumas outras coisas. Até onde sei, ele nem sequer sabe que o advogado dele morreu.

A situação do encontro com um estranho na cabine fechada de uma sala de visitação prisional, de ter que olhá-lo nos olhos e explicar que ela era sua nova advogada, era algo de que Rory normalmente teria fugido. Em qualquer outra circunstância, ela teria feito tudo para evitar tal coisa, como uma criança que, para escapar do abraço apertado da mãe, que tentava contê-la, erguesse os braços e escorregasse para se livrar dela. Mas Rory estava atrás de algo. Ela não dava a mínima para o tal Ladrão. Queria, isso sim, descobrir o que seu pai estivera fazendo para aquele cliente, porque sabia muito bem que Frank não apenas cuidava das necessidades legais dele.

— Isso pode ser arranjado — o juiz Boyle disse. — Vou peticionar o pedido para que seja expedido.

Chicago

AGOSTO DE 1979

O ANIVERSÁRIO DE ANGELA CAIU NA TERÇA-FEIRA, DOIS dias depois de Catherine a rejeitar, do jeito que todos da adolescência de Angela tinham feito. Dois dias depois de ver o pescoço de Bill Blackwell e as feias manchas vermelhas que ele escondia com uma bandana. Dois dias depois que Angela juntou todas as peças inquietantes daquele verão. Dois dias completos, e ela não fizera nada. Foram dois dias de muito pouco sono, com a mente permitindo apenas pensamentos sobre as mulheres desaparecidas e questionando a crença de que Bill Blackwell era parte de tudo aquilo. Que a prática singular do enforcamento duplo era o método que ele usava para matar as mulheres. Dois dias questionando a teoria de que os desaparecimentos eram parte de uma série de homicídios muito maior e que remontavam a uma década inteira. Dois dias de pânico e dúvida. E se Angela duvidava de si mesma, não podia culpar Catherine por repreendê-la.

— O vinho está bom? — Thomas perguntou, trazendo Angela de volta de seus pensamentos.

Sabendo que Angela não gostava de multidões, Thomas fizera reservas para um jantar em horário mais cedo. Naquele momento, no dia do aniversário, estavam sentados a uma mesa iluminada pela luz de velas, bebendo vinho tinto, o restaurante ainda não muito cheio. Angela se esforçou ao máximo para suportar o cabernet, que perturbava seu estômago frágil.

— Está ótimo — respondeu, sorrindo.

Ela quase confessou tudo a Thomas quando ele chegou em casa no domingo à noite. No entanto, conteve-se, permitindo que a mente corresse solta. Sabia que tinha perdido o controle dos pensamentos. Nem mesmo o Valium era capaz de encurralar sua psique. A falta de sono a deixara irritada e nervosa.

Angela lutou contra o estômago inquieto ao longo do jantar e recusou a sobremesa.

— Você não quer sobremesa no seu aniversário, Angela?

— Não estou a fim de doces. Pode pedir se você quiser.

— Não. Vamos pular a sobremesa esta noite. Tenho algo para você. — Thomas tirou um pequeno embrulho do bolso interno do paletó.

Tudo o que acontecera desde aquele dia na garagem, quando Angela tentou levar o sofá velho para o beco para ser coletado pelos lixeiros — seu encontro com Leonard Williams, a crise opressiva de compulsão obsessiva, que havia lhe roubado uma semana inteira, a criação da sua teoria sobre as desaparecidas remontando a uma década, a reportagem sobre o corpo de Samantha Rodgers sendo encontrado e, mais recentemente, a estranha descoberta no depósito, a pesquisa sobre a prática perturbadora de asfixia dupla e a ideia de Bill Blackwell estar envolvido em tudo isso —, a fez se esquecer do colar que ela encontrara na velha cesta de piquenique.

Os acontecimentos da semana anterior também quase a levaram a se esquecer do seu aniversário. Naquele momento, sentada com o presente à sua frente, sentiu-se grata por ter se esquecido do colar. Se ele estivesse presente na sua mente, Angela não teria sido capaz de demonstrar surpresa.

— Posso abrir? — ela perguntou.

— Claro — Thomas respondeu.

Angela puxou a caixa embrulhada para si, rasgou com cuidado o papel e abriu a tampa do pequeno estojo. Olhou com os olhos semicerrados para os brincos de diamante no interior de feltro, sem tentar esconder a sua confusão.

— Não gostou, querida?

Angela fitou o marido, e viu-lhe a expressão confusa, que combinava com a sua.

— Não, não — ela respondeu com rapidez. — Amei. Só... — Balançou a cabeça. — Os brincos são lindos.

— Podemos trocar se não são do seu agrado. Alguns meses atrás, você os mostrou quando estávamos fazendo compras. Achei que seriam uma surpresa perfeita.

Angela assentiu.

— E é. Perfeita.

Enquanto ela prendia os brincos nos lóbulos das orelhas, tudo em que sua mente conseguia pensar era no colar que encontrara escondido no fundo da cesta de piquenique na sua garagem.

ANGELA, DEITADA NA CAMA, FINGIA GOSTAR DA ATENÇÃO do marido. Embora a vida sexual deles nunca tivesse sido muito ardente, havia alguma química entre os dois na cama, e o sexo sempre tinha sido agradável. Mas, naquela noite, a mente dela estava em outro lugar. Quando Thomas rolou para o lado, Angela pousou a cabeça no ombro do marido até ter certeza de que ele adormecera. Então, ao som da respiração ritmada dele, Angela saiu da cama, vestiu o roupão e calçou as meias. Já passava das onze da noite, um horário em que ela jamais costumava pensar em se aventurar do lado de fora da casa. A simples ideia de se dirigir até a garagem na calada da noite fazia as pontas dos seus dedos formigarem e as cicatrizes nos seus ombros implorarem para ser arrancadas. Porém, outro desejo eclipsou seu medo e superou até o impulso mais forte das partes autodestrutivas da sua mente: a curiosidade.

Angela sabia que, enquanto não desvendasse o mistério do colar, o sono nunca chegaria, mesmo com o uso generoso do Valium. Ela evitou os interruptores até alcançar a cozinha, onde acendeu a luz fosca sobre o fogão. Sentiu o rosto arder e o mal-estar familiar no estômago ao olhar pela janela para a garagem. O pulso acelerado e a irracionalidade das suas ações eram a maneira de o corpo implorar para que esperasse até a manhã seguinte, mas Angela não era capaz.

Destrancando a porta dos fundos, ela saiu da casa em direção à garagem. O calor sufocante do verão não dava trégua mesmo tão tarde da noite, e Angela sentiu o ar úmido molhar seu rosto. A vizinhança estava em silêncio. Empunhando a pequena lanterna que levara consigo, ela manteve a luz do terraço apagada. Um ataque de pânico iminente dificultou a sua respiração. Angela correu para a porta de serviço nos fundos da garagem e entrou, iluminando o interior com a lanterna.

O sofá sujo continuava encostado na parede. Angela voltou a atenção para as prateleiras atravancadas e encontrou a cesta de piquenique. Puxando-a de seu lugar, abriu a tampa e apontou a lanterna para o seu interior. O fino estojo com o colar permanecia exatamente onde ela o deixara. Angela enfiou a mão na cesta e o tirou. Ao abri-lo, encontrou o colar refletindo o brilho da lanterna.

Na garagem escura, Angela ergueu a mão para sentir os brincos pendurados nos lóbulos. Engoliu um súbito bolo de saliva que se formou no fundo da garganta pensando no que aquilo poderia significar. Naquele verão, Thomas trabalhara até tarde ao menos duas ou três noites por semana. Angela se lembrou de uma série de telefonemas no mês anterior nos quais ninguém falou nada quando ela atendeu. Algumas vezes, o autor da chamada desligava o telefone logo depois de Angela pronunciar a palavra *Alô*. Ela sabia que Thomas havia contratado uma nova secretária naquele verão. Naquele momento, na garagem escura, Angela lutou contra os gritos da sua mente que diziam que o marido vinha tendo um caso. A náusea voltou e o estômago embrulhou. Sem sucesso, ela tentou vomitar e, depois, deixou cair o estojo com o colar de volta na cesta e a recolocou na prateleira. Atravessou correndo a porta de serviço e vomitou em um pequeno canteiro gramado no quintal.

Respirando pesadamente, aspirou o ar quente e úmido do verão até que uma segunda onda de náusea passou. Então, Angela voltou apressadamente para a casa. Fechou e trancou a porta da cozinha. Então, as luzes se acenderam. Quando Angela se virou, viu Thomas na cozinha usando apenas uma cueca boxer.

— O que está acontecendo? — ele quis saber.

Angela deu um tapinha na camisola. Era uma reação nervosa para ocultar a confusão. Provocou o efeito oposto.

— Ouvi barulho nas latas de lixo de novo. A tampa de uma delas caiu — disse, de imediato julgando sua mentira como algo entre o terrível e o completamente inacreditável.

— Por que não me acordou?

— Eu só... Não queria que os vizinhos ouvissem. O sr. Peterson tem andado nervoso desde que eu fechei a entrada para carros com o sofá.

Thomas se dirigiu à porta dos fundos e puxou as cortinas para o lado.

— A porta de serviço da garagem está aberta — ele afirmou, olhando para ela.

— Está? Não notei. — Angela sentiu o estômago voltando a embrulhar.

Thomas destrancou a porta da cozinha e saiu para a garagem. O ar noturno, quente e úmido, invadiu a casa enquanto Angela o via entrar na garagem e acender as luzes. Ele ficou fora do alcance da visão por um minuto completo. Durante aquele tempo, ela sentiu o nó no estômago apertar, e correu para o banheiro. E voltou a vomitar antes de se firmar na parede e descansar a testa no dorso da mão. Ouviu as tábuas do assoalho rangendo e, através das lágrimas, viu Thomas parado à soleira.

— Você está bem, Angela?

— Não estou me sentindo bem, mais uma vez.

— Por isso devia ter me acordado. — Thomas a pegou por baixo do braço e a levou de volta para o andar de cima.

Ela deixou que ele a conduzisse até a cama.

— Vi que você vomitou do lado de fora da casa. — Ele puxou as cobertas sobre ela. — Vou ligar para o médico de manhã. Sei que você tem resistido, Angela, mas é hora de consultar o psiquiatra. Alguém tem que ajudá-la, e eu não sei mais o que fazer por você.

O frasco de Valium estava quase no fim. Ela precisaria de mais, por isso não protestou. Quando Thomas se deitou ao seu lado na cama, Angela fechou os olhos, mas não dormiu.

16

Chicago, 25 de outubro de 2019

A RACHADURA FOI FECHADA COM HABILIDADE, MAS CONSU-
miu uma quantidade maior de epóxi do que Rory preferira usar. O adesivo adicional era necessário para assegurar que a órbita ocular da boneca predileta de Camille Byrd permanecesse intacta. Rory não conseguiu entrar na atitude mental correta para reconstituir o assassinato da mulher, então concentrou-se no seu brinquedo. Depois que Rory mergulhou na restauração, concluiu que o olho da boneca era o maior desafio em termos de reparo. Ela havia reconstruído a órbita ocular com uma mistura de papel machê e gesso, uma técnica descrita por Sabine Esche. Naquele momento, com o epóxi e gesso solidificados e o olho fixado na órbita, Rory se sentia satisfeita com o resultado. Quando a boneca ficava deitada, havia apenas um ligeiro atraso no fechamento da pálpebra que só o observador mais perspicaz perceberia.

Rory lixou o adesivo para alisar a junção da rachadura original. Então, cerrou as pálpebras e deslizou os dedos pelo rosto da boneca: a rachadura estava imperceptível. A *sensação* do rosto da boneca fora perfeitamente restaurada, mas a *aparência* da boneca da infância de Camille Byrd ainda deixava muito a desejar. O epóxi adicional e o polimento intenso tinham deixado uma mancha desbotada que corria, como um rio em um mapa, do contorno do couro cabeludo até a beira da mandíbula. A faixa curvada da porcelana desbotada parecia uma cicatriz mal curada. Rory sabia que as técnicas que utilizara para reparar a rachadura e reconstruir a órbita ocular eram inigualáveis. E também sabia onde estava o seu ponto fraco:

trazer a porcelana de volta ao seu estado original. Para essa tarefa, ela recorreria a um mestre. A única pessoa melhor do que ela.

Era quase meia-noite quando Rory entrou na casa de repouso. Obtivera permissão da equipe para visitá-la assim tão tarde e o código de acesso para a entrada da frente. As enfermeiras sabiam que Greta raramente dormia à noite, e que a melhor chance de Rory para uma conversa coerente geralmente vinha no começo da madrugada. As duas últimas visitas à tia Greta não tinham dado certo. Desde a morte do pai, Rory vinha tendo problemas para se relacionar com a tia-avó. Sem filhos, a família de tia Greta era composta do sobrinho — Frank Moore — e da filha dele. O pai de Rory tinha sido mais como um neto para Greta, e Rory, como uma bisneta. Ao longo da vida, Rory aprendeu muitas coisas com Greta, incluindo seu amor pela restauração de bonecas de porcelana. Costumava ser a atividade mais apreciada por elas, restaurar bonecas antigas que se enfileiravam junto às paredes da casa de Greta. O amor mútuo pela restauração de bonecas antigas era a base de seu relacionamento, e foi como as duas se tornaram tão próximas durante a infância de Rory. Naquele momento, desde que a demência se infiltrara na mente de Greta, as bonecas antigas que Rory trazia para a cabeceira da tia-avó propiciavam um canal diferente para o passado, o acesso a uma parte da história de Greta cheia de alegria, em vez dos momentos angustiantes de sua vida geralmente desencadeados pela demência.

A visita daquela noite também tinha laivos de egoísmo. Desde que pedira um encontro com o Ladrão, um tremor havia tomado conta das mãos de Rory, do jeito que costumava acontecer na infância. A ansiedade a atormentava desde muito jovem, e a única maneira de passar pela infância tinha sido por meio da natureza calmante de tia Greta e das bonecas que restauravam juntas. Os pais de Rory percebiam o efeito que Greta surtia sobre a filha, e enviavam Rory para a casa dela quando os sinais do transtorno se tornavam evidentes. Após um longo fim de semana, ou às vezes uma estada prolongada que durava uma semana ou mais, Rory voltava para a casa dos pais recuperada e renovada, o que lembrava muito as bonecas que ela e Greta haviam restaurado. Naquela noite, Rory precisava dos mesmos poderes de cura que Greta lhe oferecera quando era uma criança desorientada.

Rory levou a boneca Kestner de Camille Byrd para o quarto escuro. Tia Greta estava sentada ereta na cama, com os olhos bem abertos, olhando para o nada. Rory visitava a tia-avó durante a noite não só porque era o horário mais provável de pegar Greta em um estado de lucidez, mas também porque Rory sabia que o sono raramente chegava para ela nas altas horas da noite. Imaginar tia Greta deitada acordada, olhando para o vazio, nunca era reconfortante. Ela dera tanto para Rory na vida, que a sobrinha-neta se recusava a permitir que ela passasse sozinha o último período da existência.

— Oi, velhinha. — Rory se aproximou da cabeceira.

Os olhos de Greta se moveram para o lado, percebendo Rory de relance por apenas um instante.

— Eu tentei salvar você. Havia muito sangue.

— Eu sei — Rory afirmou. — Você fez o melhor que pôde. E ajudou muitos pacientes durante a sua carreira.

— Há muito sangue. Temos que ir ao hospital.

— Tia Greta, está tudo bem agora. Todos estão seguros.

— Temos que ir. Preciso de ajuda. Há muito sangue.

Rory fez uma pausa e olhou para a tia-avó. Finalmente, pegou a mão dela e a apertou com delicadeza.

— Você prometeu que me ajudaria com uma restauração. Lembra disso?

Rory colocou na cama a caixa contendo a boneca Kestner. Imediatamente, percebeu a mudança de comportamento da tia-avó. Greta olhou para a boneca, cujo rosto danificado era visível pela janela da tampa.

— Tive de usar uma grande quantidade de epóxi para reparar a rachadura. Isso exigiu muito lixamento para alisar a superfície. Eu a consertei perfeitamente, mas preciso de ajuda para fazer a porcelana voltar à cor original.

Greta sentou-se direito na cama. Rory abriu a caixa, tirou a boneca e a colocou no colo da tia-avó. Então encontrou os controles e ergueu a cabeceira da cama para que Greta ficasse totalmente ereta.

— Eu trouxe as suas tintas. — Rory retirou da mochila um grande sortimento de frascos de vidro do tamanho dos de esmalte de unha em diversas cores. Ela virou o criado-mudo e colocou as tintas sobre ele.

— Preciso de mais luz — Greta disse com a voz grave e rouca, diferente, naquele momento, das divagações estridentes de quando ficava presa na armadilha dos espasmos da demência.

Rory puxou a luminária, acendeu as luzes do teto e viu sua tia-avó começar a trabalhar. No mesmo instante, Rory se transportou para a infância, para a casa de Greta, para a sala repleta de bonecas e para bancada de trabalho onde ela e a tia passavam horas e horas.

— Sabe... — Rory observava Greta passar uma demão de proteção sobre a rachadura reparada. Ela mantinha os olhos na boneca Kestner enquanto falava. — Tenho de fazer algo que me deixa... assustada.

Rory nunca usava as palavras *nervosa* ou *ansiosa*. Fazer isso seria admitir demais. Greta continuava trabalhando, sem nem sequer olhar de relance na direção de Rory, tão concentrada estava na restauração.

— Tenho de me encontrar com uma pessoa com quem o meu pai costumava trabalhar. Um cliente.

Rory esperou um momento por alguma indicação de que Greta a ouvira.

— Ele é um homem mau. Um homem perverso, pelo que sei. Mas não tenho outra escolha a não ser me encontrar com ele.

Finalmente, Greta parou de passar o pincel no rosto da boneca e encarou Rory.

— A gente sempre tem uma escolha.

Por um instante, Rory permaneceu calada.

— Acho que é verdade.

Greta voltou para a boneca, com toda a concentração direcionada na pintura da rachadura reparada, abaixo da órbita ocular.

Claro, as palavras de Greta eram corretas. Rory poderia ter dito ao juiz simplesmente que não pegaria o caso. Era legalmente obrigada a fazer isso? Essa era uma área cinzenta. Ser sócia do escritório de advocacia do pai colocava Rory como a primeira na fila para pegar os casos dele, mas se ela simplesmente tivesse se recusado, o juiz Boyle pouco poderia ter feito. A verdade era que Rory já fizera sua escolha. Ela iria se encontrar com aquele homem por um motivo. Escolheu encontrá-lo pessoalmente porque havia algo que seu pai escondera, e Rory queria saber o que era. E a única pessoa que poderia lhe dizer era o homem que estava na prisão esperando pelo seu livramento condicional.

Cuidando da boneca com pinceladas uniformes e decididas, Greta estava conseguindo fazer a rachadura começar a desaparecer. Então, ela voltou a falar:

— Nada pode te assustar, a menos que você deixe que a assuste.

Rory sorriu e se reclinou na cadeira. Adorava os raros momentos em que era capaz de se conectar com Greta, cuja mente ultimamente parecia ter sido devastada e roubada.

Duas horas depois, a primeira demão estava terminada e em processo de secagem. Para um observador casual, a boneca de Camille Byrd parecia perfeita. Mas Rory sabia que seriam necessárias mais duas demãos de tinta e polimento para que ficasse realmente impecável. Por isso, ela se sentiu grata. Significava que logo teria uma oportunidade de se reconectar com sua tia-avó novamente.

Chicago
AGOSTO DE 1979

O DIA SEGUINTE AO ANIVERSÁRIO DE ANGELA TRANSCORREU sob o olhar atento de Thomas. Ela fez o possível para manter a calma enquanto se acostumava com a ideia de consultar um psiquiatra. Não havia nenhuma forma de evitar aquilo. Ela sabia que Thomas faria pressão. Ondas selvagens de memórias voltaram quando ela se lembrou dos anos da adolescência passados sob o domínio autoritário do seu médico, em quem os pais tinham depositado a confiança de que ele controlaria os acessos selvagens, evitaria os ferimentos autoinfligidos e transformaria a filha introvertida em uma adolescente "normal".

Angela havia ingerido o último Valium após se aventurar na garagem na noite anterior. Naquela manhã, quando o sol iluminou as molduras das janelas do quarto, ela ansiou que o mundo a arrancasse de outra noite de tormento. Naquele momento, sozinha na cama, ouviu Thomas falando ao telefone; ele vinha fazendo ligações telefônicas desde as nove horas. Angela sabia que uma delas tinha sido para o dr. Solomon, pedindo a indicação de um psiquiatra. Angela nunca dissera a Thomas que a indicação original do dr. Solomon fora jogada no lixo ou que ela nunca retornara as últimas ligações do médico.

Quando Angela enfim saiu da cama, Thomas ainda falava ao telefone, a voz grave ressoando da cozinha. Ela tomou banho e se vestiu. Ao descer a escada, viu o marido tomando café à mesa, analisando uma planilha do trabalho.

— Fiz café — ele afirmou. — Sente-se melhor?

— Um pouco, sim — Angela mentiu.

Ela se serviu de uma xícara de café e se sentou diante dele.

— Liguei para o médico — disse Thomas. — Ele só vai aparecer no consultório amanhã. Deixei um recado. Acho que eu deveria acompanhá-la quando você for consultar o psiquiatra.

Angela não protestou, apenas assentiu.

— Tenho um problema de trabalho para resolver em Indiana. Preciso ir até lá dar uma olhada. A esta hora da manhã, evito o horário do rush e chego lá no começo da tarde. Volto hoje à noite. Acredito que até as oito estarei aqui.

Pela primeira vez, Angela sentiu que talvez tivesse exagerado no Valium. Uma onda de indiferença se apossara dela depois de engolir o último dos comprimidos, após a visita à garagem, na véspera. O colar escondido na cesta de piquenique e os pensamentos sobre a infidelidade de Thomas ricochetearam em sua mente. Pensou na permanência do marido até tarde da noite no escritório em diversas ocasiões, e na profusão de trabalhos fora da cidade que frequentemente o fazia passar noites longe de casa. Tudo isso, junto com a rejeição de Catherine às suas descobertas, fazia Angela se sentir sozinha e isolada, sem ninguém a quem recorrer. Aquilo não era verdade, ela lembrou a si mesma. Através da bruma de pensamentos nebulosos, Angela sabia que sempre tinha uma pessoa em sua vida em que podia confiar. E a oferta para ajudar Angela *a qualquer hora* e *por qualquer motivo* fora incondicional. Ela jamais pensou que precisaria de novo daquele auxílio, que a salvara aos dezoito anos. Desde então, tinha estado por sua própria conta, livre dos limites dos pais, dos psiquiatras e do hospital psiquiátrico onde a mantinham prisioneira. Porém, naquela manhã, pela primeira vez em anos, Angela precisava de ajuda. Depois de todos aqueles anos, ela se perguntava se a oferta ainda estaria de pé.

— Você vai ficar bem sozinha? — Thomas perguntou. — Posso ligar para Catherine e ver se ela pode ficar com você hoje.

— Não. — A mente de Angela vagou de volta à infância, quando os pais a observavam como falcões, sempre temendo o pior se a deixassem sozinha. E Catherine não era mais alguém em que ela podia confiar. — Vou ficar bem.

Thomas assentiu, olhando demoradamente para a mulher.

135

— A enfermeira do consultório do dr. Solomon disse que ele às vezes retorna as ligações de casa. Então, se o telefone tocar, não deixe de atender. Ela falou que ele tentou contatar você, que ligou algumas vezes.

Angela olhou para o café, sentindo as paredes do seu mundo se contraindo sobre si. Ela apagara as mensagens do dr. Solomon da secretária eletrônica com o pensamento ilógico de que, ao fazê-lo, nunca teria de falar com ele; com o raciocínio absurdo de que apagar a voz do dr. Solomon e o pedido dele por uma chamada de retorno a impediria de ter de retornar ao mundo dos psiquiatras. Finalmente, Angela olhou para o marido e deu de ombros.

— Que eu saiba, ele não ligou. Mas não vou deixar de atender se o telefone tocar.

TRINTA MINUTOS DEPOIS, ANGELA VIU O MARIDO TIRAR O carro da garagem e pegar o beco. Ele se afastou lentamente, a caminho de Indiana para passar o dia. O ronco do motor da caminhonete estava quase fora do alcance da escuta no momento em que Angela se pôs em movimento. Ela não tinha conseguido acompanhar o noticiário nos últimos dois dias, sabendo que Thomas não gostaria da ideia de incitar sua paranoia com notícias sobre a garota cujo corpo fora encontrado na semana anterior.

Naquele momento, porém, após a partida de Thomas, Angela sentiu um súbito desejo de tomar conhecimento dos últimos detalhes do caso. Estava ansiosa por qualquer coisa que tirasse da sua mente a ideia de que o marido arrumara uma amante. Ela não vira ou ouvira nenhuma atualização acerca de Samantha Rodgers desde aquela reportagem no rádio na manhã em que fora ao depósito. Angela ligou a tevê; mas, com a saída tardia de Thomas para o trabalho, os noticiários matinais já tinham terminado havia mais de uma hora. Então, ligou o rádio e procurou uma emissora que desse as últimas notícias. Depois de dez minutos de conversas sobre o mercado de ações e de comerciais, ela decidiu pegar o jornal.

A varanda da frente e a entrada para carros estavam vazias quando Angela procurou pelo *Tribune*. Imaginou que Thomas já o tivesse pego. Então, verificou o banheiro; um hábito repugnante do marido que ela nunca fora capaz de quebrar. No entanto, não conseguiu achar o jornal em casa. Assim, decidiu checar o lixo, e dirigiu-se ao beco. Levantou a tampa da lixeira e, ali dentro, sobre sacos de plástico preto, estava um *Tribune* não lido, ainda embrulhado no saco plástico em que era entregue. Angela o apanhou e correu para dentro de casa.

O *Tribune* tinha muitos artigos sobre o Ladrão e detalhes sobre a única vítima cujo corpo fora encontrado. Arrancando os cílios, Angela lia com atenção os artigos, um de cada vez, e então, cuidadosamente, os cortava com a tesoura e os adicionava à sua pasta, que se avolumava cada vez mais. Angela virou a página e começou a leitura de um novo artigo, que descrevia o caso de Samantha Rodgers e a cova rasa onde o seu corpo fora encontrado. Ao ler o relato, ela sentiu a pele se arrepiar:

O corpo de Samantha Rodgers foi achado em uma área arborizada de Forest Glen, a menos de dois quilômetros da estrada principal. As contusões graves encontradas no pescoço, detectadas durante autópsia, sugerem que ela foi estrangulada. A polícia de Chicago vem solicitando informações sobre a vítima a partir da noite em que ela desapareceu, e está se apoiando na sugestão dos pais da vítima de que na noite do desaparecimento a filha usava um colar de diamantes e peridotos que ganhou na sua formatura, no mês anterior. A polícia segue investigando todas as casas de penhor da cidade e do subúrbio na tentativa de encontrar um colar que corresponda à descrição dos pais, aguardando pela primeira pista nos casos das pessoas desaparecidas no verão.

O colar em questão possui uma gravação com as iniciais e a data de nascimento da vítima na parte posterior: SR 29-7-57.

Qualquer informação pode ser fornecida ao número de telefone abaixo.

Angela tirou os olhos do jornal. Ao fitar através da janela da cozinha, seu mundo se reduziu a um campo de visão em forma de túnel, que captava apenas a porta de serviço da garagem. Levantou-se num instante e seguiu sua visão em túnel, saindo pela porta dos fundos.

17

Chicago, 26 de outubro de 2019

RORY USAVA TRAJE DE COMBATE COMPLETO: ÓCULOS, gorro, jaqueta cinza e coturnos. Sentada no carro, no estacionamento, sentiu o rosto arder. Respirou fundo ao pensar que iria ficar frente a frente com o cliente mais antigo do seu pai, um assassino frio e calculista, fingindo elaborar os detalhes da soltura dele. Uma culpa estranha se apossou dela ao considerar a ideia de que seu falecido pai tinha algum relacionamento comercial abominável com aquele assassino de 1979.

Nada pode te assustar, a menos que você deixe que a assuste.

Rory tornou a respirar fundo, deixando que o ataque de pânico se esvaísse dos pulmões a cada expiração. Quando as mãos se firmaram e os pulmões começaram a se expandir e se contrair livremente sem o ritmo soluçante do pânico, Rory abriu a porta do carro, desembarcou e absorveu o ar frio da manhã de outono. Estava na frente da Penitenciária de Stateville, em Crest Hill, Illinois. Era ali que o Ladrão morava havia quarenta anos.

Ela, que segurava o documento de identidade, já preenchera antes a papelada e trazia uma cópia da ordem do juiz Boyle permitindo a visita improvisada. Ainda assim, o processo de autorização de entrada era lento. Por fim, Rory foi chamada à janela para preencher formulários de visitação adicionais. Uma mulher deslizou a janela da divisória para o lado e tirou os olhos do computador.

— Nome, por favor?

— Rory Moore.

— Relação com o preso?

— Advogada.

A mulher digitou no computador por um momento.

— Nome do preso?

Rory olhou para a pasta em suas mãos e leu o nome na aba de baixo.

— Thomas Mitchell.

Chicago

AGOSTO DE 1979

COM A PORTA DE SERVIÇO ABERTA NO FUNDO DA GARA-
gem, Angela tirou a cesta de piquenique da prateleira. Ao colocá-la no
chão, a tampa de vime se soltou e ficou girando como uma moeda antes
de cair e parar. Então, Angela pegou o estojo da cesta, retirou o colar e o
examinou com atenção. Naquela manhã, os peridotos verdes e os diamantes ao redor estavam foscos na garagem pouco iluminada, diferente do dia
em que ela descobrira o colar. Naquela ocasião, o sol brilhante da manhã
iluminara as pedras preciosas. A diferença era muito grande entre os dois
momentos, como se a luz da vida tivesse sido drenada dela exatamente
como a luz das pedras preciosas.

Angela sentiu o tremor voltar às mãos quando virou devagar o colar
e semicerrou os olhos para procurar a gravação. Segurou a joia contra a
luz que atravessava a janela e, então, conseguiu ver claramente a gravação na parte posterior: SR 29-7-57.

Naquele dia, na garagem, o mundo de Angela Mitchell desmoronou.
Alguma correlação indecifrável se formara na sua mente entre a manhã
em que tentou mover o sofá até o lixo e aquele momento. Desde então, sua
vida passou a seguir uma trajetória descendente e, naquela manhã, finalmente se estatelou em uma explosão flamejante.

Bem devagar, Angela observou as prateleiras na sua frente e, sem saber
conscientemente o que fazia, começou a remexer nas caixas, uma após a
outra. Logo, chegou a uma caixa de papelão plastificado contendo decorações de Natal. Tirou-a da prateleira, colocou-a no chão da garagem e ergueu

a tampa. No interior, havia cordões de luzes natalinas enrolados, situados sobre um objeto que ela não conseguiu identificar imediatamente. Ao tirar os cordões da caixa, Angela encontrou uma bolsa. Não era uma bolsa que tivesse lhe pertencido. Com uma sensação de mau agouro na boca do estômago e com os dedos trêmulos, ela abriu o zíper e encontrou um estojo de maquiagem, um batom, um maço amassado de Pall Mall, um isqueiro e uma carteira. Ao puxar a carteira da bolsa, os cigarros caíram no chão. Largou a bolsa e virou a carteira nas mãos. Sentiu-se tonta, com a visão periférica tomada por estrelas dançantes. Tirou a habilitação da carteira e viu uma mulher loira na foto. Imediatamente, reconheceu-a como Clarissa Manning, a primeira vítima, desaparecida em maio. Angela criara uma longa biografia sobre ela, bem como sobre todas as outras mulheres.

Angela não tinha como entender completamente os horrores com os quais se deparara na despensa no depósito em Kenosha, mas as primeiras ondas de compreensão começaram a atingir as margens da sua mente quando se lembrou dos dois laços e das reportagens detalhando as contusões no pescoço de Samantha Rodgers. Ela não conseguia entender o que poderia ter acontecido ali.

Quando tudo isso a atingiu, e com a carta de motorista de Clarissa Manning em uma das mãos e o colar de Samantha Rodgers na outra, um forte ruído chamou sua atenção. Angela ainda sentiu a visão em túnel ao olhar para os pertences das desaparecidas. Finalmente descobriu por que sentira os nervos tão à flor da pele durante todo o verão. Finalmente sabia a razão pela qual as obsessões e as compulsões do seu passado, havia muito adormecidas, tinham se levantado das sepulturas onde as enterrara. Por mais que tentasse se convencer, não tinha nada a ver com o estranho do beco ou com Bill Blackwell. Naquele verão, a sensação de medo fora muito vívida porque ficara muito perto do homem responsável pelo desaparecimento das mulheres.

O forte ruído continuou, até que trouxe Angela de volta ao presente. Com os olhos arregalados, ela observou a parede dos fundos. Enfim, sua mente processou o barulho que estava ouvindo. Era o estrépito do motor da porta da garagem fazendo as correntes engrenarem, o rangido das molas puxando a porta para o alto e o ronco do motor da caminhonete Ford de Thomas se aproximando do beco.

Ele deveria estar em Indiana. Ele deveria estar inspecionando um futuro canteiro de obras.

Apavorada, Angela olhou para o chão. Ali estava a caixa de papelão plastificado com a tampa aberta. Perto dela, empilhados ao acaso, três cordões de luzes de Natal, assim como a bolsa de Clarissa Manning, que caíra de cabeça para baixo e espalhara seu conteúdo: estojo de maquiagem, batom, isqueiro e moedas. Estavam ali também a cesta de piquenique e a sua tampa, que girara e parara a alguns metros de distância. O ronco da caminhonete de Thomas ficava mais alto conforme a porta da garagem continuava a subir.

18

Chicago, 26 de outubro de 2019

LÁ ESTAVA RORY, SENTADA NA CABINE DIANTE DE THOMAS Mitchell. Sabia que ele tinha sessenta e oito anos, mas o homem em sua frente parecia mais novo. Rugas nasciam abaixo das suas narinas, passavam ao redor dos lábios e morriam em algum lugar perto do queixo; mas, fora isso, ele tinha uma feição jovem e traços bem delineados. Rory teria lhe dado cinquenta e poucos anos.

A expressão de Thomas se mostrava impassível quando Rory se sentou na frente dele, com os pulsos algemados pousados sobre a mesa, os dedos cruzados como se em oração e uma aura de paciência emanando dele. Tirou o telefone do gancho e o colocou no ouvido. Rory fez o mesmo.

— Sr. Mitchell, meu nome é Rory Moore.

— Disseram que meu advogado estava aqui para me ver.

— Sinto informá-lo que Frank Moore morreu no mês passado. Eu sou a filha dele.

Rory percebeu algo nos olhos de Thomas. Se foi emoção ou simplesmente reflexão, era difícil determinar.

— Isso vai atrasar a minha libertação?

— Não. Eu assumi o caso e estou cuidando dos detalhes.

— Você é advogada?

Rory hesitou, exatamente como quando o juiz Boyle fez a mesma pergunta.

— Sim — ela disse, por fim. — Trabalhei ocasionalmente com meu o pai e conheci o juiz que está supervisionando seu livramento condicional.

Thomas Mitchell permaneceu calado e, então, Rory prosseguiu:

— O juiz e o meu pai estavam negociando os termos do seu livramento condicional. Estou familiarizada com os pormenores. — Rory abriu a pasta diante de si e tirou uma página da pilha. — O senhor tem alguns bens. Há mais de oitocentos mil dólares na sua conta bancária. Se o senhor agir com critério, o dinheiro deverá durar pelo resto da sua vida.

Ele assentiu.

— Meu pai era seu procurador financeiro. Esse direito foi transferido a mim, e o juiz pediu que eu o ajudasse a se organizar financeiramente após a sua libertação. O mundo das operações bancárias mudou desde o tempo em que o senhor era um homem livre. O juiz me pediu que o ajudasse com as suas finanças durante o primeiro ano e meio após a sua libertação.

— E quanto ao esquema de moradia? Não quero morar em um centro de reabilitação. Frank vinha cuidando disso para mim.

— O juiz concordou com o seu pedido para morar no chalé situado perto de Starved Rock. Vi que o senhor o herdou de um tio em 1994. Meu pai o manteve em um truste em seu favor, e ficou sob administração desde então como imóvel de aluguel. O juiz ordenou que eu, junto com a assistente social e o agente da condicional, inspecionasse a residência antes da sua libertação.

— Tudo bem — disse o Ladrão. — Por favor, verifique se o aquecimento está funcionado.

— O senhor já esteve nesse chalé? — Rory perguntou, achando certa graça no pedido de Thomas.

— Quando criança. Foi uma surpresa meu tio tê-lo deixado de herança para mim. Mas fiquei feliz, e Frank manteve isso em segredo.

Rory vira apenas por alto o trabalho do pai relativo à propriedade herdada. Fazia sentido agora que ele a tivesse mantido em um truste para preservar o anonimato do proprietário.

— Há uma longa lista de requisitos que o senhor deverá seguir durante os primeiros doze meses após a soltura. — Rory tirou outra página da pasta. — O senhor precisará se encontrar e conversar regularmente com o agente de condicional. Também será designado um assistente social para garantir o seu bem-estar. Há uma lista de médicos aqui que o senhor será obrigado a consultar. Um médico internista que realizará exames toxicológicos regulares, e um psicólogo ao qual o senhor terá de ir a cada duas semanas. Tudo isso foi estabelecido para ajudar a reintegrá-lo à sociedade.

— Não haverá *reintegração*. Algumas pessoas vão tentar me caçar. E se algumas delas descobrir onde eu moro, será o meu fim. Frank previu isso e tomou providências para assegurar a minha privacidade. E pelo mesmo motivo, duvido que seria útil me fazer encontrar trabalho. Nenhuma organização vai me querer, e vou me deparar com o mesmo problema de gente podendo me encontrar. Tenho bastante dinheiro para levar uma vida tranquila, que é o que pretendo fazer.

— O juiz dispensou o requisito de trabalho com base na sua idade, notoriedade e meios financeiros. A documentação que abrange todas essas condições será entregue ao senhor para ser assinada. Após a assinatura dos papéis, o livramento condicional avançará. Sua libertação está marcada para 3 de novembro. Alguma pergunta?

— Sim. O que aconteceu com Frank?

Rory observou Thomas através do vidro. A maneira com que ele tinha dito o nome do seu pai pareceu bastante pessoal.

— Teve um ataque cardíaco.

— É uma pena.

Rory semicerrou os olhos atrás dos óculos de aros grossos.

— Parece que o relacionamento entre o senhor e o meu pai foi bem próximo.

— Sim. Ele era meu advogado. Além das pessoas da cadeia, Frank era o único com que eu tinha um contato regular.

Rory quis perguntar o que o seu pai fizera por Thomas Mitchell no correr de quarenta anos. Não tinham sido apenas apelações e audiências de livramento condicional. Ela queria saber por que aquele homem pagara ao seu pai quase duzentos mil dólares em honorários de adiantamento.

Como se tivesse lido seus pensamentos, o Ladrão disse:

— Lamento ouvir sobre Frank. Ele era a coisa mais próxima que eu tinha de um amigo. Mas tenho de me concentrar em sair daqui e me manter anônimo depois disso. Você pode me ajudar nesse sentido?

Um amigo.

O celular de Rory vibrou no bolso de trás. Então, de novo e de novo. Três mensagens consecutivas. Ela deu um sorriso forçado para Thomas Mitchell, tirou o aparelho do bolso, olhou para a tela e leu: "Rory, tenho grande interesse em conversar com você sobre Angela Mitchell. Estou em Chicago e gostaria de encontrá-la. Catherine Blackwell."

Rory quase se esquecera da mensagem que deixara nos comentários da página de Catherine Blackwell no Facebook. Ela tornou a olhar para Thomas Mitchell. Ainda havia uma mulher à procura de justiça quarenta anos depois que aquele homem matou a esposa. Rory sentiu uma coceira nos dedos com a ânsia de digitar uma resposta para Catherine Blackwell.

— Seu livramento condicional ainda está marcado para a próxima semana — Rory informou, tirando os olhos do celular. — Nada mudou.

Thomas Mitchell assentiu com um gesto de cabeça, desligou o telefone e pressionou o botão de chamada debaixo de si. Um momento depois, um guarda apareceu e o levou embora.

Chicago

AGOSTO DE 1979

THOMAS, QUE CONDUZIA A CAMINHONETE PELO BECO, apertou o botão de abertura da porta automática da garagem. Ao se aproximar dos fundos da sua casa, viu a tampa da lata de lixo jogada no meio do beco. Pisou no freio, encostou o veículo, desembarcou e pegou a tampa. Ao recolocá-la no lugar, notou que o jornal que jogara no lixo mais cedo havia sumido. Pôs uma pedra sobre a tampa da lata de lixo e olhou para a janela da cozinha, onde deixara Angela menos de uma hora atrás. Seus sentidos estavam à flor da pele desde a noite do aniversário dela, quando a encontrara na garagem. Naquela manhã, depois de vinte minutos na via expressa Kennedy, algo lhe pareceu errado. Então, decidiu que a viagem a Indiana poderia esperar. As coisas talvez estivessem desandando em casa, e ele tinha de lidar com aquilo.

Embarcando de volta na caminhonete, entrou na garagem e, de imediato, notou que as caixas na prateleira estavam fora de lugar. Thomas conhecia bem aquela parte da garagem. Era onde ele escondia seus tesouros. Naquele instante, observando a prateleira, soube que cometera um erro deixando as coisas abandonadas. Angela mexera nas caixas. O que ela teria encontrado?

Thomas desligou o motor, desembarcou, fechou a porta da caminhonete, colocou-se diante da prateleira e fez uma avaliação. Tinha certeza de que sua mulher mexera nas caixas, mas não sabia exatamente o que ela encontrara. Ao se dirigir para a porta de serviço que levava ao quintal, notou moedas espalhadas pelo chão. Ao voltar para junto da prateleira, puxou a caixa de plástico transparente contendo três cordões de luzes de Natal e a bolsa de uma das garotas. Ele a colocara ali imediatamente depois, mas ainda não a descartara. Era difícil se livrar dos pertences delas. Ele gostava de saboreá-los por um tempo, até que o Barato sumisse. Devia tê-los guardado no depósito, mas havia um prazer perverso em manter os objetos pessoais delas tão perto da sua casa.

Thomas abriu a tampa e encontrou os três cordões enrolados em círculos em cima da bolsa, exatamente como ele os deixara. Encostou a cintura contra a caixa e a segurou junto à prateleira para que as mãos ficassem livres. Então, afastou os cordões, pegou a bolsa, abriu o zíper e conferiu o conteúdo. Cigarros e um isqueiro. Estojo de maquiagem. Tocou na carteira e, em seguida, tirou-a da bolsa. Era um objeto fino, com um zíper que levava a um pequeno compartimento para moedas e com fendas para cartões de crédito. Thomas olhou para o chão e para as moedas espalhadas.

Ele virou a carteira e notou uma fenda vazia na frente, onde a carteira de motorista seria colocada para facilitar seu acesso. Examinou os cartões de crédito e continuou a apalpar a bolsa, mas não conseguiu encontrar o documento da garota. Inclinou o corpo ligeiramente para a direita, mantendo a caixa presa junto à prateleira. Espreitou através das cortinas da porta de serviço para examinar os fundos da casa. A cozinha estava vazia.

Sentiu a testa enrugar quando considerou a possibilidade de Angela ter descoberto seu segredo. As implicações seriam desastrosas. Thomas recolocou a bolsa na caixa, sem se preocupar em voltar a fechá-la com o zíper. Deixou cair a carteira ao acaso sobre a bolsa e, então, jogou os cordões dentro da caixa. Após deslizar a caixa de volta para a prateleira, apanhou a cesta de piquenique e atirou a tampa no chão. Tirou a toalha de mesa da cesta e a encontrou vazia.

Largando a cesta no chão, Thomas saiu pela porta de serviço da garagem, atravessou o quintal e girou a maçaneta da porta da cozinha. A porta se abriu.

— Angela! — ele gritou ao entrar.

Nenhuma resposta.

— Angela?

Thomas ouviu um baque metálico no porão e se dirigiu para a escada. Desceu os degraus rapidamente. Ao chegar ao patamar, na extremidade inferior, viu uma luz na lavanderia. A secadora estava funcionando, e a tampa da máquina de lavar se encontrava aberta. Angela jogava a roupa suja ali dentro.

Ele a assustou quando se aproximou, e ela deixou escapar um grito estridente. Angela sentiu o corpo tremer e desmoronou no chão.

— Desculpe — Thomas disse. — Você não respondeu quando eu chamei.

Angela ergueu o olhar, passando a mão pelo cabelo.

— A máquina de lavar e a secadora estavam funcionando. Não ouvi você.

— Me perdoe por assustá-la. — Thomas estendeu a mão e a ajudou a ficar de pé. Então olhou ao redor do espaço, avaliando a situação. — A porta dos fundos estava destrancada. Não conversamos sobre manter as portas trancadas?

— Ah, devo ter esquecido de passar a chave...

— Você saiu?

— Sim. Esta manhã. Levei um saco de lixo para fora.

Thomas lembrou-se do cesto de lixo, do jornal desaparecido e da tampa no meio do beco.

— O que você está fazendo em casa, Thomas?

A máquina de lavar fez um barulho enorme depois que se encheu de água, e o tambor se acoplou e esguichou água ao redor. Angela percebeu e fechou a tampa para abafar o som. A secadora zumbiu e emanou calor.

— Decidir ir para Indiana amanhã.

Angela meneou a cabeça. Thomas sentiu a ansiedade dela, diferente da normal.

— Vamos subir. — Angela pegou a cesta de roupa suja vazia. — Vou preparar algo para você comer.

Thomas observou Angela se apressar para sair do porão e subir a escada. Sozinho na lavanderia, olhou ao redor novamente. Intuiu que algo estava errado. Ergueu a tampa da máquina de lavar e viu o tambor cheio de água e o agitador torcendo a roupa submersa de um lado para o outro na espuma do sabão em pó. Ficou parado por mais um minuto, ouvindo os sons ao redor. Finalmente, seu olhar pousou na secadora. Ele ouviu o zumbido e, então, identificou o que estava errado. Não foi o barulho que despertou a sua suspeita, foi a ausência dele. A secadora zumbia baixo, mas Thomas não ouviu nada se movendo dentro dela. Nenhum barulho de botões e fivelas no interior de metal. Nenhum som abafado de roupas molhadas caindo de cima para baixo enquanto o tambor girava.

Thomas se abaixou e abriu a porta da secadora. Um ar quente e seco escapou da máquina. Quando passou, ele olhou para dentro da secadora. Estava vazia.

Chicago
AGOSTO DE 1979

ERA MANHÃ DE QUINTA-FEIRA, UM DIA DEPOIS DE THOMAS chegar em casa inesperadamente e a surpreender na garagem. Tinham se passado vinte e duas horas desde que Angela vira o rosto de Clarissa Manning na carteira de motorista encontrada escondida nas prateleiras da garagem. Menos de uma dia desde ter identificado o colar misterioso que encontrara semanas antes como sendo de Samantha Rodgers. Será que havia outras joias ali também, Angela se perguntou, pertencentes a outras mulheres cujas biografias ela compilara? Angela passou a maior parte da noite de quarta-feira fingindo dormir enquanto sua mente imaginava os objetos das mulheres escondidos nas prateleiras da garagem.

Como uma panela de pressão em fogo baixo, a paranoia de Angela crescia a cada hora. Tinha certeza de que Thomas sabia das suas descobertas. Angela colocara as caixas de volta na prateleira da garagem de modo tão desordenado que ele devia suspeitar de que ela andara bisbilhotando nelas. Seu marido havia cancelado a viagem para Indiana naquele dia e não fora trabalhar. Naquele momento, a preocupação de fazer Angela consultar o médico fora substituída por uma preocupação distinta: a garagem. Puxando os cílios e as sobrancelhas, ela o observou durante toda a manhã pela janela da cozinha, aparecendo de vez em quando na porta de serviço ao caminhar dos fundos da garagem até a caminhonete parada no beco, com os braços cheios de caixas.

Na manhã anterior, Angela se apressou no momento em que a porta da garagem começou a se abrir. De alguma forma conseguiu recolocar as caixas na prateleira e, em seguida, acelerou o passo para a cozinha, pensando por um segundo em se trancar no banheiro e alegar estar doente. Sem dúvida, ela estivera doente o suficiente nas últimas duas semanas para que fosse um estratagema verossímil. Mas, em vez disso, Angela escolheu o porão e a lavanderia. Com a máquina de lavar e a secadora funcionando, poderia fazer de conta que não o ouvira chegar em casa e, então, poderia fingir se assustar quando ele finalmente a encontrasse. Isso lhe propiciara alguns minutos extras para esconder a carteira de motorista de Clarissa Manning, que ela pusera na parte da frente de calça. O colar de Samantha Rodgers fora jogado na máquina de lavar, junto com as roupas que estavam no chão. Angela sentiu coceira e ardência na pele quando deixou Thomas sozinho na lavanderia. Ele ficou ali por um minuto ou dois depois que Angela se retirou para o andar de cima. Ela temia que o marido acessasse a água cheia de espuma e, de alguma forma, recuperasse o colar.

Naquele momento, na manhã de quinta-feira, com ela ali, sentada na cozinha, a mente de Angela percorreu freneticamente suas opções. Precisava encontrar um jeito de sair de casa e escapar do marido. Considerou as opções observando Thomas esvaziar a garagem. Conteve o instinto inicial de fugir. Correr pela porta da frente e não parar mais. Mas para onde iria? Para a casa de Catherine? Certamente, não. Para a polícia? Possivelmente. Mas então ela imaginou a expressão depreciativa dos policiais quando revelasse sua história fantástica. Provavelmente eles a colocariam em uma viatura e a trariam de volta para casa e para Thomas.

O telefone tocou. Angela desviou o olhar das atividades que se desenrolavam do lado de fora enquanto Thomas carregava a caminhonete com caixas. Ela se dirigiu até o aparelho e atendeu.

— Alô?

— Sra. Mitchell, aqui é o dr. Solomon. Tentei entrar em contato com a senhora algumas vezes.

Angela vacilou por um momento, aborrecida por ter atendido a ligação.

— A senhora está aí?

— Sim — Angela respondeu, baixinho. — Desculpe, mas não consegui ligar de volta.

— Preciso que a senhora pare de tomar o Valium que receitei.

O frasco estava vazio. Não seria um problema.

— Sra. Mitchell?

— Estou aqui.

— Pare de tomar o Valium e retorne ao meu consultório.

O dr. Solomon continuou a falar, com a voz cheia de estática e eco, explicando para Angela os resultados do seu exame. Angela deixou o receptor cair no ombro quando o soltou. Ele ricocheteou no seu peito e ficou pendurado no suporte da parede, girando em círculo. Angela achou que ouviu a voz do dr. Solomon novamente, perguntando se ela ainda estava ali. Ela se sentou no chão, com as costas pressionadas contra a parede. Se o frasco de Valium não estivesse vazio, teria engolido todo o resto dele.

Chicago

AGOSTO DE 1979

ANGELA FICOU ACORDADA NA NOITE DE QUINTA-FEIRA, com a imagem da garagem recém-esvaziada passando pela sua mente. Tudo o que restava eram as únicas coisas que importavam — o colar de Samantha Rodgers e a carteira de motorista de Clarissa Manning —, que ela escondera. Thomas quase não falara com ela desde que a tinha encontrado na lavanderia. Assim, Angela não fazia ideia se ele sabia que ela encontrara os objetos.

Naquele momento, junto com a imagem agora estéril das prateleiras da garagem constantemente reluzindo na sua mente, a voz do dr. Solomon vibrava repetidamente em seus ouvidos, como um disco riscado. Fazia noites que Angela não dormia, e finalmente, com a cama vazia ao seu lado, enquanto Thomas continuava sua purgação no andar de baixo, a fadiga a dominou, e ela se deixou levar por um transe intermitente.

Sua mente privada de sono a levou de volta à despensa escondida no depósito de Kenosha. Angela atravessou o espaço pouco iluminado, com a luz cinzenta do início da manhã clareando muito pouco as janelas no alto, perto das vigas do teto. Ao se encaminhar para os fundos do depósito, ela girou a maçaneta e abriu a porta da despensa. Quando as dobradiças rangeram, Angela ouviu outra coisa. Um gemido fraco. Ela entrou na despensa escura e encontrou Clarissa Manning pendurada em um dos dois laços. *Ajude-me*, a garota desaparecida pediu. Ela segurava um pacote nos braços. Angela se aproximou para ver o que era. Quando a visão se adaptou ao espaço escuro, viu um bebê enrolado na lona verde que estava suspensa na frente da porta. Ao estender a mão na direção do pacote, o bebê começou a gritar.

Assustada, Angela se aprumou na cama. Ofegou, como se finalmente emergisse após minutos debaixo da água. Naquele momento, os gemidos e os pedidos de ajuda da Clarissa Manning do seu pesadelo foram substituídos pelo ronco da caminhonete de Thomas. Ela jogou as cobertas para o lado e correu para a janela. A caminhonete se afastava pelo beco, com a caçamba cheia de caixas da garagem e do porão.

Angela se vestiu rapidamente. Sabia que tinha apenas uma pequena janela de tempo. Ao descer correndo a escada, constatou que Thomas não deixara escapar nenhum canto da casa. Ela esquecera sua pasta, onde mantinha toda a investigação sobre as mulheres desaparecidas e as descobertas e teorias sobre o verão, na casa de Catherine, no domingo de manhã, quando saiu correndo após o retorno de Bill. Naquele momento, sentia-se feliz de ter esquecido a pasta lá. Se a tivesse escondido no baú, onde sempre a colocara quando não a estava usando no seu trabalho, Thomas certamente a teria descoberto. Angela queria muito trazer a pasta de volta, mas sabia que não havia como recuperá-la naquele momento. Ela não tinha tempo.

A carteira de motorista de Clarissa Manning não saíra do lugar desde que Angela a colocara na parte da frente da calça. Naquele momento, ela a recuperou e desceu correndo a escada do porão. Ao alcançar o patamar, viu que Thomas vasculhara cada centímetro do espaço. As gavetas estavam abertas, e o conteúdo, espalhado ao acaso para os lados e no chão. As prateleiras se encontravam vazias, e Angela quase não conseguia se lembrar do que continham antes. Um arrepio assustador se apossou dela quando imaginou todas as provas com as quais talvez tivesse vivido nos últimos dois anos. Perguntou-se quantos outros itens teriam sido escondidos ali, e se ela poderia ter feito algo para frustrar o reino de terror de Thomas, que tinha certeza, já durava uma década. Nas prateleiras agora vazias, talvez tivesse estado tudo o que ela precisava para provar sua teoria. Ainda assim, acreditava possuir o suficiente.

Angela correu para a máquina de lavar e ergueu a tampa. As roupas que pusera na manhã anterior estavam achatadas e úmidas, já que o ciclo de giro da máquina as grudara nas paredes do tambor. Ela arrancou uma peça após a outra, e então ouviu um estrépito ali dentro. Estendeu a mão e encontrou o colar de Samantha Rodgers. Naquele momento, sentiu um pouco de tranquilidade ao saber que Thomas não o descobrira.

Ao voltar para o andar de cima, despendeu trinta minutos desesperados anotando suas descobertas da última semana. Angela passara as horas sombrias da noite ouvindo Thomas se deslocar ruidosamente pela casa, movendo-se do porão para o quintal e dali para a caminhonete, esvaziando a residência de provas. Ouvira e rezara. Oscilara entre o pânico e o sono intermitente, quando sonhara com Clarissa Manning pendurada em um laço. Angela combateu o impulso de correr, gritar e chorar. Prendeu a respiração e formulou um plano.

19

Chicago, 27 de outubro de 2019

O ENCONTRO COM NOVAS PESSOAS SE CLASSIFICAVA EM uma posição bastante elevada, ao nível do tratamento de canais. Rory se saía melhor quando o estranho não pertencia mais a este mundo, uma vítima que precisava dela para reconstituir sua morte e descobrir o que lhe acontecera. Rory tinha dificuldades muito maiores com os vivos. Eles interagiam, questionavam e julgavam. No entanto, o encontro com Catherine Blackwell representava uma oportunidade que Rory não encontraria em nenhum outro lugar. A fascinação de conversar com alguém que conhecera Angela Mitchell era total e absoluta. Rory sentia um impulso inexplicável de saber tudo a respeito dela.

Ao meio-dia, Rory subiu os degraus do bangalô e tocou a campainha. Embora nunca tivesse criado uma imagem mental de Catherine Blackwell, além da foto granulada do Facebook, Rory se surpreendeu ao ver uma senhora de cabelo grisalho quando a porta se abriu. Supôs que ela tivesse setenta anos, talvez mais. A matemática fazia sentido se ela era amiga de Angela Mitchell em 1979.

— Rory? — Catherine perguntou.

— Sim. Sra. Blackwell?

— Pode me chamar de Catherine. Entre.

Rory entrou e seguiu Catherine até a cozinha.

— Posso pegar o seu casaco?

Inconscientemente, Rory tinha a mão cerrada sobre o botão de cima, que estava fechado e preso na base do pescoço.

— Não, obrigada. — Rory conseguiu tirar o gorro, mas aquilo foi o máximo de que foi capaz.

— Que tal um café?

— Estou bem.

Catherine se serviu de uma xícara, e as duas se sentaram à mesa da cozinha, onde se achavam diversas pastas empilhadas.

— Fiquei bastante animada com a sua mensagem, Rory. Não tenho tido muito movimento na minha página do Facebook ultimamente.

— Fiquei contente de encontrá-la. — Rory empurrou os óculos para o alto do nariz.

— Me tornei meio detetive na velhice. E tenho orgulho de ser uma amiga da era digital, e não uma estranha, como muitas pessoas da minha idade. Depois que vi seu comentário na minha página no Facebook, fui bisbilhotando. Você tem uma ótima reputação no mundo da investigação criminal.

— Sim. Trabalho para o Departamento de Polícia de Chicago como uma espécie de consultora especial.

— E também no Projeto de Controle de Homicídios. — Catherine sorriu. — É por isso que entrou em contato comigo? A polícia de Chicago voltou a investigar Angela?

Rory fez uma pausa. *Investigar Angela?*

— Não, receio que não. A curiosidade sobre Angela Mitchell é só minha. — Rory se inclinou para ficar um pouco mais perto. — Como a senhora conheceu Angela? Se não se importa com a pergunta.

Catherine tornou a sorrir, fixando o olhar no café fumegante.

— Éramos muito amigas. Quer dizer, isso foi há muito tempo. Talvez eu embeleze a nossa amizade quando penso nela agora. Pode ser que eu faça mais dela do que realmente foi. Mas Angela significava muito para mim. Era uma mulher especial.

— Especial em que sentido? — Rory perguntou, apesar de acreditar que sabia a resposta.

— Angela era uma amiga querida, mas também uma mulher extremamente perturbada, com muitos... problemas. Talvez por isso ela e eu fôssemos tão próximas. Angela não tinha um grande sistema de apoio. Viveu afastada dos pais, do pouco que me contou sobre eles, e não tinha outra família para se apoiar. Era o que chamaríamos hoje de autista; mas, naquela época, era apenas horrivelmente incompreendida pela maioria das pessoas. Também era obsessivo-compulsiva. Sofria de crises debilitantes de paranoia. Mas, apesar de tudo, de alguma forma, ela e eu estabelecemos uma amizade perfeitamente normal, que eu prezava. No verão de 1979, antes do seu desaparecimento, Angela vinha passando por outro surto da sua doença, e receio que...

Rory esperou um momento.

— Receia o quê?

— Que eu não a tenha tratado melhor do que qualquer uma das pessoas que ela tentou evitar.

— O que houve?

Catherine tomou um gole de café para ganhar coragem.

— Tenho certeza de que você sabe sobre as mulheres desaparecidas de 1979.

Rory fez que sim. Ela sabia apenas de maneira resumida, pelo que Lane lhe dissera. Nenhuma das mulheres fora vinculada a Thomas Mitchell, apesar da enorme especulação de que ele era o responsável pelas mortes.

— Naquele verão, Angela se deixou absorver pelo caso. Propôs uma teoria de quem as tinha capturada e de como ele as matou. Mas eram ideias extravagantes, talvez consideradas por alguns como uma teoria conspiratória de uma série de mulheres desaparecidas ao longo de uma década que sucumbiram ao mesmo homem. Angela pesquisou tudo. Tinha quilos de materiais e gráficos, além de um modelo detalhado de como tudo acontecera. Mulheres semelhantes mortas de maneira semelhante, todas em perímetro restrito, na cidade e em seus arredores.

Rory recuperou o fôlego. Pensou no seu trabalho no Projeto de Controle de Homicídios, ou seja, nas suas iniciativas e de Lane de encontrar semelhanças entre homicídios que podiam apontar para tendências e assassinatos em série. Pensou nos casos que tinham sido solucionados por causa do algoritmo deles. Angela Mitchell fizera algo semelhante antes que os computadores fossem amplamente utilizados, antes que os algoritmos pudessem ser criados, antes que a internet existisse e pusesse informações na ponta dos nossos dedos. As raízes da curiosidade de Rory sobre Angela Mitchell se aprofundaram, estendendo-se nas dobras da sua mente.

— Aqui. Dê uma olhada na investigação de Angela. — Catherine empurrou uma pasta por sobre a mesa. — Isso é tudo o que ela compilou naquele verão sobre as mulheres desaparecidas e todas as suas teorias acerca do que aconteceu com elas.

Lentamente, Rory puxou o arquivo e o abriu. Era estranho ver um volume tão grande de trabalho com tanta coisa manuscrita. Havia muitas páginas que pareciam ter sido copiadas de livros, com os sombreados de antigas máquinas de xerox presentes em cada uma. Mas a maior parte da investigação foi escrita à mão, em letra delicada. Rory se lembrou da escrita grosseira do detetive. Embora a caligrafia de Angela Mitchell não fosse irrepreensível, era organizada e legível.

Rory virou página após página descrevendo as mulheres desaparecidas em 1979, biografias completas que deviam ter consumido horas de trabalho para serem compiladas. Ela leu cada nome, os detalhes das vidas e dos desaparecimentos esboçados na sua memória, da maneira como tudo o que Angela analisou foi imaginado e categorizado. Apenas o corpo de uma mulher apresentado nas biografias foi encontrado. O nome dela era Samantha Rodgers, e Angela fez de tudo para descrevê-la.

Ao virar uma página, Rory chegou a um desenho detalhado.

— O que é isto?

Catherine se inclinou para enxergar melhor.

— Ah! — ela exclamou. — Essa foi uma das teorias finais de Angela. Ela me disse que encontrou essa engenhoca no depósito de Thomas, escondida em uma sala dos fundos. Angela acreditava que era como ele matava as mulheres, pendurando-as de alguma forma. Acho que isso foi demais para mim.

Rory analisou o desenho esquisito, que mostrava dois laços justapostos um ao outro, com a corda entre eles serpenteando através de um sistema de três polias, que assumia a forma de um "M" e parecia primitivo.

— E fico triste em admitir que quando Angela me mostrou tudo isso, pouco antes de desaparecer, eu lhe dei as costas — Catherine prosseguiu. — Disse à Angela que as teorias eram exageradas. Que provavelmente ela não estava certa. Falei que o verão e as mulheres desaparecidas a tinham destroçado e que ela estava no caminho errado. Tentei convencê-la de que ela não corria perigo. Mas então... — Ela desviou o olhar, observando o café mais uma vez. Sua voz saiu mais baixa quando finalmente completou: — Então, Angela sumiu.

De início, Rory não percebeu o que estava acontecendo. Foi quando viu Catherine Blackwell começar a chorar. Ansiosa, Rory se agitou. Era incapaz de confortar estranhos.

— Calma, calma — Rory se ouviu dizendo, e se perguntou de onde vieram as palavras ou o que diabo elas significavam. Pigarreando, ela continuou: — Por que todas as anotações de Angela estão com você?

— Ela as deixou na minha casa pouco antes de desaparecer. Por acaso ou de propósito, eu nunca soube com certeza.

— Por que a senhora não as entregou à polícia?

— Porque a polícia nunca iria acusar Thomas de nada além do assassinato de Angela. Isso ficou claro desde o início.

— Mas esse desenho... — Rory apontou para a pasta. — A polícia não encontrou esse mecanismo no depósito de Thomas?

— Houve um incêndio, e o depósito foi reduzido a cinzas. Ele não deixou nada para trás.

Rory deu uma última olhada nas anotações de Angela Mitchell antes de fechar o arquivo.

— Estou curiosa sobre a página do Facebook. Você a intitulou *Justiça para Angela* e pede para que qualquer pessoa com informações se apresente. Pelo que exatamente procura depois de todos esses anos?

Catherine se recompôs e olhou para Rory.

— Respostas. — Ela enxugou os olhos com um lenço de papel. — Estou procurando respostas há décadas. A página do Facebook é apenas uma maneira mais pública de fazer isso.

— Mas é isso que não estou conseguindo entender. Que *tipo* de respostas? Houve um julgamento e uma condenação.

Catherine sorriu. Era mais uma expressão de desapontamento do que um gesto amável.

— O julgamento não forneceu nenhuma conclusão. Proporcionou, sim, paz de espírito para a cidade de Chicago e todos os seus moradores amedrontados. No entanto, não respondeu a perguntas sobre Angela Mitchell. Já se passaram quarenta anos, e ainda quero saber o que aconteceu com ela.

Rory fitou Catherine Blackwell, semicerrou os olhos e inclinou um pouco a cabeça.

— O marido dela a matou.

— Ah! — Catherine fez um gesto negativo com a cabeça. — Receio que isso não seja verdade. Veja, há algo que você precisa saber sobre Angela.

Rory esperou.

— O que é?

— Angela era muito inteligente. Bastante esperta para que Thomas a matasse. Angela desapareceu por sua livre vontade. Dei as costas para ela pouco antes que partisse, e nunca me perdoei por isso. Espero algum dia poder dizer a ela o quanto me arrependo pelo jeito como a tratei.

Rory se inclinou para ficar mais próxima de Catherine, apoiando os cotovelos na mesa da cozinha.

— Acha que Angela ainda está viva?

Catherine assentiu.

— Sei que ela está. E rezo para que você me ajude a encontrá-la.

Chicago

AGOSTO DE 1979

PERTO DA MEIA-NOITE, THOMAS ENTROU NO ESTACIONA-
mento do depósito de Kenosha. O longo caminho do distrito industrial, que levava ao estacionamento isolado, sempre fora uma cobertura perfeita. Durante o dia, Thomas podia ver um veículo se aproximando assim que ele pegava o caminho e lançava poeira no ar. À noite, os faróis denunciavam a presença de outro carro tão claramente quanto o refletor de um farol. E se alguém tentasse uma aproximação furtiva, o caminho de cascalho denunciaria o veículo com trepidações ruidosamente altas bem antes da sua chegada.

Até recentemente, porém, Thomas jamais se preocupara com nada disso. Ele encobrira bem os seus rastros, e havia uma boa distância entre os locais da desova dos cadáveres e o seu depósito. Porém, ele cometera um grave erro ao subestimar sua mulher. Sobretudo, ignorando sua aptidão a suspeitas. Naquele momento, ele precisava tomar precauções enquanto considerava a melhor maneira de lidar com Angela. Era um risco deixá-la sozinha na casa, mas Thomas não tinha escolha a não ser inspecionar o depósito. A incógnita, lógico, era o quanto Angela encontrara e o que exatamente ela sabia. A suposição mais segura era de que ela sabia de tudo, mesmo que isso fosse impossível.

Thomas se lembrou brevemente da noite anterior, quando esvaziou a casa. Ele pensou em trazer Angela ao depósito para terminar as coisas da maneira devida, mas havia diversos obstáculos no caminho daquela decisão. O maior deles seria que ele teria de comunicar o desaparecimento da esposa. Angela seria adicionada à lista de vítimas reivindicadas pelo homem que a polícia chamava de o Ladrão, e a pressão sobre ele seria desconfortável. Parte de Thomas sentia fascínio por fingir choque em relação ao horror que assolava a cidade naquele verão. Mas a logística daquele movimento era complicada, e ele decidiu seguir um caminho diferente. Thomas transportara tudo o que recolhera nas prateleiras da garagem e no espaço apertado do porão — uma década de relíquias, muitas das quais ele não se lembrava — para o depósito e para a despensa nos fundos.

Tinha precauções adequadas para o caso de as coisas começarem a desandar, ou de cometer um erro. Nunca lhe ocorreu que a ameaça viria de dentro da sua própria casa, e o dilema o colocara em uma crise. Normalmente, sua mulher era uma pessoa bastante previsível. Thomas nunca teve problemas em manipular as emoções ou controlar os movimentos dela. Tinha certeza de que, com o tempo, poderia descobrir tudo o que Angela descobrira e moldar aquilo de uma maneira que a convencesse de que cometera um grande equívoco. Mas para fazer isso era necessário tempo, e Thomas não fazia ideia de quanto ele dispunha.

Depois de esvaziar a caçamba da caminhonete, Thomas se arrastou por baixo de cada caminhão betoneira e perfurou os tanques de gasolina. Dez minutos depois, quando trancou as portas, o cheiro de combustível era pungente. Ao percorrer o caminho empoeirado para se afastar do distrito industrial, viu no espelho retrovisor o brilho sutil das chamas começando a se erguer no depósito.

Chicago

AGOSTO DE 1979

O PACOTE FOI DEIXADO NO SÁBADO DE MANHÃ, JUNTO com uma grande pilha de correspondências, na recepção da delegacia de polícia. Ficou abandonado por duas horas, e então o servidor encontrou tempo para fazer a triagem da pilha. O pacote — um envelope pardo grande e acolchoado — foi finalmente colocado no receptáculo dos detetives, onde permaneceu por mais uma hora. Logo depois do almoço, um dos detetives o pegou e o examinou. Havia o nome e o endereço do remetente no canto superior esquerdo.

Arrotando *fast food* e refrigerante, o detetive levou o pacote para sua mesa, sentou-se e o abriu. Depois de espionar o interior, despejou o conteúdo sobre o tampo, onde se espalharam uma carteira de motorista com foto, um colar de diamantes e pedras preciosas verdes, recortes de jornal e uma carta manuscrita. Lentamente, o detetive inspecionou o colar e, então, parou quando viu o nome na carteira de motorista. Assim que terminou de ler os recortes de jornal e a carta, pegou o telefone fixo e discou. Era sábado à tarde, e a equipe estava reduzida.

— Oi, chefe — disse o detetive. — Desculpe incomodá-lo no fim de semana, mas tenho algo que o senhor precisa ver.

Duas horas depois, com as chamadas telefônicas realizadas e os fatos checados, os detetives jogaram tudo de volta no envelope, vestiram os paletós e deixaram a delegacia.

Chicago

AGOSTO DE 1979

DOIS DIAS DEPOIS DE O DEPÓSITO TER SIDO REDUZIDO A cinzas, Thomas Mitchell se sentia seriamente preocupado. Ele vinha tendo de lidar com boletins de ocorrência, pedidos de indenização para o seguro, funcionários e clientes perguntando sobre pagamentos e trabalhos pendentes aguardando conclusão. Thomas antecipara tudo aquilo, e sabia que não havia outro jeito. Mas a perturbação planejada não era o que o deixara mal-humorado. Depois de incendiar o depósito, ele chegara em casa nas primeiras horas da manhã cheirando a uísque, resultado da sua parada no bar, e desmaiara no sofá.

Ao acordar, no final da manhã de sábado, havia uma longa lista de tarefas a cumprir. Pela primeira vez, naquela tarde, Thomas notou a viatura sem identificação estacionada do outro lado da rua. Quando deu uma passada no escritório do corretor de seguros, viu o mesmo carro no espelho retrovisor. Tinha outros lugares para ir, mas não se atreveu a se dirigir a qualquer lugar que fosse inseguro. Ao voltar para a garagem, horas depois, seguiu até a sala da frente e afastou a cortina para o lado. E lá estava o carro de volta ao local, encostado do outro lado da rua.

Ao anoitecer, Thomas começou a dar telefonemas, porque era o que um marido preocupado deveria fazer. Ele ligou para Catherine Blackwell e até mesmo para os pais de Angela. Ninguém tinha ouvido falar dela — como ele obviamente já imaginara. Porém, o que Thomas queria era um registro da sua preocupação, de modo que, se alguém investigasse, verificaria as suas tentativas desesperadas de encontrar a mulher.

Às nove da noite, Thomas esgotara suas opções, e considerou que o próximo passo lógico seria ligar para a polícia. Engoliu em seco com a ideia. Tinha cuidado do depósito, e a garagem e o porão estavam vazios. Mas, apesar das suas precauções, experimentou uma forte sensação de que as coisas estavam desandando. Talvez tivesse de pôr em atividade sua operação de segurança final: fugir.

Thomas mantinha dinheiro escondido por esse exato motivo; porém, antes que tivesse a chance de considerar seriamente essa última opção, ouviu uma batida na porta da frente. Ele percorreu com o olhar a casa vazia, então, caminhou lentamente até o vestíbulo e girou a maçaneta. Dois homens de terno estavam na varanda. A noite úmida de verão cobria a testa deles com suor.

— Thomas Mitchell?

— Sim?

O homem tirou um distintivo da cintura e o segurou na frente do rosto de Thomas.

— Polícia de Chicago. Gostaríamos de falar com a sua mulher.

Thomas assumiu uma expressão séria, esforçando-se para transformar a angústia de autopreservação em algo que pudesse ser confundido com preocupação conjugal. Ele pigarreou.

— Sinto muito, mas não tive notícias dela durante todo o dia.

20

Chicago, 27 de outubro de 2019

ELAS CONTINUAVAM SENTADAS À MESA DA COZINHA DE Catherine Blackwell. Catherine se servira de outro café. Rory voltara a recusar.

— Pois é, sem contar uma busca padrão no Google, receio não ser uma grande detetive — disse Catherine. — Passaram-se quarenta anos, e agora sei o que aconteceu com Angela tanto quanto sabia naquela época. A página do Facebook foi minha iniciativa para incluir outras pessoas na minha procura por ela. Por isso me animei tanto quando você entrou em contato comigo.

— Não posso garantir que conseguirei ajudá-la — Rory disse.

Era uma afirmação ridícula. Rory Moore soube disso assim que as palavras escaparam da sua boca. Ela era a pessoa perfeita para ajudar Catherine a encontrar respostas. Ela reconstituía mortes para ganhar a vida. Juntava provas que tinham sido negligenciadas por todos. Examinava informações com atenção e encontrava respostas onde todos os demais enxergavam apenas perguntas. Se Angela Mitchell estava viva, Rory era a pessoa mais bem preparada para encontrá-la.

— Então por que entrou em contato comigo? — Catherine quis saber.

Rory ajeitou os óculos.

— Ouvi falar do caso — ela mentiu —, que tem estado em todos os noticiários, por causa do iminente livramento condicional de Thomas Mitchell. Fiquei curiosa. Isso é tudo. Lamento ter alimentado as suas esperanças, mas não sou a pessoa que irá ajudá-la…

Rory se conteve. Pouco depois, prosseguiu:

— Catherine, não quero ser desdenhosa, mas você já considerou que talvez não tenha encontrado respostas em quarenta anos porque não haja respostas para encontrar? Já considerou que Thomas Mitchell possa *realmente* ter matado Angela, conforme a acusação?

— Muitas vezes, querida. Muitas e muitas vezes ao longo dos anos. Mas existe uma coisa que sempre me convenceu do contrário. Uma coisa que me dá a certeza de que ela ainda está viva.

— O que é?

— Dois anos após o desaparecimento de Angela, um homem apareceu bisbilhotando. Ele entrou em contato comigo para fazer perguntas sobre ela. Parecia que ele sabia muito a meu respeito e de meu relacionamento com Angela.

— Depois do julgamento? Esse homem apareceu depois da condenação de Thomas?

— Sim. — Da pilha de pastas, Catherine puxou uma encadernada em couro e virou as páginas. — Eu registrei tudo, naquela ocasião. Ah, onde está? — Virou mais algumas páginas. — Sim. Aqui está. Em 23 de novembro de 1981, recebi a visita de alguém que dizia estar investigando a morte de Angela Mitchell.

Rory permaneceu em silêncio, elaborando a informação.

— Se esse homem veio depois da conclusão do julgamento, o que ele procurava? — Rory perguntou, por fim.

— Ele nunca me disse, mas eu sabia do que se tratava. O homem acreditava que Angela não tinha morrido, e estava à procura dela.

Rory sentiu uma palpitação no peito.

— O que você falou para ele?

— Nada. Recusei-me a lhe dar informações. Eu sabia o que estava acontecendo e não ia ajudar de nenhuma maneira.

Rory semicerrou os olhos.

— E o que estava acontecendo?

— Thomas estava procurando por Angela. Se ele pudesse encontrá-la, haveria a anulação da sua sentença, e ele seria libertado apesar das muitas outras mulheres que ele matou. As mulheres que Angela descobriu. As mulheres pelas quais ela ficou obcecada. Thomas contratou aquele homem para encontrar Angela. Tenho certeza disso. E desde aquele momento, eu soube que ela estava viva. Angela está se escondendo há quarenta anos.

Rory ficou zonza. Uma tontura destinada a enevoar a sua mente, um mecanismo de defesa, talvez. Contudo, seus pensamentos estavam claros, e ela sabia a resposta para sua pergunta antes de desenvolvê-la.

— Qual era o nome dele? — ela perguntou rapidamente.

— De quem?

— Do homem. Do homem que apareceu fazendo perguntas. Você sabe o nome dele?

— Sim, eu registrei tudo. — Catherine olhou para a página à sua frente, percorreu as anotações com o dedo e parou perto da extremidade inferior. Fez uma pausa antes de olhar de volta para Rory. — Ele se chamava Frank Moore.

PARTE II

A RECONSTITUIÇÃO

Chicago
NOVEMBRO DE 1981

FAZIA DOIS ANOS QUE FRANK MOORE ESTAVA AFASTADO do cargo na defensoria pública no Condado de Cook quando foi contratado pelo escritório de advocacia Garrison Ford. O emprego temporário na defensoria pública era um rito de passagem para a maioria dos advogados criminalistas, uma maneira de conseguir um grande número de casos rapidamente, de aprender a lei, colocar-se na frente dos juízes e suportar os estragos de falhas espantosas nos tribunais. Fazia parte do processo de amadurecimento de todos os grandes advogados criminalistas, uma penosa educação pós-faculdade de Direito necessária para forjar uma carreira de sucesso defendendo criminosos. O currículo de Frank nos dois primeiros anos de carreira era bastante bom para lhe proporcionar um emprego no Garrison Ford, um dos maiores e mais exitosos escritórios de advocacia criminalista de Chicago. Ele ingressou no escritório no verão de 1979 com visões grandiosas, objetivos incríveis e uma paixão verdadeira por proteger os direitos daqueles que buscavam a sua ajuda. Se alguém dissesse a Frank Moore naquela época que ele passaria a maior parte da sua carreira comandando uma empresa individual, longe da notoriedade dos grandes casos do Garrison Ford, ele jamais acreditaria. Frank era jovem, ávido e determinado. Nada iria se intrometer no seu caminho. Até que o designaram para o caso que mudaria sua vida para sempre.

O verão de 1979 fora atormentado pelo desaparecimento de seis mulheres, e a cidade estava inquieta. Quando a polícia encontrou o seu homem, o telefone de Frank tocou. Seu chefe, um sócio do escritório, precisava da ajuda dele em um caso delicado. Um homem chamado Thomas Mitchell, notoriamente apelidado de o Ladrão, contratara o Garrison Ford para defendê-lo contra a acusação de matar a esposa. Para um escritório proeminente, não havia nada melhor. Frank Moore, jovem, brilhante e ambicioso, faria o trabalho básico de pesquisa e as peças processuais. Ele agarrou a oportunidade.

Nos dois anos seguintes, entre o verão de 1979 e o outono de 1981, o caso sofreu reviravoltas desagradáveis e instransponíveis. No final das contas, o Garrison Ford apresentou uma defesa malsucedida de Thomas Mitchell, e o Ladrão foi condenado a sessenta anos de prisão pelo assassinato da sua mulher. Após o julgamento, Frank Moore se tornou o advogado principal das apelações de Thomas Mitchell. Foi durante o processo de apelações, quando Frank costumava se encontrar com o seu cliente para discutir estratégias, que ele começou a acreditar que a mulher de Thomas Mitchell talvez estivesse viva.

– EU PROTOCOLEI A PETIÇÃO DE APELAÇÃO – FRANK INFOR- mou. — Agora vou terminar minha peça processual para apresentar na próxima semana ou em dez dias.

— E a peça vai atrás dela? — perguntou Thomas Mitchell.

Eles estavam sentados em uma sala de entrevista privada na Penitenciária de Stateville, utilizada para reuniões reservadas entre advogado e cliente. Frank estava de um lado da mesa, e o seu cliente — algemado e de macacão laranja —, do outro. Frank sabia que era possível alguém da prisão estar ouvindo a conversa, mas não era provável. E, na realidade, ele não se importava.

— Vai atrás de como a acusação obteve a suposta prova contra você. Vai atrás da decisão do juiz de permitir que essa prova fosse apresentada no tribunal.

— Ótimo. Vai atrás do juiz e vai atrás da prova, mas também vai atrás dela. Angela estava tendo um colapso nervoso quando fez isso comigo. Vinha tomando Valium em uma quantidade três vezes maior que a prescrita. Além disso, ela não andava muito saudável mentalmente.

— Temos muita munição, Thomas. Minha primeira peça processual vai se basear principalmente na legalidade da prova apresentada contra você, na circunstancialidade completa de tudo e no argumento de que nada disso deveria ter sido permitido no tribunal. Se nosso recurso inicial for negado, e há uma grande chance de que seja, nosso próximo recurso incluirá detalhes sobre o estado mental da sua esposa quando ela desapareceu. Lembre-se, a fase recursal nos permite continuar em esfera federal mediante o mandado do *habeas corpus*, se necessário. E há muito trabalho a ser feito em esfera estadual antes de considerarmos esse caminho. Com sorte, alguém em sã consciência no tribunal de apelações vai tomar a decisão correta e justa sobre isso. Assim, vou fazer uma declaração de abertura forte nessa apelação inicial ao estado. Mas vamos guardar os detalhes sobre a sua esposa para mais tarde, caso venhamos a precisar deles. Incluindo o fato de você ter sido condenado por homicídio culposo sem que a acusação apresentasse um cadáver.

— Um cadáver não pode ser apresentado porque *não há* cadáver. Onde você está nisso? Algum progresso?

Frank juntou alguns papéis e os colocou na bolsa. Tirou uma pilha diferente e a olhou.

— Os pais dela não passaram de um beco sem saída. Eles não a viam fazia muitos anos antes do desaparecimento. Apenas algumas vezes desde que a filha completou dezoito anos, me disseram.

— Você os observou bem? — Thomas perguntou. — Não teve a sensação de que eles estavam mentindo para você?

— Eles não estavam mentindo.

— Angela deve ter tido ajuda. Uma mulher como ela não vai embora por sua própria conta. Ela sentiria muito medo. Às vezes, Angela não conseguia nem sair de casa. Agora eu devo acreditar que ela desapareceu sem depender de ninguém. Não, alguém a ajudou. Alguém *ainda* a está ajudando. Provavelmente os pais. Você disse a eles que a estava procurando?

— Thomas… — Frank fincou os cotovelos na mesa e se inclinou para mais perto do cliente. — Eles estavam muito chateados. Acreditam, como o resto do país, que Angela está morta. Eu não lhes disse quem eu era ou que achava que a filha deles continuava viva. Inventei uma história sobre a possibilidade de um processo civil.

— Talvez você devesse ter dito a eles o que na realidade estava procurando.

— Essa não é a abordagem correta. Eles acreditam que a filha está morta. Não vou alimentá-los com a falsa esperança de que ela está viva.

— Não é *falsa*. Ela está viva.

Frank assentiu com um gesto de cabeça.

— Mas não sou a pessoa que dirá isso a eles. Vou conduzir minha busca por ela da maneira que acho melhor.

— Você conversou com a Catherine?

— Catherine Blackwell, a mulher do seu sócio. Sim. Eu a visitei há algumas semanas. Ela ainda se sente muito perturbada com a menção do seu nome ou do de Angela. Não tivemos uma conversa proveitosa.

— Você acredita em mim?

Frank encarou seu cliente — condenado pela morte da mulher, acusado pelo assassinato de muitas outras mulheres — e fez uma pausa bastante longa antes de responder:

— Estou à procura dela, não estou? Se não acreditasse em você, acha que eu estaria passando todo o meu tempo nisso? E, a propósito, tenho de começar a cobrar pelo meu tempo.

— Eu tenho dinheiro.

— Vai custar caro.

— Eu pago o que for preciso para encontrá-la. Mas quero que você faça isso discretamente. Não envolva o seu escritório. Pagarei para você por fora.

— Não contei nem mesmo à minha mulher o que estou fazendo. Acha que vou contar para os associados da Garrison Ford? Oficialmente, você e eu estávamos trabalhando nas suas apelações. Extraoficialmente, você está contratando meus serviços independentemente para investigar um assunto pessoal, liquidar suas dívidas, administrar suas finanças, negociar sua saída do negócio que tecnicamente ainda possui, cuidar dos seus bens etc. Vou redigir a papelada.

— O que mais? — o Ladrão quis saber.

— Vou protocolar a petição de apelação esta semana.

— Não. O que mais em relação à sua busca por ela?

— Ah... — Frank recolheu os papéis para sair. — Vou visitar o hospital psiquiátrico onde Angela passou a adolescência.

21

Chicago, 28 de outubro de 2019

LANE PHILLIPS ATIÇOU AS BRASAS AGONIZANTES E TROUXE de volta à vida as toras alaranjadas incandescentes. Empilhou mais duas lascas de madeira em cima, observou as chamas crescerem e se sentou no sofá, onde seu laptop estava aberto. Rory, ao lado dele, digitava em seu próprio laptop sobre o colo. O outono chegara de repente, descendo sobre eles dos céus, enquanto o ar frio do Canadá varria o Meio-Oeste americano e baixava a temperatura para a casa dos quatro graus. Parecia cedo demais para ligar o aquecimento; assim, eles optaram pela primeira lareira da temporada.

— Então, seu pai ficou preso a esse homem para sempre, e agora você também está?

— Não para sempre — Rory afirmou —, mas por pelo menos dezoito meses. Vou representá-lo na audiência final, revisar todas as condições mais uma vez e entregá-lo ao seu agente da condicional. O juiz ordenou que eu cuidasse das finanças dele, apresentando relatórios mensais durante um ano e meio, já que ele tem uma pequena fortuna, e meu pai era registrado como procurador financeiro. Assim, vou garantir que ele não vá à falência. Depois, ele fica por sua própria conta.

— E por que a ordem para ir para Starved Rock?

— O juiz dispensou o requisito de morar em um centro de reabilitação devido à notoriedade do sujeito. Na década de 1990, ele herdou de um tio um chalé perto de Starved Rock. Meu pai o colocou em um truste e o entregou para uma administradora de imóveis. Durante todos esses anos, o imóvel foi alugado para as férias. Ele vai morar lá. Assim, o juiz ordenou que eu acompanhasse a assistente social e o agente da condicional para dar uma olhada no local antes da libertação. Para garantir que satisfaça todos os requisitos.

— Vou com você.

Rory não havia contado para Lane sobre o encontro com Catherine Blackwell. Ela deixou que ele acreditasse que o nervosismo era resultado da sua visita à Penitenciária de Stateville. Era uma conclusão lógica, em comparação à fonte real da angústia de Rory: que seu pai tentava encontrar Angela Mitchell antes de morrer. E mais preocupante que a descoberta em si era o que aquilo vinha causando em Rory. Aquele lugar murado na sua mente fora perturbado. Naquele momento, as águas outrora calmas estavam cobertas com sujeira e imundície. A única maneira de restaurar a claridade era descobrir o que seu pai encontrara. A única maneira de trazer a paz de volta para aquelas águas, e apaziguar aquele lugar na sua mente, era procurar Angela. Ignorar aquele impulso era alimentar as chamas de uma doença que ela conseguira controlar por muitos anos. Rory sabia que a melhor maneira de extinguir o impulso era estimulá-lo, como tia Greta lhe ensinara quando criança, quando Rory neutralizou os seus impulsos fanáticos dominando a arte de restaurar bonecas de porcelana. Porém, naquele momento, a questão mais candente era se Rory estaria reconstituindo a morte da vítima ou seguindo os passos de uma mulher que ainda estava muito viva.

— Tudo bem. Venha comigo. — Rory tirou os olhos do laptop e ofereceu um raro vislumbre de emoção. — Obrigada. Eu não queria ir sozinha.

Ela sentiu uma pontada de culpa por guardar segredo de Lane. Ele a amara com todos os seus defeitos por quase uma década. Lane não merecia ouvir essa parte da sua vida? Talvez sim, mas ela não conseguiu contar para ele. Rory apontou para o computador de Lane e, depois, olhou para o seu.

— Vamos, estamos muito atrasados. O que você conseguiu?

Por um momento, Lane continuou a fitá-la, como se sentisse algo mais que Rory não estava verbalizando. Ela percebeu o olhar dele, mas manteve a atenção no laptop.

— Ok. — Lane entregou os pontos e dirigiu a atenção para o monitor do seu computador. Ele rolou as páginas. — Ando de olho em uma área nas proximidades de Detroit, na parte sudeste da cidade e nos condados adjacentes. Está aparecendo no algoritmo. Diversos resultados nos últimos quatro meses. Ocorreram doze homicídios nos últimos dois anos. As vítimas eram mulheres sem-teto ou prostitutas, todas afro-americanas. Com pouco ou nenhum apoio familiar, algumas só foram identificadas no necrotério por meio de impressões digitais e comparação com o programa de identificação de impressões digitais de criminosos condenados de Michigan. Basicamente, ninguém sabia que elas tinham sido mortas. Sem família, sem amigos.

— Alvos fáceis com pouco risco — Rory afirmou, digitando no seu computador.

— Exatamente.

— Como o algoritmo as detectou?

— Tipo de morte.

A cada semana, Lane e Rory analisavam as tendências detectadas pelo algoritmo criado por ele, que levava em conta diversos fatores referentes a crimes relatados em todo o país, buscando tendências e semelhanças. Isso permitia que identificassem pontos em comum entre homicídios em uma região geográfica específica. Quando marcadores e *tags* suficientes apareciam no mesmo local, Lane e Rory eram alertados. Então, eles começavam a investigar. Até aquele momento, o Projeto de Controle de Homicídios identificara doze *serial killers* — definidos como uma única pessoa que cometera ao menos três homicídios — nos Estados Unidos, em que prisões foram realizadas. Vários outros pontos ativos representavam tendências, onde a polícia local seguia pistas. O encontro daquela noite era um evento semanal, em que Rory e Lane apontavam no software marcas que eram tendências. Às vezes, era um grupo de homicídios em uma local bem concentrado, ou um grupo de homicídios cometidos com a mesma arma presumida ou contra o mesmo tipo de vítima. Podia ser o modo como o corpo fora descartado. Podia ser a profissão da vítima. O algoritmo rastreava mais de cinco mil indicadores em busca de semelhanças.

Quando conseguiam defender uma tese com convicção suficiente, Rory e Lane levavam as descobertas para as autoridades daquela área. Com a reputação de Lane como psicólogo forense e analista de perfis criminais da unidade de ciência comportamental do FBI, e as credenciais de Rory como perita em reconstituição criminal, que juntava as peças das descobertas que o algoritmo procurava, eles formavam um time perfeito. Os departamentos de polícia ouviam suas conclusões, e muitos tinham começado a utilizar o software de Lane para rastrear homicídios por sua própria conta.

— Todas elas foram mortas por algum tipo de lesão contundente... golpes no lado da cabeça... e, em seguida, os corpos foram descartados em lixeiras.

Estavam no processo de registrar os nomes das doze vítimas de Detroit e catalogar as descobertas quando a campainha tocou. Rory consultou o relógio. Já eram quase dez horas. Ela se dirigiu à porta da frente e espiou pelo olho mágico. Era Ron Davidson na sua varanda.

— Merda! — ela resmungou antes de abrir a porta. — Oi, Ron.

— Gray — ele respondeu em tom cadenciado. — Você não está retornando as minhas ligações de novo.

Rory bufou.

— Desculpe. Ando ocupada com... uma coisa. Para o meu pai.

— Tenho ouvido tudo sobre isso desde que você me pediu aqueles registros antigos. — Ron se inclinou para mais perto da porta de tela. — Meu Deus, Gray. Seu pai representava aquele sujeito?

Rory assentiu.

— Parece que sim.

— As caixas de 1979 tinham o que você precisava?

— Tinham. Ou melhor, não tenho certeza. Ainda não terminei de vê-las. — Rory, por força do hábito, moveu a mão para o rosto para ajeitar os óculos, mas percebeu que não os estava usando. Ela nunca os usava quando ficava sozinha com Lane. — Obrigada por deixar as caixas para mim.

— Sem problemas. Eu estava em dívida com você pelo seu favor de pegar o caso de Camille Byrd.

Por um momento, os dois ficaram em silêncio. O detetive Davidson parado na varanda da frente, e Rory dentro de casa atrás da porta de tela.

— Posso entrar?

— Sim, desculpe. Claro, Ron. — Rory abriu a porta e levou o chefe para a sala de estar, onde Lane ainda digitava no computador defronte à lareira.

— Lane — Rory disse —, Ron está aqui. Temos que conversar.

Lane olhou para ele.

— Ron, como vai você?

— Tudo bem, doutor.

Os dois apertaram as mãos.

— Lamento interromper, doutor. É só por um minuto.

— Não se preocupe. — Lane sorriu.

— Vamos até o escritório, Ron — Rory o convidou.

Eles passaram pelo recanto de Rory, onde todas as bonecas estavam sobre as prateleiras, e entraram no escritório. Além das três caixas de 1979, que estavam na mesa dela com o conteúdo espalhado na superfície, via-se a fotografia de Camille Byrd pendurada no quadro de cortiça com as poucas anotações que Rory fizera quase duas semanas antes sobre as descobertas da autópsia.

— Walter Byrd me ligou, Gray. Ele disse que não tem notícias suas. Também disse que ligou algumas vezes, mas nunca recebeu retorno. Soa familiar.

— Ainda não tenho nada para dizer a ele.

— Então diga *isso* a ele. Mas diga *alguma coisa*.

— Me sinto péssima, Ron. Concordei em fazer a reconstituição, e então o meu pai morreu. Fiquei presa à obrigação de encerrar o escritório de advocacia dele e… tudo o mais que encontrei. Não investi muitas horas no caso.

— Sinto muito pelo *timing*, Rory. Sei que você já tem muitos problemas.

Ao olhar para a mesa, ela avistou os remanescentes espalhados da investigação sobre o caso de 1979. Rory se lembrou de estar sentada à mesa algumas noites antes, examinando as anotações do pai e se perguntando o que ele estivera fazendo para Thomas Mitchell durante todos os anos em que o representou. Agora ela sabia.

— Vou voltar para o caso de Camille Byrd. Prometo.

— Você já investigou isso?

— Dei apenas uma olhada. — Rory lembrou-se da noite em que folheara o laudo do médico-legista, com a imagem da garganta machucada de Camille faiscando na sua mente. Rory espiou a foto de Camille Byrd no quadro de cortiça e sentiu os tentáculos da culpa se arrastando como aranhas pelas suas costas. Tivera um sonho com Camille Byrd duas noites antes, no qual topava com seu cadáver no Grant Park. Ela tentou se desculpar por ignorar o caso, mas a garota estava morta e fria no seu sonho quando Rory a sacudiu. Naquele momento, ao encarar a foto e os olhos da garota morta, Rory sentiu o impulso de se esconder atrás dos óculos de aros grossos, erguer a gola do casaco e desviar o olhar.

— Vou investir algumas horas nisso.

— Quando?

— Logo, eu prometo.

O celular tocou no bolso de trás da sua calça. Rory ergueu um dedo.

— Desculpe.

Ela pegou o aparelho e checou o número. Embora não estivesse em sua lista de contatos, Rory o identificou imediatamente. Ficara gravado na sua memória do jeito como todo o resto ficava, mas aquele número de telefone específico tinha um significado maior do que simplesmente sua memória notável. Da última vez que tinha recebido uma chamada daquele número ficou sabendo que seu pai havia morrido. Era uma ironia, Rory se perguntou, que ela também estivesse com Ron Davidson quando atendeu à última chamada?

— Celia. Algo errado?

— Ah, olá… — Celia respondeu, pega de surpresa. — Não, nada errado. Bem, não tenho certeza. Preciso vê-la. Tenho algo do seu pai sobre o qual não sei o que fazer. Podemos nos encontrar esta semana?

Rory consultou a agenda. Tinha de fazer a viagem até o chalé em que Thomas Mitchell iria morar, encontrar-se com o juiz Boyle e a comissão de livramento condicional para a audiência final, terminar a papelada legal para tirar seu mais novo e único cliente da prisão, programada para acontecer em uma semana, deixar as finanças dele em ordem e agora dedicar algum tempo à reconstituição do caso de Camille Byrd. Tudo isso postergando o desejo ardente de começar a sua própria busca por Angela Mitchell e descobrir o que acontecera com ela.

— No momento, estou muito atarefada, Celia. — Rory sabia que o escritório do seu pai estava quase fechado, salvo o caso de Thomas Mitchell. — Podemos adiar por duas semanas?

Houve uma pausa antes que a voz suave respondesse:

— Preciso muito vê-la, Rory.

Rory achou que tinha ouvido um choro baixinho. Lembrou-se das lágrimas de Celia rolando pelo seu pescoço quando ela a havia abraçado no escritório.

— Entendo, Celia. Então, vamos nos encontrar esta semana. Te ligo amanhã para dizer o melhor horário.

Ela ouviu outro choramingo e desligou o celular sem esperar pela confirmação. Recolocou o aparelho no bolso de trás e olhou para o chefe.

— Me dê outra semana, Ron. Enquanto isso, vou ligar para o sr. Byrd e passar informações atualizadas.

O detetive assentiu.

— Tudo bem. Mas preciso de algo em breve, Gray. Algo novo. Qualquer coisa.

— Terei algo para você até a semana que vem.

Chicago

NOVEMBRO DE 1981

FRANK MOORE RASTREOU A GENEALOGIA DE ANGELA Mitchell da melhor forma que conseguiu imaginar. Se ela estivesse viva, provavelmente recorreria aos amigos ou à família. Aquela era a esperança dele. Porque a outra possibilidade — de que ela desaparecera sem depender de ninguém — representava um obstáculo intransponível, que ele jamais seria capaz de escalar. Como a encontraria se ela simplesmente tivesse desaparecido, se tivesse deixado o estado para se esconder em um canto do país onde ninguém a procuraria? Com base no que Frank sabia sobre ela, aquela era uma possibilidade bastante plausível.

Angela Mitchell fora uma solitária durante toda a vida, passando da tutela dos pais quando criança para uma permanência prolongada em um hospital psiquiátrico juvenil no sul do estado de Illinois, que durou até ela ser solta aos dezoito anos. A partir daí, a investigação de Frank ficava nebulosa. Os pais dela se mantiveram fora do jogo desde o dia em que ela chegou à maioridade, e a viagem de Frank até St. Louis para visitá-los fora inútil. Os pais de Angela Mitchell não viam nem ouviam falar da filha desde anos antes do seu desaparecimento. Nem sequer sabiam do seu casamento. A próxima vez que ela apareceu na linha do tempo incompleta de Frank foi quando Angela conheceu Thomas Mitchell em Chicago, teve um namoro curto e se casou. Ela não tinha amigas próximas além de uma mulher chamada Catherine Blackwell, a esposa do ex-sócio de Thomas. A ida de Frank até a residência dos Blackwell fora malsucedida, um pouco estranha e, no final das contas, uma perda de tempo e energia.

Por meio de informações arquivadas que havia encontrado na biblioteca e alguns nomes fornecidos pelos pais de Angela, Frank fez uma lista de parentes distantes para visitar. Eram primos, tios, primos dos pais e outras pessoas mais distantes que, uma vez ou outra, fizeram parte da vida de Angela antes de ela conhecer Thomas Mitchell.

Nos últimos três meses, Frank procurara qualquer indício de que a mulher do seu cliente ainda estivesse viva, como Thomas Mitchell afirmava categoricamente. Como um advogado júnior de vinte e oito anos, Frank estava ansioso para demonstrar sua capacidade no Garrison Ford. Assim, preenchia seus dias elaborando pesquisas e peças processuais. Ocasionalmente, aparecia no tribunal para ajudar o parceiro a quem era designado. Passava as noites caçando uma mulher que provavelmente estava morta e enterrada. Recém-casado com uma enfermeira que trabalhava no turno da tarde no hospital, ele tinha tempo para investigar. Estava feliz sendo pago para caçar um fantasma. Mas, Deus todo-poderoso, ele só podia imaginar o que aconteceria se viesse mesmo a encontrá-la. Seu cliente seria solto, a condenação, anulada, e seu estoque de ações no Garrison Ford cresceria num piscar de olhos. Talvez ele se tornasse sócio do escritório antes dos quarenta.

A última pista estava escrita em um pedaço de papel — um nome e um endereço — e colada com fita adesiva no painel do seu carro. A estrada rural situada a uma hora e meia a oeste da cidade estava vazia. Frank sabia que possivelmente não haveria muito tráfego onde judas perdeu as botas, e dirigia livremente enquanto o sol se punha à sua frente. Os campos de milho se estendiam nos dois lados da estrada, até onde a vista alcançava. Os talos antes altos estavam agora cortados bem rentes. Grandes fardos de feno, enrolados em espirais apertadas, salpicavam o campo em padrões aleatórios.

Frank chegou a uma bifurcação na estrada, verificou o mapa e virou à esquerda. Depois de mais cinco quilômetros, finalmente viu o topo do prédio de dois andares se elevando acima do terreno plano. O terreno se estendia por muitos hectares. No meio do nada, a estrutura branca parecia uma prisão. Frank tinha certeza de que parecia assim para muitos dos seus pacientes. Ele entrou no estacionamento e passou pela placa indicando que chegara ao HOSPITAL PSIQUIÁTRICO JUVENIL BAYER GROUP. Achou uma vaga e estacionou. No interior do prédio, registrou-se.

— Que residente o senhor veio visitar? — a recepcionista perguntou.

— Nenhum residente — Frank respondeu, postado com o seu terno amassado pela longa viagem desde os escritórios do Garrison Ford. — Estou aqui para ver o dr. Jefferson.

— O senhor marcou horário?

— Sim. Liguei no começo da semana.

— Deixe-me localizá-lo.

Por cinco minutos, Frank andou de um lado para o outro na sala de espera. Finalmente, a porta se abriu.

— Sr. Moore?

Frank se virou e se deparou com um homem magro de óculos minúsculos e um longo jaleco branco.

— Dale Jefferson. Nós nos falamos pelo telefone.

— Sim. — Frank se aproximou e apertou a mão dele. — Obrigado por me receber.

— Lamento que não seja sob circunstâncias melhores. Vamos até o meu consultório.

Após seguirem por um longo corredor branco, eles finalmente chegaram ao consultório do dr. Jefferson, decorado como uma sala de estar: um sofá, uma mesa de centro e duas cadeiras. Uma parede com prateleiras embutidas continha vários livros. O dr. Jefferson sentou-se em uma das cadeiras e fez sinal para que Frank ocupasse um lugar no sofá. Uma pasta estava sobre a mesa de centro, e o dr. Jefferson a pegou quando se acomodou.

— É uma pena o que aconteceu com Angela. Terrível. No início, não me apercebi da situação porque a mídia nunca usou o nome de solteira. E, infelizmente, Thomas Mitchell recebeu mais atenção do que qualquer uma das suas vítimas. A sociedade está mais interessada no Ladrão do que nas vidas que ele roubou.

Frank não estava ali para discutir a psicologia da sociedade, e não ia mencionar que o seu cliente fora condenado pelo assassinato de uma única mulher, e não de uma grande quantidade delas. Na realidade, Frank não mencionara sua associação com Thomas Mitchell a ninguém que encontrara durante a busca de meses por Angela. O tribunal da opinião pública culpara Thomas Mitchell por todas as mulheres desaparecidas no verão de 1979, e Frank sabia que precisava ocultar os motivos de estar perguntando sobre uma mulher que supostamente havia sido morta mais de dois anos antes.

— Sim, doutor, é uma pena — Frank disse, por fim.

— O senhor disse que a família de Angela está examinando a possibilidade de uma ação civil?

— Exato. — Frank cruzou as pernas. Um jogador de pôquer poderia ver aquilo como uma reação nervosa para esconder a mentira. — Estou investigando as questões para ver se uma ação civil é cabível, dadas as circunstâncias.

— O senhor vai me desculpar. O homem deve ser muito perturbado, mas se não o condenarem à morte pelo que ele fez, devem condená-lo à prisão perpétua e confiscar todos os seus bens.

— Bem... — Frank pigarreou. — Verei o que posso fazer.

— O senhor representa os pais de Angela?

Frank fez uma breve pausa.

— Sim.

— Pelo que me lembro, eles não tinham um bom relacionamento com ela. É sempre terrível ver relações estremecidas entre pais e filhos. E agora, jamais será reparada.

— Sim. É uma lástima.

— O senhor tem filhos?

— Acabei de me casar. Talvez minha mulher e eu tentemos daqui a um ou dois anos.

O dr. Jefferson mostrou a pasta.

— Como posso ajudar?

— Ações civis podem ser desagradáveis. Assim, quero descobrir o máximo possível sobre Angela. Sei que ela passou um tempo aqui durante a adolescência, e gostaria de fazer algumas perguntas, se o senhor não se importar.

— Claro.

Frank retirou uma folha de papel do bolso interno do paletó.

— Angela chegou aqui em 1967 quando tinha dezessete anos.

— Exatamente.

— Quanto tempo ficou aqui?

— Sete meses. Angela foi embora quando completou dezoito anos. Receio que não tenhamos ajudado Angela tanto quanto nós ou os pais dela esperávamos.

— Então, assim que ela se tornou adulta, foi embora por sua própria conta?

— Sim. O Bayer Group é um hospital psiquiátrico juvenil. Tratamos apenas jovens com menos de dezoito anos, e sob a supervisão dos pais ou de responsáveis. Quando atingem a maioridade, eles permanecem aqui apenas se decidirem ficar. Angela decidiu não ficar.

— E por que Angela foi admitida?

O dr. Jefferson abriu a pasta e leu:

— "Transtorno desafiador opositivo, fobia social e transtorno obsessivo-compulsivo." Ela também era autista, o que complicava o tratamento.

— Quer dizer que quando Angela completou dezoito anos e o hospital não podia mais mantê-la legalmente aqui, os pais a levaram embora? O senhor sabe o que aconteceu com Angela depois da sua permanência aqui?

— Não foram os pais que a levaram embora — esclareceu o dr. Jefferson. — Como mencionei, o relacionamento estava estremecido. Durante a permanência de Angela aqui, senti que não vínhamos fazendo grandes progressos. Então, sugeri aos pais que Angela fosse liberada e voltasse quando tivesse uma atitude mais receptiva para aceitar ajuda. Seus pais foram contra a liberação. Receio que, naquele momento, eles tenham perdido definitivamente a paciência com ela.

Frank ajeitou-se no sofá.

— E daí? Eles a largaram aqui?

O dr. Jefferson deu de ombros.

— Eu não colocaria dessa maneira. Eles queriam ajudar Angela, mas se sentiam incapazes de fazê-lo sozinhos.

— Então ela fez dezoito anos. O senhor não podia mantê-la aqui. Para onde ela foi? Voltou para a casa dos pais?

O dr. Jefferson balançou a cabeça.

— Não. Angela foi liberada por vontade própria. Naquele momento, ela era maior de idade.

— Sim, mas com apenas dezoito anos. Não tinha emprego, dinheiro e, presumo, transporte. Para onde ela foi? Ela simplesmente saiu andando pelo milharal?

— Um dos nossos orientadores tentou acompanhá-la por algumas semanas, mas nunca mais ouviu falar dela. O último endereço que tivemos de Angela era em Peoria, em Illinois.

— O que havia em Peoria?

— Pelo que me lembro, uma amiga de Angela vivia lá. A amiga apareceu aqui no dia em que Angela foi liberada, e a ajudou a arrumar as coisas dela. De acordo com os nossos registros, Angela foi embora com ela.

— O senhor tem o nome dessa amiga? — Frank perguntou de supetão, e fez uma pausa para controlar a excitação. Era a primeira pista real que encontrara na sua busca por alguém que pudesse estar ligado a Angela Mitchell na sua vida adulta. — Se ela for parente, poderemos adicionar o nome dela na ação civil.

— Claro. — O dr. Jefferson folheou a pasta, retirou uma papeleta e a empurrou na frente de Frank. — O sobrenome era Schreiber. Era uma das nossas enfermeiras de plantão. Não tenho certeza se esse continua sendo o endereço correto. É de muitos anos atrás.

22

Chicago, 29 de outubro de 2019

RORY E LANE VIAJAVAM JUNTOS SEGUINDO O CARRO NA frente, que levava a assistente social e o agente da condicional. Thomas Mitchell herdara o chalé em 1994, com a morte do tio. Rory acompanhara o destino do imóvel da melhor maneira possível a partir da papelada do seu pai. O tio de Thomas morrera de câncer no pâncreas, e deixara em testamento o chalé para o sobrinho. O pai de Rory colocara o chalé em um truste. Uma administradora de imóveis tinha cuidado bem do lugar e, de acordo com os documentos financeiros que Rory encontrou no arquivo, o imóvel proporcionara uma boa fonte de renda ao longo dos anos. Era um chalé em forma de "A" com dois quartos, perto dos limites do Parque Estadual de Starved Rock, a cerca de uma hora da cidade.

Localizado tão perto do parque e do rio Illinois, o chalé fora fácil de alugar ao longo dos anos. A renda era suficiente para permitir que a administradora de imóveis cuidasse bem da manutenção. O pai de Rory dispensara a administradora no ano anterior e documentara cuidadosamente suas viagens mensais para manter o chalé em boas condições, na certa antecipando a chegada do seu cliente.

Ao chegarem aos arredores de Starved Rock, a assistente social desacelerou o carro. Rory supôs que ela estivesse consultando o GPS. Então, a assistente social acelerou de novo, e Rory seguiu o automóvel dela por estradas sinuosas junto ao lado norte do parque, atravessando pontes onde cachoeiras caíam de penhascos e pinheiros verde-esmeralda se projetavam na direção do céu claro de outubro. Se Rory não estivesse em uma jornada para ver a futura casa de um presumido *serial killer*, o cenário seria majestoso.

Após quinze minutos em velocidade baixa, parando em cada bifurcação antes de decidir a direção a seguir, Rory e Lane chegaram à entrada de um longo caminho de terra, encimado por uma densa vegetação que começara a se transformar em cores de outono. Havia uma caixa de correio exatamente ao lado do caminho, e Rory considerou que poderia atender a pelo menos um dos pedidos do juiz. Se alguém quisesse enviar uma carta ao Ladrão, ele a receberia pelo Serviço Postal dos Estados Unidos.

Por cem metros, Rory seguiu o carro da assistente social pelo caminho de terra irregular. Finalmente, o caminho se abriu para uma clareira onde ficava o chalé de cedro em forma de "A". O terreno era impressionante. Rory imaginou uma vista aérea da propriedade, que havia sido implantada em uma área de mata cerrada. A clareira onde se situava o chalé tinha cerca de vinte mil metros quadrados de relva, cascalho e barro, que iam de encontro à densa floresta ao redor. O fim do caminho de entrada conduzia a uma rotatória ao redor do chalé. Ao percorrer a rotatória, Rory avistou o rio por entre as árvores à sua direita. Uma trilha fora aberta na floresta, e um conjunto de escadas levava a um píer que acabava na água.

— Bem… — Do assento do passageiro, Lane olhava pela janela. — Não se pode dizer que este não é o lugar perfeito para um presumido *serial killer* se esconder pelo resto da vida.

Rory balançou a cabeça.

— E eu estava pensando em quão lindo este lugar foi para as famílias que o alugaram todos esses anos.

— Não, não estava. Você não ganharia a vida fazendo reconstituição de crimes se realmente pensasse nesse tipo de coisa.

Rory terminou de dar a volta no chalé e estacionou. Pegou os óculos de aros grossos do painel, colocou-os no rosto e puxou o gorro pela testa.

— Sim, Lane, você tem razão. — Ela abriu a porta do carro. — Este lugar é sinistro como o inferno. Já volto.

Rory desembarcou do carro e encontrou Naomi Brown, a assistente social, defronte ao chalé, inspecionando o imóvel. Rory tinha a chave, que encontrara no escritório de Frank.

— Você já esteve na casa do seu cliente antes? — perguntou Naomi.

— Ele não é de fato meu cliente. — Rory ajeitou os óculos. — E não, não estive. Não conheço o lugar.

Por um momento, Naomi ficou olhando para Rory. Era a expressão confusa que Rory costumava ver e sempre odiava.

Rory girou o dedo no ar e apontou para o chalé.

— Vamos acabar logo com isso.

— Há uma lista de requisitos, incluindo um telefone fixo em funcionamento, um endereço postal corrente nos Estados Unidos e outros itens. Quase tudo é mera formalidade, mas, visto que o juiz está concordando com esse arranjo de moradia singular, precisamos satisfazer todas as condições.

— Certo, vamos checar. — Rory subiu a escada até a varanda da frente, com as tábuas de madeira rangendo sob o seu peso, inseriu a chave na fechadura da porta e abriu.

Ezra Parker, o agente da condicional, tirou fotos do lado de fora antes de entrar. No interior, eles encontraram uma casa mobiliada bem conservada, como qualquer imóvel de aluguel devia ser, com um sofá e cadeiras posicionados ao redor de uma lareira de pedra na sala da frente. Havia uma cozinha à esquerda e outra sala para jantar. Uma varanda telada nos fundos da casa oferecia uma vista do terreno que levava à floresta, através da qual o rio era visível e refletia o céu de outubro. Uma escada conduzia ao andar de cima, onde ficavam dois quartos.

O grupo levou trinta minutos para inspecionar o local. Naomi checou todos os itens para demonstrar que a casa satisfazia todos os requisitos do juiz. Ezra Parker tirou todas as fotos necessárias.

— Até que o seu cliente compre um carro, há uma loja de conveniência a uns oitocentos metros daqui — Naomi informou.

Rory assentiu. Ela teve um súbito desejo de deixar o lugar, percebendo que sua administração das finanças de Thomas Mitchell provavelmente exigiria que ela o ajudasse nas compras, como por exemplo um carro. Ao se dirigirem para a porta da frente, eles notaram as pegadas vermelhas que todos tinham deixado. Rory baixou os olhos e observou os coturnos, reparando pela primeira vez que estavam cobertos de poeira escarlate.

— Lamento por isso. — Naomi deu de ombros. — Devíamos ter tirado os sapatos.

— Que droga é essa? — Rory ergueu o pé para examinar a sola do coturno.

— Barro vermelho — Ezra informou. — É comum ao redor de Starved Rock. O solo está saturado dele. Tem por toda parte. Seu carro também vai ficar todo sujo.

Rory observou as pegadas vermelhas como sangue.

— Hora de irmos — ela determinou. — Vou chamar alguém para limpar o chalé antes da libertação do cliente.

Chicago
NOVEMBRO DE 1981

TRÊS DIAS DE CHAMADAS TELEFÔNICAS FICARAM SEM RES-
posta antes que Frank decidisse ir até Peoria para dar uma olhada. Angela Mitchell fora liberada do Hospital Psiquiátrico Juvenil Bayer Group em 1968, treze anos antes, e era bem possível que quem tivesse morado no endereço fornecido pelo dr. Jefferson não morasse mais ali. Mas como era a primeira descoberta válida encontrada na sua busca por qualquer vestígio de Angela Mitchell em sua vida adulta antes de se casar com Thomas Mitchell, valia a pena tentar.

Frank fez a viagem no sábado de manhã, quando o trânsito fora da cidade era leve e o percurso levava pouco mais de duas horas. Ele passou por hectares de milharais colhidos, um cenário não muito diferente de sua viagem ao Bayer Group no outro dia. Os tratores estacionados no meio dos campos e silos se projetavam ocasionalmente no horizonte plano. Quando ele entrou em uma estrada de duas pistas, os números de endereço apareceram gravados nas caixas de correio na margem da estrada, situadas ao lado de longos caminhos de entrada que levavam a residências isoladas localizadas em grandes terrenos. Cada casa ficava bem longe das casas vizinhas. Frank encontrou o endereço que estava incluído na pasta de Angela Mitchell.

O caminho de entrada era sinuoso. Frank seguiu até final, e alguns cachorros apareceram de trás da casa, latindo e seguindo o carro. Frank estacionou e abriu a porta devagar. Dois pastores alemães o saudaram e latiram em busca da sua atenção, um empurrando o outro para posicionar a cabeça sob a sua mão. Frank teve de acariciá-los enquanto fitava a casa da fazenda.

A porta da frente se abriu. Uma mulher apareceu na varanda e olhou para ele. Frank ergueu a mão, acenou amigavelmente e foi até ela. Os cachorros latiram e o acompanharam, pulando e apoiando-se nas pernas dele.

— Eles não vão machucá-lo — a mulher disse da varanda. — Deixem o homem em paz! Vamos, voltem para o quintal!

Latindo, os cachorros abandonaram o ataque brincalhão, desaparecendo atrás da casa. Frank caminhou até o pé da escada da varanda.

— Sra. Schreiber? O nome está certo? — Ao se aproximar, Frank conseguiu ver melhor a mulher, que ele supôs ter cinquenta e tantos ou sessenta e poucos anos.

— Sim, sou eu. Em que posso ajudá-lo? Está vendendo enciclopédias, aspiradores de pó ou algo assim?

— Não. — Frank sorriu. — Meu nome é Frank Moore. Sou advogado. Estou aqui para fazer algumas perguntas sobre Angela Mitchell. Ou Angela Barron, para usar o nome de solteira. Acredito que a senhora a tenha conhecido.

Frank viu o rosto da mulher perder a cor. O queixo dela caiu e os olhos se arregalaram, como se Frank tivesse puxado uma arma e apontado para ela. A sra. Schreiber deu um passo para trás e segurou a maçaneta.

Frank levantou as mãos.

— Estou aqui só para conversar.

— Não tenho nada a dizer. Agora, saia da minha propriedade ou eu chamo a polícia.

— Não vim causar nenhum problema, senhora. Estou examinando a possibilidade de uma ação civil que possa ajudar a família de Angela.

— Eu quero que o senhor saia da minha propriedade — ela insistiu, com os olhos arregalados e selvagens. — Agora mesmo!

A ordem da mulher converteu a cena rapidamente em algo que Frank não previra.

— Tudo bem. — Ele enfiou a mão no bolso e tirou o seu cartão de visita. — Se a senhora decidir que quer falar sobre Angela, me ligue. Meu número está aqui.

— Tubs! Harold!

Ao som dos seus nomes, os cães saíram correndo de trás da casa. Naquele momento, o comportamento deles era agressivo. Os latidos brincalhões tinham se transformado em rosnados. Ao recuar, Frank deixou cair o cartão de visita. Sentiu os cachorros beliscarem seus tornozelos durante a corrida até o carro. Depois que embarcou e trancou a porta, viu os cães arreganhando os dentes, batendo-os com violência. Com a testa molhada de suor, ele deu a partida e observou a varanda. A mulher não estava mais lá, mas Frank viu as cortinas da janela da frente franzirem um pouco.

A mancha branca do cartão de visita chamou sua atenção. Estava no chão onde ele o deixara cair. Frank deu meia-volta e pegou o longo acesso de carros, afastando-se dos cachorros, que não paravam de latir. Frank Moore sabia que descobrira algo, mas não fazia ideia do quê.

23

Chicago, 29 de outubro de 2019

A BONECA DE PORCELANA REPOUSAVA SOBRE O ASSENTO
do passageiro. Rory se dirigia para o sul, saindo da cidade. Seguiu pela
via expressa Kennedy, entrou na I-94, depois pegou a I-80 leste por um
curto trecho e saiu na avenida Calumet. Entrou na cidade de Munster, em
Indiana, cinquenta minutos depois de deixar sua casa, em Chicago. A cervejaria Three Floyds estava fechada havia muito tempo quando ela entrou
no estacionamento. A última vez que estivera na cervejaria fora em maio,
para o Dia da Dark Lord, um evento pago com doze horas de duração, em
que os amantes de cerveja preta tinham a única oportunidade do ano de
comprar sua cerveja favorita. Rory comparecia porque era um dos raros
eventos públicos de que gostava, já que a cerveja circulava generosamente
e Lane manifestara interesse. Ela não ia pela mesma razão de todos — abas-
tecer-se de Dark Lord, embora também fizesse isso. A maioria das pessoas, depois que o estoque de Dark Lord acabava, tinha de esperar até o
ano seguinte para comprar um novo lote. Rory, afortunadamente, não inte-
grava a maioria.

Ela apanhou a boneca e saiu do carro. Sua respiração era visível no ar
frio da noite. Rory puxou o gorro para baixo, ajeitou os óculos e dirigiu-se
ao prédio. O estacionamento estava iluminado por uma única lâmpada
halógena no topo de um poste alto no meio do terreno. Enquanto caminhava pelo asfalto, o brilho dourado da lâmpada se misturava com suas
pegadas ainda vermelhas, criando um rastro laranja. Rory notou as pegadas estranhas e bateu os coturnos contra o chão para livrá-los do último

barro vermelho que restava de Starved Rock do início do dia. A lembrança das pegadas vermelhas como sangue deixadas no chalé causou-lhe um arrepio. Daí, a viagem a Munster para acalmar os nervos. A geladeira da sua casa estava vazia.

Ela caminhou até a lateral da cervejaria e bateu na porta de metal cinza, que se abriu quase imediatamente.

— Rory, a dama das bonecas — um homem corpulento a cumprimentou. Sua barba abundante descia até o peito e tinha listras grisalhas. Ele usava um boné da cervejaria. — Você quase conseguiu chegar a seis meses.

Rory saíra do Dia da Dark Lord, em maio, com o que a maioria consideraria uma quantidade equivalente a um ano de cerveja preta. No entanto, na maior parte do tempo, ela tivera pausas, e o seu consumo de álcool sempre crescia quando ela estava em um intervalo. E os acontecimentos mais recentes da sua vida fizeram-na acabar prematuramente com o resto.

— Kip, sempre é bom ver você. — Rory mostrou a boneca. — Uma Simon & Halbig. Alemã, rara e em excelente estado.

O homem corpulento pegou a boneca e a examinou como se soubesse o que estava olhando. Cofiou a longa barba.

— Posso encontrar uma boneca assim no Walmart?

— Sem chance.

— Taylor está implorando por uma. Ela ficou sabendo da boneca que dei para Becky no aniversário dela.

Rory sabia que Kip tinha várias netas. Como ele vivia procurando superar os avós rivais nos aniversários e no Natal, as bonecas de porcelana restauradas tinham sido seu presente nos últimos dois ou três anos. Eram raras e caras, e não podiam ser superadas pela concorrência. Rory não tinha certeza do que faria quando todas as netas de Kip tivessem sido presentadas com suas bonecas raras. Ela teria de racionar as Dark Lord como todo o mundo. Até lá, continuaria fazendo seu escambo.

— No varejo? — Kip perguntou.

Rory deu de ombros.

— Provavelmente, quatrocentos dólares.

— E o que você está querendo?

— Duas caixas.

— Honestamente?

— Estou sendo generosa.

Kip tornou a cofiar a barba, olhando para a boneca Simon & Halbig.

— Você tem os papéis dela?

— Fala sério! — Rory enfiou a mão no bolso do casaco cinza e apresentou os papéis originais, que descreviam a boneca.

No ano anterior, ela a comprara em um leilão por quase nada. Estava em péssimas condições, com diversas rachaduras na porcelana e sem uma parte do cabelo. Com habilidade, Rory reparou as rachaduras, eliminando-as quase até a invisibilidade. Ela havia recorrido à tia Greta para encontrar uma solução para os pedaços calvos no crânio, o que, é claro, a tia-avó tinha encontrado. Quando Rory entregou a boneca naquela noite, parecia nova em folha. Se ela voltasse para a mesma sala de leilões onde encontrara a boneca, livrar-se dela traria um pagamento superior a quatrocentos dólares.

Pegando os papéis, Kip fez que sim com a cabeça.

— Já venho.

Alguns minutos depois, eles atravessaram o estacionamento. Kip empurrou um carrinho de mão com duas caixas de cerveja preta empilhadas até o carro de Rory, colocou-as no porta-malas e o fechou. Rory entrou no veículo e deu a partida. Baixou a janela quando Kip deu um tapinha no vidro.

— Você pisou em alguma abóbora antes de vir para cá? — Kip indicou as pegadas alaranjadas ao redor do automóvel.

— Não em uma abóbora esmagada. — Rory empurrou os óculos para o alto do nariz. — Mas em uma tremenda porcariada, sem dúvida. — Tentou esboçar um sorriso. — É por isso que estou aqui à meia-noite. Vamos deixar por isso mesmo.

— Sim. Quando recebi seu telefonema, imaginei que você estivesse precisando muito de uma dose.

— É cerveja, Kip. Não heroína.

— Uma dose é uma dose. — Kip enfiou a mão no bolso do casaco e tirou uma garrafa de cerveja, gelada por ter saído direto do refrigerador. Do outro bolso, apanhou um canivete suíço com o emblema da Dark Lord. Ele o abriu, e a lâmina de dois gumes brilhou, um deles afiado como um bisturi. O outro lado ostentava um abridor de garrafas. Kip destampou a garrafa e a entregou a Rory pela janela.

— Fique esperta na I-80. Os malditos policiais rodoviários têm olhos de lince.

Rory sorriu e pegou a garrafa gelada.

— Obrigada, Kip. Vejo você em maio.

— Pegue. — Ele entregou-lhe também o canivete suíço. — Eu sei que a boneca vale mais do que duas caixas de cerveja.

Agradecida, Rory assentiu. Em seguida, saiu do estacionamento da cervejaria e pegou a via expressa de Indiana. Em minutos, entrou na auto-estrada e ajustou o piloto automático para uma velocidade um quilômetro por hora abaixo da máxima permitida. Tomou um gole da Dark Lord e saboreou o percurso de volta para a cidade.

PERTO DA UMA DA MANHÃ, RORY ENCOSTOU O CARRO NA frente da casa do pai. Insalubremente, ela estava ficando obcecada pela mulher de 1979. De alguma forma, Angela Mitchell voltara do passado e se apossara de alguma parte da consciência de Rory. Como um diapasão que tivesse levado uma pancadinha, a vibração relativa ao mistério em torno da mulher era pouco audível, mas impossível de ignorar.

De início, Rory não conseguiu entender o motivo de Angela Mitchell ter tanto domínio sobre ela. Ou, pelo menos, não iria admitir isso. Para tal, seriam necessários autorreflexão e o reconhecimento das suas próprias falhas e idiossincrasias. Expor sua alma sempre foi algo difícil, mesmo quando ela fazia isso apenas para si mesma. A ligação começou quando Rory ficou sabendo que Angela era autista. A ligação se fortaleceu quando Rory leu as descrições que retratavam Angela como uma mulher introvertida, nas franjas da sociedade, alguém que nunca se encaixara de verdade e que tivera poucos ou nenhum relacionamento próximo na vida. Uma mulher que sentia muito medo de procurar as autoridades mesmo quando suspeitava de que o marido era um assassino. Desde que havia tomado conhecimento de que Catherine Blackwell acreditava que Angela Mitchell podia ainda estar viva, a mente de Rory entrou em marcha acelerada. O fato de o seu pai tê-la procurado e talvez passado grande parte da vida procurando gerava uma obsessão doentia por Angela Mitchell. Da baixa vibração na sua mente resultava uma única pergunta: o que Frank encontrara? Para Rory, era demais embalar, compartimentar e esquecer. Ela sabia que teria de usar todos os seus talentos e habilidades para reconstituir o paradeiro de Angela.

Rory desembarcou do carro e pôs a mochila no ombro. Abriu o porta-malas, pegou uma segunda garrafa de Dark Lord de uma das caixas e, em seguida, usou sua chave para abrir a porta da casa da sua infância. Subitamente, uma onda de emoções se apossou dela. Rory não conseguia se lembrar da última vez em que havia chorado. Na realidade, não tinha certeza se havia sentido emoção durante a vida adulta. Achava que não, e não ia começar naquele momento só porque atravessara a porta de entrada para sua infância. Seu pai estava morto, e levara consigo um grande segredo. Era o suficiente para ela estar curiosa. Chorar não teria utilidade alguma.

Rory fechou a porta atrás de si, foi até o escritório de Frank e se sentou à mesa. Usou o canivete suíço de Kip para abrir a cerveja e percorreu com o olhar o espaço na penumbra. O maior dom de Rory era sua capacidade de juntar as peças de casos arquivados ou não esclarecidos, refletir sobre os acontecimentos e descobrir coisas que os outros investigadores deixavam escapar. Então, uma imagem do crime — e às vezes do criminoso — ficava clara na sua mente. Sua compreensão do pensamento e da motivação de um assassino vinha do exame da carnificina que ele deixara para trás. A frustração com a tentativa de reconstituir algo a respeito de Angela Mitchell residia na verdade de que nada fora deixado para trás. Thomas Mitchell não deixara nenhuma carnificina, e isso fazia Rory se perguntar sobre a culpa dele. Era possível, ela se perguntava, que ele tivesse passado quarenta anos na cadeia por um crime que não cometera? O dilema mais enigmático era se ele passara décadas na cadeia por um crime que *nunca acontecera*.

No escritório do pai, Rory acendeu a luminária e tirou a tese de Lane da mochila. Ele a escrevera para sua dissertação, mais de uma década atrás. Era uma investigação sombria e sinistra das mentes de assassinos condenados. Um *tour de force* resultante de uma cruzada de dois anos, durante a qual Lane havia entrevistado pessoalmente mais de uma centena de *serial killers* condenados em todo o mundo. A tese ainda ecoava nos corredores do FBI, apesar de Lane ter se afastado da instituição como analista de perfis criminais havia muito tempo. Também era o principal material de referência de Rory quando ela precisava se lembrar de como pensar como um assassino, uma técnica útil na tentativa de se reconstituir um crime. Rory tomou um gole de Dark Lord e observou a capa da tese: *Alguns escolhem a escuridão*, de Lane Phillips.

Rory lera a tese muitas vezes e sempre se sentia atraída pelo mesmo capítulo. Então, naquele momento, dirigiu-se a ele. O título "Por que os assassinos matam?" sempre provocava uma palpitação no seu peito.

Ela leu a análise de Lane sobre o motivo pelo qual alguém decide tirar a vida de outra pessoa: a racionalização que ocorria, o bloqueio da emoção, o despejo das normas sociais e das obrigações morais em um buraco negro da mente. Esse conceito voltava ao cerne da sua tese: em algum momento da existência de todo assassino, uma escolha é feita. Alguns escolhem a escuridão; outros são escolhidos por ela.

Rory terminou a cerveja, ainda sentada na penumbra do escritório de seu falecido pai. Percorreu com os olhos a casa da sua infância, o silêncio dos aposentos vazios, permitindo que a mente formulasse as perguntas que a atormentavam. Pensou em Angela Mitchell. Perguntou-se se a mulher misteriosa tinha escolhido a escuridão tantos anos atrás ou se fora a escuridão que a escolhera.

Chicago
NOVEMBRO DE 1981

FRANK MOORE CONTINUOU MANTENDO A CAÇA PELO FAN- tasma de Angela Mitchell em segredo, não compartilhando nada da sua investigação com seus chefes do Garrison Ford. E também ainda não contara nada para sua mulher. Fora nomeado advogado principal para as apelações de Thomas Mitchell, tarefa que vinha exercendo com eficiência e habilidade. Frank não revelou que Thomas o contratara para procurar sua falecida mulher. Recebera o pedido com perplexidade e suspeita, mas desde o encontro bizarro na fazenda, em Peoria, e talvez pela primeira vez, Frank considerou que Angela Mitchell poderia realmente estar viva.

Naquele momento, ele estava sentado à sua mesa, com o telefone ao ouvido, no escritório de advocacia Garrison Ford. Ao seu lado, a pasta volumosa da investigação, que continha todas as informações que coletara até aquele momento sobre Angela Mitchell, sua adolescência conturbada, sua passagem pelo Hospital Psiquiátrico Juvenil Bayer Group quando tinha dezessete anos, e a sua conversa com o dr. Jefferson. O arquivo terminava com o endereço da fazenda em Peoria e o nome da mulher que tinha levado Angela embora do hospital psiquiátrico no dia em que ela completou dezoito anos e foi liberada: Margaret Schreiber.

Frank passou uma semana investigando a mulher. Seus telefonemas para o condado e as informações que ele conseguiu obter dos cartórios públicos revelaram que Margaret Schreiber era proprietária da fazenda havia onze anos. Ela possuía uma hipoteca e estava em dia com seus impostos. Era enfermeira obstetra certificada no hospital local em

Peoria. Nos últimos dias, Frank tinha conseguido as cópias das autorizações nos arquivos públicos do condado e das licenças para a prática de enfermagem no departamento de regulamentação profissional de Illinois. Feito chamadas telefônicas para perguntar sobre a prestação de serviços no hospital e desenvolvido uma biografia impressionante de Margaret Schreiber.

— Angela foi embora do Bayer Group quando fez dezoito anos — Frank disse ao seu interlocutor. — Encontrei a mulher que foi buscá-la.

— Não foram os pais dela? — Thomas Mitchell perguntou pelo telefone da prisão, com a voz cheia de estática.

— Não, foi a própria Angela que registrou a saída, mas uma mulher chamada Margaret Schreiber a ajudou. É minha única pista até agora. A única pessoa que não era da família que eu consegui vincular a ela antes de Angela conhecer você. Estou seguindo essa pista por enquanto.

— Você falou com ela?

— Um pouco.

— Perguntou sobre Angela?

— Sim. Mencionei o nome dela.

— E? Você acha que ela sabe de alguma coisa?

Frank se lembrou do recuo de Margaret Schreiber na porta da frente da sua fazenda. Lembrou-se do medo estampado nos seus olhos. Lembrou-se das cortinas que se abriram um pouco e ela o espiando se afastar. Margaret escondia algo, e Frank tinha uma boa ideia do que seria.

— Não tenho certeza — ele disse, enfim. — Mas quando souber mais alguma coisa, entrarei em contato.

Frank desligou o telefone, registrou a ligação de quinze minutos na pasta de Thomas Mitchell e a adicionou nas contas das apelações. Naquele momento, a secretária entrou na sala.

— Estou indo almoçar. Aqui estão as mensagens da manhã. — Ela segurava papeletas amarelas. — Sua mulher ligou. Ela vai trabalhar cedo e não o verá esta noite. Howard Garrison deu uma passada e quer que o senhor vá vê-lo. E uma mensagem estranha de alguém que não quis se identificar. Ela disse, espere… Foi algo estranho.

Frank sentiu um torpor tomar conta de si olhando a secretária verificar as papeletas.

— Aqui está. Ela disse... — A secretária de Frank tirou os olhos da mensagem e o encarou com as sobrancelhas erguidas. — "Desculpe pelos cachorros." E ela gostaria de falar com o senhor o mais rápido possível. — Entregou a mensagem a Frank. — O senhor sabe do que se trata?

— É uma longa história. — Frank se pôs de pé rapidamente e contornou a mesa. — Ligo para minha mulher mais tarde. Diga ao sr. Garrison que surgiu um contratempo. Eu o verei amanhã.

— A mulher não deixou um número de telefone — a secretária informou enquanto Frank saía às pressas da sala.

— Tudo bem. Não preciso.

Frank se foi, perseguindo o fantasma de uma mulher que desaparecera havia dois anos.

24

Chicago, 30 de outubro de 2019

COM A MORTE DA MÃE DE RORY, MARLA, SEIS ANOS ANTES, Frank decidiu se mudar para um apartamento, mas não conseguiu. Ele manteve a casa de três quartos, onde Rory foi criada, e continuou morando em um lugar bastante espaçoso a fim de manter viva a memória da sua mulher. Na noite anterior, Rory começou a entender que, com a morte do pai, cabia a ela esvaziar o imóvel, como fizera no escritório de advocacia, encaixotar tudo e afixar uma placa no gramado da frente anunciando a venda da casa. Após muitas Dark Lord, Rory se deitou no sofá, sentindo o barato da bebida. Considerou a tarefa triste e nada invejável de esvaziar o lar da sua infância de todas as suas memórias, para permitir que outra família desse início ao processo de construir uma nova história sobre aquela que estava ali naquele momento. Ponderara sobre tudo isso usando o álcool para entorpecer os sentidos. No final das contas, adormeceu e escapou do mundo.

Naquele momento, Rory acordava no escritório do pai. A luz do sol penetrava pela janela e iluminava seu rosto, e ela teve de proteger os olhos. Uma forte dor de cabeça a saudou quando se sentou no sofá, e ela friccionou as têmporas. Seu pai morrera naquele aposento. Era onde Celia o havia encontrado, e Rory experimentou uma sensação catártica de paz por ter passado a noite ali. Quem sabe ela oferecera uma noite de companhia ao espírito do pai. Quem sabe ainda estivesse bêbada de Dark Lord.

As garrafas estavam sobre a mesa, e o computador expunha a última tentativa voyeurística de Rory de descobrir o que Frank descobrira sobre

Angela Mitchell antes de morrer. Se ele encontrara alguma coisa, não arquivara no computador. Ela retirou as garrafas da mesa, sentou-se novamente na cadeira onde seu pai morrera e usou o celular para encontrar o site de três empresas de mudanças. Anotou os telefones em notas autoadesivas. Existiam diversos guarda-volumes na região, e ela escolheu alguns aleatoriamente. Passou trinta minutos dando telefonemas e organizando horários. Ao terminar, desligou o computador e percorreu o aposento com os olhos. O escritório de Frank parecia diferente na luz da manhã do que nas horas sombrias da noite anterior. Rory notou que a porta do armário na base da mesa estava um pouco aberta e viu a maçaneta pela fresta entre a borda da porta e a estrutura da mesa. Ela abriu a porta.

O cofre estava encravado na mesa e, imediatamente, Rory girou o segredo, tentando combinações comuns de números. Todas foram malsucedidas. Ela tentou sua data de nascimento, depois a da mãe e a do pai. Finalmente, quando tentou a data do aniversário de casamento dos pais, a porta se abriu. Agachando-se embaixo da mesa, Rory perscrutou o interior do pequeno cofre, e encontrou uma pasta volumosa na prateleira. Ela a tirou e a colocou na mesa. Abriu a capa e encontrou as cartas referentes ao livramento condicional de Thomas Mitchell que remontavam a duas décadas, todas marcadas com a palavra *Negado*. As cartas de apelação de Frank estavam anexadas em cada negação. Quando Rory chegou à parte inferior da pilha, encontrou uma carta da comissão de livramento condicional que sugeria um grande progresso por parte do cliente de Frank Moore e uma mudança no pensamento dos membros da comissão. Duas outras cartas elogiavam a evolução e a reabilitação de Thomas Mitchell e, na extremidade inferior da pilha, a carta referente ao livramento condicional marcada com a palavra *Aprovado*.

Rory analisou a pilha, dando uma olhada nas datas no alto de cada carta e registrando e catalogando cada mês, dia e ano. Seu pai comparecera a todas as audiências e apelações que remontavam à década de 1980. Ela empilhou as cartas de apelações e a correspondência da comissão de livramento condicional ao lado. A próxima pilha de papéis envolvia as cartas manuscritas de Thomas Mitchell. A caligrafia incluía só letras de forma maiúsculas perfeitas, que pareciam traçadas por meio da impressão de uma antiga máquina de escrever. Rory se lembrou da escrita ilegível dos detetives em inúmeros relatórios que lera ao longo da sua carreira. A escrita de Thomas Mitchell era de um contraste total, evidência de um homem com tempo de sobra. Não havia urgência no seu trabalho. Não havia motivo de pressa. Sua escrita era cuidadosa, com cada letra combinando perfeitamente com a precedente. Ao avançar pela página, Rory notou o jeito repetitivo como ele escrevia as letras "A". Mitchell não usava linhas cruzadas, e a letra parecia simplesmente uma letra "V" invertida. O caractere saltava da página em todas as palavras em que estava presente:

EU, THOMAS MITCHELL, DESIGNO MEU ADVOGADO, FRANK MOORE, PARA ESTAR PRESENTE E PARA FALAR EM MEU NOME SOBRE A QUESTÃO REFERENTE À MINHA ÚLTIMA AUDIÊNCIA DE LIVRAMENTO CONDICIONAL.

O símbolo singular provocou uma sensação de náusea em Rory, como se a linha cruzada ausente representasse a eliminação sinistra de algo mais significativo na alma de Thomas Mitchell. Ela empurrou as cartas para o lado e puxou a última pilha de papéis para sua frente. Tratava-se de um acervo preso com elástico em cujo topo via-se a letra de Frank: *Angela Mitchell.*

Rory prendeu a respiração por um instante. A narrativa nas páginas parecia se referir à investigação de Frank sobre a vida de Angela Mitchell, sua família, seus amigos e conhecidos. Uma longa lista de nomes, com tiques e anotações ao lado de cada um. Lá estava o nome de Catherine Blackwell. Rory moveu o dedo pela página, lendo cada um.

— Seu amigo disse que eu poderia encontrá-la aqui.

A voz a assustou, e Rory deixou escapar um grito agudo. Ao erguer o olhar, ela viu Celia parada na entrada do escritório.

Rory pôs a mão no peito.

— Meu Deus, Celia! Você me deu um tremendo susto!

— Desculpe. Eu bati na porta, mas você não atendeu. Vi o seu carro parado lá fora.

Rory amontoou os papéis.

— O que está fazendo aqui, Celia?

— Você não retornou as minhas ligações. Fui até a sua casa esta manhã. Seu amigo disse para eu procurá-la aqui.

Rory se lembrava vagamente de um telefonema para Lane na véspera, enquanto bisbilhotava o computador do pai.

— Desculpe. Estão acontecendo muitas coisas na minha vida neste momento. — Rory reconheceu algo na expressão de Celia. — É algo importante?

— Receio que o seu pai tenha me deixado um fardo com que não sou capaz de lidar. — Celia segurava um pequeno objeto. — Ele me deu isto há muito tempo. Pediu para que eu o guardasse.

Rory semicerrou os olhos; suas lentes de contato estavam secas por ter dormido com elas, o que a impedia de distinguir o que Celia tinha em mãos.

— O que é isso?

— A chave do cofre que o seu pai mantinha no banco.

Chicago

NOVEMBRO DE 1981

FRANK PAROU O CARRO NO INÍCIO DO LONGO CAMINHO de entrada. A casa da fazenda podia ser vista ao longe. Era fim de tarde, e as sombras dos bordos se estendiam pela propriedade. Ele virou a direção e avançou pelo caminho. Os cachorros apareceram de trás da moradia para perseguir o automóvel, pulando de excitação por causa da visita. Frank temeu que detectassem seu medo, que começara quando ele estivera ali da última vez e mal conseguiu chegar à segurança do seu carro enquanto eles tentavam despedaçá-lo.

Ele não estava prestes a abrir a porta do carro, mas desligou o motor e esperou enquanto os cachorros latiam e anunciavam sua presença. Depois de um minuto, Margaret apareceu na varanda da frente e gritou para os cães. Imediatamente, os dois pastores alemães correram para os fundos da casa. Frank saiu lentamente do carro.

— Vamos entrar — ela o convidou.

Frank subiu a escada e alcançou a rangente varanda da frente. Margaret abriu a porta de tela, e Frank a seguiu para dentro. Depois de passarem pelo vestíbulo, entraram na sala de estar. Uma grande janela de sacada permitia uma visão dos campos situados atrás da propriedade. Margaret pareceu mais velha, agora que Frank podia vê-la melhor. Talvez um pouco abatida, como se a vida a tivesse tratado mal. Ela ajeitou o cabelo grisalho quando se sentou no sofá.

Frank estava preparado para uma conversa fiada, mas não precisava ser. Ele tinha sua história preparada, mas não a usaria.

— Por que está perguntando sobre Angela?

A franqueza da pergunta pegou Frank de surpresa. De repente, ele sentiu a necessidade de falar a verdade. Por meses, mentiu a respeito do que estava fazendo. Por meses, enganou enquanto tentava encontrar alguma pista útil que pudesse levar ao paradeiro de uma mulher que ele vinha cada vez mais acreditando que poderia estar viva. No entanto, por algum motivo inexplicável, a mulher na sua frente agora parecia impermeável às suas histórias.

— Fui contratado para descobrir se Angela está... — Frank se calou, lutando com suas palavras por um momento.

— Está o quê?

— Viva.

Margaret fez um gesto negativo com a cabeça.

— Ela me alertou que ele viria procurá-la.

Frank sentiu um tremor percorrê-lo e um zumbido profundo na sua alma.

— Quem alertou a senhora?

Margaret o encarou, com um olhar vazio implacável.

— Angela.

Frank sentiu-se em queda livre. Expeliu o ar com força e, quando voltou a falar, sua voz saiu baixa e fraca:

— Ela lhe disse *quem* viria procurá-la?

Margaret respondeu com semelhante entonação:

— Thomas. Ela disse que ele nunca deixaria de procurá-la.

25

Chicago, 30 de outubro de 2019

– ONDE VOCÊ A ENCONTROU? – RORY PERGUNTOU, OLHANDO para a chave na mão de Celia.

Rory vasculhara cada centímetro do escritório de advocacia do pai. Estava vazio.

— Eu amava Frank — Celia revelou, com a voz embargada. — Nós nos amávamos, Rory. Não contamos para você, porque Frank achava que ficaria chateada de saber que estávamos juntos.

Rory se sentou na cadeira e estendeu a mão para ajeitar os óculos. Então, percebeu que estavam sobre a mesa de centro ao lado do sofá, onde ela dormira. Seu gorro também estava ali. Ao se levantar da cadeira do pai, deu-se conta de estar descalça. Os coturnos se achavam amontoados ao lado da mesa de centro. Portanto, quando ouviu Celia revelar o relacionamento com o seu pai, encontrava-se totalmente despida do seu equipamento de proteção.

— Foi mais ou menos um ano depois que sua mãe morreu. Frank receou que você achasse que estávamos juntos antes disso. Mas nunca estivemos, Rory. Eu jamais faria tal coisa. Seu pai ficou muito triste com a morte de Marla. Meu marido tinha morrido alguns anos antes. Simplesmente, nós nos encontramos e nos apaixonamos.

— Tudo bem. — Rory ergueu as mãos. — Não quero saber mais nada, Celia. Não neste momento.

Sua cabeça doía devido ao excesso de cerveja preta. No entanto, apesar da ressaca, Rory conseguiu juntar as peças. O relacionamento explicava as emoções descontroladas de Celia no enterro, e o abraço quase sufocante e as lágrimas quando Rory a encontrou para dar início ao processo de encerramento do escritório de advocacia. Uma imensa tristeza se apossou dela ao considerar os últimos anos de vida do pai. Ele tinha passado por uma depressão profunda e angustiante após a morte de Marla. E durante o último ano, Rory sentiu seu pai excessivamente estressado. Talvez por ele ter encontrado a felicidade com outra mulher e não poder compartilhar com a filha essa alegria recém-descoberta. Frank sempre protegeu Rory, e fazia de tudo para assegurar que ela nunca se machucasse por algo que ele fizesse. Naquele momento, Rory descobriu uma parte da vida do pai que ela desejou ter aproveitado com ele. O choro que ela se esforçou tanto para evitar na noite anterior tomou conta dela antes que conseguisse impedir que os olhos se enchessem de lágrimas.

— Sinto muito por lhe dizer tudo dessa maneira, Rory. Venho lutando com isso desde que Frank morreu. Até pensei em nunca contar para você. E talvez tivesse sido a solução mais fácil, exceto por isto. — Celia se aproximou e empurrou a chave por sobre a mesa. — Frank mantinha um cofre no banco. E me disse que se algo acontecesse com ele, eu deveria pegar o conteúdo e guardar para mim.

Rory se recompôs.

— O que tem dentro?

— Não faço ideia. Acho que dinheiro, mas não me parece certo pegá-lo. Frank prometeu que sempre cuidaria de mim… Sabe, financeiramente. Mas se ele deixou algum dinheiro, pertence a você.

Rory pegou a chave e passou os dedos pelas ranhuras. Uma sensação estranha subiu-lhe pelo peito, alcançou o pescoço e fez os ouvidos zumbirem. Os folículos pilosos na cabeça se arrepiaram. Ela olhou para a pilha de papéis que acabara de descobrir no cofre do escritório do pai e entendeu que não era dinheiro o que ele queria que Celia escondesse.

RORY PAROU O CARRO NO ESTACIONAMENTO DO BANCO pouco antes das nove da manhã, com Celia sentada no assento do passageiro. A ressaca da cerveja ainda a incomodava, e a sua boca estava seca como algodão. Ela usava sua armadura de proteção: gorro, óculos, casaco cinza e coturnos.

No trajeto da casa de Frank até o banco, Celia revelou que, um ano depois do início do namoro, Frank pediu-lhe que assinasse os papéis que a colocavam como responsável registrada pelo cofre de aluguel no banco. Celia nunca perguntou do conteúdo, mas percebeu que Frank ficou muito aflito quando lhe pediu que zelasse pelo conteúdo. Enquanto esperavam no carro, Rory deu uma rápida olhada lateral através da borda dos óculos e notou que Celia a fitava, ansiosa para falar sobre seu relacionamento com Frank. Rory, por seu lado, ansiava por uma Diet Coke e um pouco de privacidade. Felizmente, um funcionário do banco abriu as portas exatamente quando o relógio digital do carro marcou nove da manhã.

Rory apontou para além do para-brisa.

— A agência está funcionando.

Elas desembarcaram do automóvel e atravessaram o estacionamento. No interior da agência, pegaram o elevador até o andar de baixo e se aproximaram da recepção. Uma funcionária sorriu para elas. Rory deixou que Celia tomasse a iniciativa.

— Precisamos acessar o cofre 411.

— Vocês duas são responsáveis registradas? — a recepcionista perguntou.

— Não — Celia respondeu. — Só eu.

— Somente os responsáveis registrados podem entrar no cofre-forte, mas você pode esperar na área de recepção do lado de fora.

— Tudo bem — Rory disse. — Obrigada.

Celia entregou a identidade e assinou um cartão. A funcionária do banco tirou uma cópia, checou a assinatura de Celia no cartão que estava arquivado e foi buscar a chave mestra em um armário trancado na parede dos fundos. Por pouco tempo, a moça sumiu ao dobrar à direita no corredor, e então abriu a porta onde Celia e Rory esperavam.

— Direto por aqui — ela disse.

Elas se encaminharam para o outro lado do andar. Ali, grossas barras de metal separavam a área da recepção da sala do cofre-forte, onde ficavam os cofres individuais. Naquela manhã, o portão fora aberto mais cedo, assim como a porta do cofre-forte, mais além. A funcionária apontou para uma área de espera com mesas altas e redondas. Rory se dirigiu até aquela área, observando Celia se afastar com a mulher e atravessar os portões na direção do cofre-forte. Alguns minutos depois, Celia reapareceu segurando uma caixa de metal nas mãos.

A funcionária sorriu.

— Me avise quando terminar.

Celia colocou a caixa sobre o tampo da mesa alta.

— Vou deixar você sozinha — ela disse à Rory.

Rory assentiu, voltando os olhos para a caixa. Uma vez sozinha na sala, tirou a tampa e observou o conteúdo. Havia apenas papéis dentro. Ela ergueu o primeiro documento: o testamento do seu pai. Virou as páginas lentamente, não encontrou nada de anormal e colocou aquilo de lado. Ao examinar o documento seguinte da caixa, porém, a sala começou a girar. Lentamente a princípio, mas cada vez mais rápido depois. Rory apoiou uma das mãos na mesa para se firmar, e com a outra levantou o documento e o leu.

À medida que estudava o documento, a sala girava com tanta força que Rory levou a mão à têmpora e derrubou os óculos. Pegou o último papel no fundo da caixa: outro documento singular. Quando começou a lê-lo, cambaleou para trás e se chocou contra a parede. Seu gorro escapou da cabeça, e ela caiu desacordada no chão.

Chicago

NOVEMBRO DE 1981

– ANGELA A ALERTOU DE QUE O MARIDO VIRIA PROCURÁ-LA?
— Frank perguntou.

A mulher permaneceu calada.

— Ela está viva?

Margaret desviou o olhar de Frank, dirigiu-o para a janela e passou a observar a vasta extensão de terra atrás da casa.

— Como você me encontrou?

Frank aceitou a esquiva sem resistência. Sabia estar no limiar de uma descoberta incrível.

— Seu nome estava incluído no registro do Bayer Group como o da pessoa que buscou Angela quando ela completou dezoito anos e deixou o hospital psiquiátrico.

— Droga! Pensamos muito a respeito de qualquer pista que pudesse levar até mim. Algo que pudesse nos ligar mutuamente. Achávamos que estávamos seguras. — Margaret afastou o olhar da janela. — Então agora eu sei *como* você me encontrou. Mas preciso saber o *porquê* da sua procura. Foi ele que o mandou?

Frank engoliu em seco. Uma sensação sinistra de apreensão pairou na sala, e sua ligação com Thomas Mitchell nunca pareceu tão errada.

— Existem algumas pessoas que… acreditam que Angela ainda está viva. Que ela desapareceu para fugir do marido. A polícia se convenceu de que ele a matou, e o promotor público expôs o caso bem o bastante para condená-lo. Mas estou querendo saber se eles todos estavam enganados.

— Foi ele que o mandou? — ela voltou a perguntar.

Frank sentiu um movimento sísmico no que estava tentando realizar. Sua jornada fora preparada para ajudar o seu cliente, mas agora ele sentia como se estivesse colocando vidas em risco.

— Sim — ele respondeu, finalmente. — Thomas Mitchell me contratou para encontrar a sua mulher.

Temerosa, Margaret arregalou os olhos.

— Você jamais deve contar a ele o que descobriu. Entende? Ele jamais deve me encontrar.

— Eles estavam enganados? — Frank perguntou. — A polícia e a acusação se enganaram? Thomas Mitchell não matou a mulher?

— Não — Margaret respondeu. — Mas matou muitas outras mulheres.

— Onde Angela está?

— Ele matou todas aquelas mulheres, exatamente como Angela revelou. E ela me disse que ele viria procurá-la. Ela me falou que Thomas contrataria pessoas para encontrá-la. Demorou dois anos, mas Angela tinha razão.

Frank guardou para si que já havia discutido aquela pista com o cliente, algo de que ele se arrependeu naquele momento. Uma parte de Frank sentia que ter feito aquilo tinha sido um grande erro.

— Conte-me o que houve, sra. Schreiber. Eu posso ajudá-la. Se a senhora precisar de ajuda, prometo que encontrarei um jeito.

De outro recinto da casa, Frank ouviu um som agudo. Ele olhou para o corredor. O som veio repetidas vezes. Cada vez mais alto. Virou um choro.

— Venha comigo. — Margaret se levantou do sofá, entrou no vestíbulo e começou a subir a escada.

Sentindo o suor escorrendo em suas têmporas, Frank seguiu Margaret até o pé da escada. Uma premonição estranha tomou conta dele. Pensou que, se continuasse subindo os degraus, sua vida jamais seria a mesma. Contudo, a atração exercida por Angela Mitchell, o fantasma que ele perseguia, era muito grande para impedir seus passos. Ele ouviu as tábuas do assoalho rangendo sob seus pés ao seguir Margaret até o andar de cima. A cada passo, os gritos ficavam mais altos. Naquele momento, mais do que gritos, eram berros.

No alto da escada, a mulher de cabelo grisalho se virou e entrou em um quarto. Frank se deteve quando alcançou o último degrau, e então olhou para baixo e viu a longa escadaria que acabara de subir. O corrimão e os degraus de madeira ficaram embaçados em sua visão. O vestíbulo abaixo, a porta da frente e a agonizante luz do sol vespertina que entrava pela janela giraram juntos em uma imagem distorcida. Ele ainda tinha tempo. A oportunidade continuava na sua frente. Poderia descer correndo a escada e pegar o carro. Poderia se afastar daquela casa e nunca mais voltar. Poderia dizer ao seu cliente que era um beco sem saída. Poderia mentir.

No fim das contas, Frank não correu. Em vez disso, virou-se e caminhou até a porta aberta pela qual Margaret desaparecera. No canto, havia um carrinho de bebê. No berço, a criança pequena, ruborizada e exasperada, era a origem do choro. Naquele momento, os gritos eram tão viscerais que Frank teve o impulso de cobrir os ouvidos, mas a curiosidade o atraiu para o quarto. Quando ele entrou, os gritos diminuíram, pois a mulher de cabelo grisalho pegara o bebê nos braços.

No quarto, Frank experimentou uma sensação estranha se apossar dele. Parecia que milhares de pares de olhos o observavam. Então, ele entendeu o motivo. Três das quatro paredes do quarto da criança continham prateleiras embutidas. Cada uma com bonecas de porcelana antigas em filas perfeitas, três em cada prateleira. Pareciam imaculadas, brilhando sob a iluminação com seus olhos imperturbáveis focados nele.

— Ele jamais deverá encontrá-la — Margaret afirmou.

PARTE III
A CASA DA FAZENDA

Chicago
Maio de 1982

FRANK MOORE PEGOU A ESTRADA DO CONDADO E ACELEROU o carro pelo longo trecho de duas pistas ladeado por milharais recém-plantados. Sua mulher estava sentada ao seu lado, no assento do passageiro. Naquela manhã de sábado, o sol, atrás do automóvel, lançava uma sombra oblíqua na estrada adiante do casal. Chovera durante a maior parte de abril; mas, até aquele momento, maio estava introduzindo a primavera de forma esplêndida, trazendo sol e flores. Para Frank e Marla Moore, a estação também trazia esperança.

— Como você encontrou essa família, Frank?

— É uma longa história. Mas tenho procurado desde que ficamos sabendo que a lista de espera era tão longa. Na semana passada, recebi um telefonema.

— Você se encontrou com eles sem a minha presença?

— Só para ter certeza de que a oferta era legítima. Você já passou por muitos dissabores… — Frank evitou falar mais. Não queria comentar sobre os abortos. O assunto sempre gerava crises de depressão em Marla, e aquele era para ser um dia de alegria, mesmo que estivesse cheio de enganos. — Fiquei sabendo de histórias de pessoas que foram ludibriadas e perderam dinheiro quando não passaram por uma agência formal. Eu queria garantir que essa oferta era legítima antes de deixá-la animada.

— E é?

Frank fez uma breve pausa.

— Sim, é legítima.

— Você tem certeza, Frank?

— Tenho certeza. — Ele olhou para ela, e viu Marla sorrir pela primeira vez em meses.

Uma hora depois, chegaram ao limite da fazenda. Uma cerca branca de madeira, na altura da cintura, cercava a propriedade e prosseguia por hectares.

— Você está pronta? — ele perguntou.

— Isso é real?

Lentamente, Frank fez que sim com a cabeça.

— É.

Ele pegou o caminho de entrada e, então, estacionou no mesmo lugar em que sempre estacionava. Seis meses tinham se passado desde a primeira vez em que ele viera até aquela casa. Frank perdeu a conta do número de visitas que tinha feito desde o momento em que se deparou com sua descoberta. Desejou ter tido mais tempo para equacionar tudo, mas independentemente do quanto esperasse, o esquema para o plano nunca seria perfeito. Seria perigoso. Talvez até fosse desastroso. Mas perfeito? Não tinha a mínima chance.

Frank jamais tinha guardado segredo de Marla nos seus poucos anos de casados. Ele entrara no relacionamento com a ideia de nunca esconder nada dela. Contudo, às vezes, a vida gerava oportunidades imprevistas. Chamadas inesperadas que tornavam certas transgressões palatáveis no quadro mais amplo, quando a vida nos pedia mais do que pensávamos que poderíamos dar.

Os cachorros já conheciam Frank, por isso estavam brincalhões e relaxados, pulando ao lado dele, enquanto ele se encaminhava para a varanda, segurando a mão da esposa.

A porta se abriu e a mulher sorriu.

— Marla?

A esposa de Frank engoliu em seco e assentiu.

— Margaret?

— Ah, querida, não. Só a minha avó me chamava de Margaret. Por favor, me chame de Greta. — Ela afastou a porta de tela. — Entrem. Mal posso esperar que você a conheça.

26

Chicago, 30 de outubro de 2019

RORY CARREGOU A BONECA KESTNER PARA A CASA DE
repouso. Encontrou Greta sentada na sua cadeira. Em semanas, era a primeira vez, desde antes da morte da seu pai, que Rory a via fora da cama. Uma sensação estranha a tomou ao olhar para sua tia-avó. Uma vida inteira de memórias iluminou sua mente; imagens de fins de semana prolongados passados na casa da fazenda, ocupada na restauração de bonecas de porcelana com Greta. A satisfação que tinha sentido quando Greta deixou que ela colocasse uma boneca acabada sobre a prateleira, no quarto do andar de cima, era algo inédito para ela. Um transtorno obsessivo-compulsivo, diagnosticado quando Rory tinha seis anos, havia ameaçado sua infância. Porém, de alguma forma, no quarto do andar de cima da casa da fazenda de tia Greta, Rory era capaz de cuidar das necessidades da sua mente.

A restauração das bonecas eliminava todas as tênues exigências do seu cérebro. Os hábitos de Rory, e a demanda por perfeição, não só eram superados sem julgamento ou tormento ao trabalhar com a tia-avó, como o tempo que Rory passava no quarto do andar de cima *exigia* todas as ações redundantes e meticulosas que se mostraram um incômodo indesejado durante toda sua vida. Assim que Rory descobriu essa saída, o resto dos seus dias ficaram a salvo dos pedidos da sua mente. Na vida adulta, Rory começou sua própria coleção de bonecas e lhe aplicou a arte ensinada por Greta. Quando a saúde de Greta começou a falhar, a tia-avó deixou claro que o quarto do andar de cima na casa da fazenda pertencia a Rory, e que ela era responsável por zelar pela coleção. Naquele momento, aquelas bonecas ocupavam as prateleiras do recanto de Rory.

Contudo, naquele momento, sua infância parecia diferente. Nada era mais o mesmo desde que Rory tinha aberto a caixa do cofre e encontrado uma certidão de nascimento registrando Greta como sua mãe biológica e documentos mostrando Frank e Marla Moore como seus pais adotivos. Rory entendeu muito pouco, e queria muitas respostas.

— Oi, velhinha — Rory a saudou.

Greta olhou para ela e voltou a olhar para a televisão sem som.

— Eu tentei salvar você. Havia muito sangue.

Rory respirou fundo, com raiva de si mesma pela súbita frustração que sentia em relação a Greta. Um momento de pausa a fez recordar que Greta não conseguia mais controlar os pensamentos aleatórios que estalavam em sua mente e escapavam pela sua boca.

— Ele está vindo. Você me disse. Mas há muito sangue.

— Tudo bem, Greta. Não faz mal.

— Ele virá atrás de você. Mas temos de estancar a hemorragia.

Rory fechou os olhos por instantes. Ela não havia perguntado nada a respeito de Greta por muitos anos. Na verdade, seus papéis se inverteram ao longo da vida. Greta, outrora a cuidadora que acalmou a ansiedade de Rory, era, naquele momento, a paciente, e Rory era quem acalmava a tia-avó durante as crises de agitação como aquela. O fato de, naquela noite, Rory querer respostas que só Greta poderia dar não era desculpa para abandoná-la quando a tia-avó estava em apuros. Rory voltou a respirar fundo e caminhou até o lado da cadeira. Ela conhecia o melhor remédio para a desordem de Greta. Era o mesmo que a salvara quando criança.

— Temos de terminar esta Kestner — disse Rory. — O dono está ficando impaciente. Você me prometeu mais uma demão.

Greta piscou ao ver a boneca, como se a Kestner a arrastasse ao longo dos anos, para longe das memórias atormentadas do passado e de volta ao presente. Ela gesticulou na direção da boneca. Rory não tirou os olhos da mulher que conheceu como a sua tia-avó durante toda a vida. Até o momento em que a namorada do seu falecido pai tinha lhe dado uma chave do cofre que lhe contara outra coisa. Finalmente, Rory tirou da caixa a boneca Kestner de Camille Byrd e a colocou com cuidado no colo de Greta. Do armário, ela apanhou o kit de arte que trouxera algumas noites atrás, pôs as tintas sobre a mesa com rodinhas e a empurrou até o lado de Greta.

— Na luz do sol, os matizes combinam perfeitamente. — Rory apontou para a bochecha esquerda da boneca. — Mas uma lâmpada incandescente salienta as falhas, e sob uma lâmpada fluorescente, fica descolorido.

— Mais uma demão — Greta afirmou. — E vou polir o lado não danificado para harmonizar tudo.

Rory sentou-se na beira da cama e observou o trabalho de Greta. A visão dela restaurando uma boneca transportou Rory de volta à casa da fazenda, para os longos dias de verão e as noites silenciosas. Rory passara todos os verões da infância na casa de Greta. Durante o ano letivo, se uma crise de obsessão se apoderasse dela, os pais de Rory a pegavam na escola mais cedo na sexta-feira para levá-la para um fim de semana prolongado na casa da fazenda. Não havia melhor remédio para o transtorno obsessivo-compulsivo e a ansiedade do que uma visita ao campo e às restaurações de bonecas que aguardavam ali. Naquele momento, enquanto Rory, sentada, observava Greta, o relaxamento que ela normalmente sentia durante a restauração de uma boneca foi substituído por milhares de perguntas.

— Você está trabalhando? — Greta perguntou, afastando Rory de seus pensamentos.

— Sim.

— Conte-me.

Rory fez uma pausa. Fazia semanas que não tinha uma conversa significativa com Greta. Aquela noite, porém, apresentava uma rara janela de lucidez, na qual a sua tia-avó estava interativa e coerente.

— Essa boneca Kestner pertencia a uma garota que morreu.

Greta parou de pincelar e encarou Rory.

— Ela foi morta no ano passado. O pai dela me pediu para investigar o caso.

— O que aconteceu com garota?

Rory piscou diversas vezes, consciente mais uma vez do tanto que negligenciara o caso. Uma pequena parte de si estava preocupada com a decepção que causaria em Ron Davidson. Uma parte maior se afligia por

Walter Byrd, que acreditara que ela faria justiça para sua filha. Mas principalmente, seu coração doía por Camille Byrd, cujo espírito esperava que Rory o encontrasse e o ajudasse a ter descanso. Que o tirasse da cova do Grant Park e o colocasse cuidadosamente no lugar a que ele pertencia, para que a garota pudesse encontrar a paz.

Ela se lembrou de outro sonho que tivera com a garota morta. Estava no Grant Park e sacudia o ombro frio de Camille, que jazia inanimada sobre a colina relvada, tentando acordá-la, mas em vão. Rory focou novamente os olhos, retornando do abismo errante dos seus pensamentos. Greta olhava para ela.

— Ainda não sei.

Por algum tempo, Greta ficou encarando Rory. Então, voltou ao trabalho.

Uma hora depois, Greta acabou de polir e colorir a bochecha e a testa. Ela limpou o rosto uma última vez até a boneca Kestner, antes danificada e em mau estado, parecer impecável.

— Greta, ficou perfeita. — Rory se lembrou da rachadura profunda que passava sobre a órbita do olho esquerdo ao examinar pela primeira vez o brinquedo, na biblioteca. Quando Rory pôs a boneca na horizontal, o olho esquerdo fechou em perfeita sincronia com o direito. As bochechas formavam um par perfeito, e a rachadura que começava no contorno do couro cabeludo e descia até o queixo desaparecera.

— O mais perto da perfeição que vamos conseguir. O pai da menina ficará feliz com o que você fez.

— Com o que *você* também fez.

Greta voltou a olhar para a boneca. Rory a observou, temendo que Greta de repente caísse em um momento de desorientação e que sua mente fosse embora pelo resto da visita. Naquela época, as mudanças abruptas de comportamento aconteciam tantas vezes que Rory não ficava mais surpresa: Greta estava presente e alerta num instante, e, no seguinte, se ausentava.

No entanto, em vez de assumir um olhar distante e vazio de demência, Greta falou como se examinasse a boneca:

— Isto me lembra de quando você era jovem.

Rory assentiu.

— A mim também.

Greta sorriu.

— Às vezes, parece que aqueles verões aconteceram ontem.

— Greta… — Rory se levantou da beira da cama e se aproximou mais. — Por que os meus pais me levavam para sua casa com tanta frequência? Por que eu passava todos os verões da minha infância na casa da fazenda?

Greta manteve silêncio por um bom tempo. Então, tirou o olhar da boneca Kestner e o dirigiu para Rory.

— Você era uma criança nervosa, mas encontrava paz na minha casa.

Rory não podia discutir aquilo. Toda a ansiedade que cercava seus dias, a angústia que subia como a névoa matutina de um lago, dissipava-se quando ela estava na casa de Greta. Contudo, naquele momento, Rory entendia que havia outro motivo para ela ir para lá.

— O tempo que eu passava com você era um *acordo*, Greta? Algo que você combinou com Frank e Marla?

Greta piscou, mas não respondeu. E voltou a olhar para a boneca no seu colo.

— Eu encontrei os papéis, Greta. Papai tinha um cofre no banco onde ele os guardava. Minha certidão de nascimento. Os documentos da adoção.

Por um minuto inteiro em silêncio, Rory olhou para tia Greta, permitindo que a confissão da sua descoberta se estabelecesse entre elas. Queria pressionar por respostas. Queria ouvir a verdade da única pessoa ainda viva que poderia fornecê-la. No entanto, Rory viu os olhos de Greta recuando para aquele lugar distante, talvez de propósito. Mais provavelmente, porém, apenas o resultado de um pequeno período de coerência, que havia gastado seu valor antes que a demência levasse a mente de Greta de volta ao esquecimento.

Observando Greta, Rory sentiu saudade da mulher que conheceu desde sempre. Uma mulher que salvou sua infância do que talvez tivessem sido anos de sofrimento e zombaria. Uma mulher que ela sempre considerou como tia-avó, mas cuja identidade, naquele momento, se misturara na sua percepção como uma mesa de jantar totalmente posta, perfeita e ordenada, sendo virada. De repente, as peças ficaram muito bagunçadas para que se pudesse ordená-las. Rory via isso nos olhos de Greta, a tristeza pelo término da restauração da boneca Kestner. Aquilo tinha sido um canal para o passado. Para os verões e os fins de semana em que uma menina desenvolvera uma amizade duradoura e uma ligação indestrutível com uma mulher de meia-idade que ela conhecia como sua tia-avó.

— Eu gostaria de ter salvo você com tanta facilidade como Rory e eu salvamos as bonecas — disse Greta, com o olhar ausente e postos na tela da tevê.

— Eu *sou* Rory. — Ela se agachou ao lado da cadeira. — Greta? Você pode me ouvir?

— Sim, nós vamos escondê-la. Ele virá, como você disse. Eu tentei salvá-la, mas havia muito sangue.

Por instantes, Rory fechou os olhos. Greta não estava mais presente. A visita acabara. Rory se levantou, pegou a boneca do colo de Greta e a colocou com cuidado na caixa.

Chicago

MAIO DE 1982

FRANK E MARLA ESTAVAM SENTADOS UM AO LADO DO outro no sofá. No último mês, em todos os fins de semana, o casal tinha viajado a Peoria para passar os sábados e domingos na casa da fazenda de Greta Schreiber e conhecer melhor a criança. Naquele momento, a menina dormia. Marla acabara de ler um livro infantil com a garotinha nos braços. Era um ritual de que a esposa estava começando a gostar, Frank podia perceber. Marla não queria recolocar a menina no berço, e só o fez quando Greta sugeriu que eles conversassem sobre o futuro.

A primeira parte do plano de Frank estava funcionando. Marla começava a se apegar emocionalmente à menina. Esse era o elemento decisivo da sua estratégia. De fato, a base que precisava ser assentada para tudo funcionar. Naquele momento, enquanto a criança dormia, Frank estava prestes a apresentar a proposta a Marla. Ele tinha certeza de que os pormenores pareceriam ao mesmo tempo bons demais para serem verdade e bastante afrontosos para serem possíveis.

— Para o plano funcionar, Marla tem de estar a par de tudo. Se vamos fazer isso, não poderão existir segredos. Nós vamos ajudar de todas as maneiras possíveis, a senhora tem a minha palavra. Sei muito da história, mas não tudo. Quero que a minha mulher tenha conhecimento de cada pormenor. Por favor, comece do começo para que todos nós fiquemos sintonizados no mesmo canal.

Greta assentiu. Seu cabelo parecia ter embranquecido um tom desde que Frank pisara pela primeira vez na casa da fazenda, no outono anterior. Sem dúvida, o peso que ela carregava nos ombros a estava esmagando.

— Sou enfermeira. — Greta se dirigia a Marla, pois Frank já tinha ouvido essa parte da história. — Trabalho no hospital daqui da cidade como parteira. Faço visitas em domicílio para ajudar pacientes que decidiram se submeter a um parto mais natural, no seu lar. Também aconselho moças no Bayer Group.

Frank se virou para Marla.

— Hospital Psiquiátrico Juvenil Bayer Group.

Frank viu Marla assentir, como se nada daquilo fizesse sentido para ela. Ele sabia que a mente da mulher estava fixada na criança e na possibilidade de ela vir a ser deles.

— Trabalho com as garotas do Bayer Group que estão grávidas ou que passaram por uma gravidez. Aconselho-as sobre o que esperar. Venho fazendo isso há muitos anos. Foi ali, no Bayer Group, que conheci Angela. Na ocasião, ela tinha dezessete anos.

Marla desviou o olhar do berço de vime.

— Quem?

— Angela Mitchell — disse Frank.

Marla olhou para o marido com os olhos semicerrados e a testa enrugada.

— A garota que foi morta há alguns anos? A garota do verão de 1979? Frank assentiu.

— Sim.

Marla inclinou a cabeça.

— Seu escritório representa Thomas Mitchell, Frank. Você está trabalhando nas apelações dele.

— Isso mesmo. — Frank pegou a mão de Marla. — Eu lhe disse que precisávamos entender a história completa antes de avançarmos. Por isso estamos aqui.

Frank levou um momento observando sua mulher, certificando-se de que ela estava acompanhando tudo com atenção. Finalmente, Marla assentiu. Os dois olharam para Greta.

— Angela ficou no Bayer Group por vários meses aos dezessete anos. Isso foi em 1967. — Greta meneou a cabeça. — Difícil de acreditar que já se passaram quinze anos. Sempre que eu ia ao Bayer Group para aconselhar minhas pacientes, notava aquela garota introvertida no canto, sozinha. Certo dia, me aproximei dela, não como enfermeira ou conselheira, apenas por preocupação. Esperava fazer aquela jovem não se sentir tão só.

– OI – GRETA CUMPRIMENTOU, SENTANDO-SE DEFRONTE DA *garota silenciosa, que ela sempre via desacompanhada.*

A jovem não olhou para ela, nem admitiu a sua presença.

— Eu me chamo Greta. Trabalho como enfermeira aqui.

Isso fez a garota lhe dar uma olhada rápida e, depois, voltar-se para o próprio colo.

— Não estou tomando a medicação — a garota informou. — Não me importo com quem você é ou o quão legal você finge ser.

— Ah, não sou uma enfermeira psiquiátrica. Trabalho com algumas meninas aqui, conversando com elas sobre o futuro. — Greta se inclinou para ficar um pouco mais perto da jovem. — Estão lhe dando uma medicação que você não quer?

— Sim.

Greta percorreu com o olhar a sala de recreação. Duas jovens estavam sentadas num sofá diante da tevê ligada. Não havia mais ninguém na sala.

— O que estão lhe dando? Talvez eu possa falar com alguém.

A garota olhou para ela. Greta viu medo nos seus olhos, e também um vislumbre de esperança, com a ideia de que Greta pudesse ser capaz de ajudar.

— Lítio. Ele só serve para me fazer dormir e provocar sonhos malucos. Às vezes, os sonhos até chegam quando estou acordada.

— Chamam isso de alucinação, e é um efeito colateral comum do lítio. — Greta arrastou a cadeira para mais perto. — Você falou disso para o seu médico?

— Falei, mas ele não deu a mínima. Eles só querem que eu durma e fique sedada.

— Quando você diz "eles", a quem se refere?

— Aos meus pais e aos médicos. — A jovem olhou para Greta. — Você vai me ajudar? Ninguém aqui vai me ajudar.

Greta estendeu o braço e pegou a mão dela. Sentiu-a recuar; mas, depois de um momento, a garota apertou-lhe os dedos.

— Qual é o seu nome, querida?

— Angela.

— Eu vou te ajudar, Angela. Vou achar um jeito.

27

Chicago, 1º de novembro de 2019

SENTADA NO SEU ESCRITÓRIO, RORY ENCARAVA A FOTO DE Camille Byrd no quadro de cortiça. Na mesa à sua frente estavam os papéis que ela recuperara do cofre de aluguel do pai. Analisou os documentos de adoção até a sua visão embaçar. Sua mente começava a se esforçar de uma maneira doentia, que Rory sempre tratou de evitar. As considerações redundantes que impediam o pensamento claro começaram a tomar conta dela, e como um animal encurralado, Rory se defendeu delas. Rory sabia das consequências de sucumbir a elas. Deixou de lado o tormento e colocou os documentos de adoção no chão. Em seguida, voltou para os papéis encontrados no cofre da mesa de Frank e pegou as cartas da comissão de livramento condicional. Revisou anos de apelações feitas por seu pai quando ele era um jovem advogado no Garrison Ford. Eram argumentos que revelavam furos na posição da acusação, que Frank sustentava que tinham sido fundamentados unicamente sobre evidências circunstanciais. Rory leu a descrição mordaz de Angela Mitchell feita por seu pai, considerando-a uma autista que se medicava em excesso, que se relacionava socialmente com dificuldade e que não tinha um domínio firme da realidade. Rory tentou se convencer de que os papéis à sua frente eram apenas uma tentativa do pai de cumprir o juramento que tinha feito de defender todos aqueles que procurassem sua ajuda. Porém, algo na investigação contava uma história diferente.

O que chamava sua atenção era algo sutil. Algo tão difícil de entender que Rory tinha certeza de que ninguém mais veria. Era uma mudança de tom. Rory captou isso ao repassar o texto das cartas de apelação do seu pai. O teor das argumentações mudou ao longo dos anos, ainda que o conteúdo e os dados das mensagens tivessem continuado os mesmos. Talvez, Rory pensou, após anos de fracassos, Frank tivesse perdido um pouco da paixão tentando defender Thomas Mitchell. Talvez após duas décadas de tautologias ele tivesse perdido as esperanças de que alguma apelação faria diferença. Todavia, Rory não conseguia parar de pensar que talvez algo mais estivesse acontecendo. Que talvez as cartas de Frank incluíssem um motivo diferente. Que talvez o seu pai nunca quisesse Thomas Mitchell fora da prisão.

Rory tomou outro gole de Dark Lord e continuou a leitura.

Chicago

MAIO DE 1982

ENQUANTO A CRIANÇA DORMIA, GRETA CONTINUOU SUA história sobre Angela Mitchell e como as duas vieram a se conhecer. Do sofá, Frank e Marla Moore ouviam, vendo Greta se servir de café.

— Passei meu número de telefone para Angela naquele dia em que nos conhecemos em um canto da sala de recreação do Bayer Group. Ela estava sozinha no mundo. Sem ninguém a quem recorrer, nem mesmo os pais. Eu tinha de ajudá-la. Falei com o médico dela e com o diretor do Bayer Group. Naquela ocasião, meu chefe no hospital era próximo do diretor médico dali, e com alguma pressão consegui envolver mais os pais de Angela e interromper o consumo do lítio. Levou algumas semanas, e durante todo o processo, eu me encontrei regularmente com Angela. Não de maneira formal, apenas como… Acho que vocês poderiam nos chamar de amigas.

Greta se sentou no sofá e tomou um gole de café. Olhou para Frank.

— E foi por isso que você me encontrou. Por causa da minha amizade com Angela. Quando ela fez dezoito anos, o Bayer Group não podia mais mantê-la internada, a menos que ela escolhesse ficar. Ela não quis. Então, Angela me chamou para buscá-la. Eu a pressionei para entrar em contato com os pais, mas aquele relacionamento estava muito estremecido e sem reparo. Então, eu atendi ao pedido dela. Angela registrou sua saída do Bayer Group, mas meu nome ficou no registro naquele dia como a pessoa que a pegou. Acho que foi o nosso único erro. Eu trouxe Angela aqui para a fazenda. Ela ficou por um ano, trabalhando e economizando dinheiro, até juntar o suficiente para ir embora. Quando fez dezenove anos, partiu para a cidade. Isso foi em 1968. Angela encontrou um emprego e foi cuidar da vida. De vez em quando, ela me ligava. Até me ligou para dizer que tinha conhecido um homem. Infelizmente, tratava-se de Thomas Mitchell.

Greta tomou outro gole de café.

Marla e Frank estavam sentados na beira do sofá. Marla ouvia atentamente, e Frank sentiu que ela se empenhava para fazer a conexão final.

— Então, você e Angela mantiveram contato? — Frank perguntou para fazer a conversa seguir em frente.

— Por um tempo, sim — Greta respondeu. — Durante alguns anos, Angela me ligava de vez em quando para me pôr a par das novidades. Ela me contou que os seu pais haviam se mudado para St. Louis, que encontrara um emprego, que tinha seu próprio apartamento. Era bastante animador, e eu sempre a convidava para vir à fazenda se ela quisesse fazer uma visita. Mas então Angela conheceu Thomas, e depois disso parou de ligar. Os anos se passaram, e eu não soube mais nada dela.

Greta voltou a fazer uma pausa para tomar outro gole de café. Ela recolocou a xícara no pires e tornou a olhar para Frank e Marla.

— Então, no verão de 1979, eu vi a reportagem.

— De que Angela tinha desaparecido? — Marla indagou.

— Sim. Fiquei de coração partido quando vi o rosto de Angela na tevê. E quando saiu a notícia de que o marido dela era o responsável por todas aquelas mulheres desaparecidas, senti que falhara com Angela. Esforcei-me muito para ajudá-la quando a encontrei pela primeira vez sentada à mesa, sozinha, no Bayer Group. Nós nos tornamos próximas durante o ano que ela passou aqui. Mas então, eu a deixei ir embora. Deixei que saísse pelo mundo. Ao ouvir o que houve com ela, fui assolada pela culpa por não ter feito mais para orientá-la. Durante aqueles dois dias, me bateu um desespero que eu nunca tinha sentido antes.

— Por que dois dias? — Marla quis saber.

Greta olhou para Frank. Ele assentiu. Frank Moore precisava que a sua mulher ouvisse tudo.

GRETA SCHREIBER ESTAVA SENTADA À BANCADA NA SALA

do andar de cima. As prateleiras embutidas na parede eram decoradas com bonecas de porcelana dispostas em fileiras perfeitas. Dois dias antes, ela começara um novo projeto, logo após as notícias sobre os acontecimentos mais recentes em Chicago se espalharem. Angela, a garota com quem fizera amizade no Bayer Group anos antes, e com quem passou um ano inteiro na casa da fazenda quando ela tinha dezoito anos, desaparecera, e suspeitava-se de que fosse a última vítima do homem que as autoridades chamavam de o Ladrão. A surpreendente revelação de que aquele homem era o marido de Angela fez Greta andar de um lado para o outro na cozinha durante boa parte da noite. Mas, naquele momento, a boneca danificada na sua frente propiciava a distração de que precisava. A rachadura no contorno do couro cabeludo, que atravessava a coroa do crânio, passava pela orelha e alcançava a base da mandíbula, exigia atenção suficiente para que, enquanto trabalhasse nela, não pensasse na jovem que tinha conhecido.

Um barulho a desconcentrou da restauração. Greta ouviu os pneus de um carro triturando o cascalho do longo caminho de entrada que levava da estrada principal para a casa da fazenda. Levantou-se da bancada e caminhou até a janela, afastando as cortinas para o lado. Viu um sedã prateado trafegando lentamente pelo caminho de entrada, deixando uma nuvem cinza de poeira flutuando atrás. Tubs e Harold latiram e pularam ao lado do veículo que se aproximava.

Greta, junto à janela, ficou vendo o carro se aproximar. Só quando ele parou, sem sinal de o motorista desembarcar, Greta se afastou da janela, saiu do recinto e desceu a escada. Pouco depois, abriu a porta da frente e acessou a varanda. O automóvel estava estacionado na frente do seu terreno. O para-brisa refletia o céu azul e os bordos, impedindo uma visão clara da pessoa ao volante. Greta esperou até que finalmente a porta do lado do motorista se abriu. Uma mulher magra desembarcou, com um agasalho de moletom com capuz folgado no seu corpo frágil. Ela levou as duas mãos à cabeça e puxou o capuz para baixo.

— Santo Deus! — Greta desceu correndo a escada da varanda. Ao alcançar a mulher, abraçou-a com força.

A mulher sussurrou no ouvido de Greta:

— Preciso da sua ajuda.

Greta recuou, segurando o rosto de Angela entre as mãos. A aparência dela era a de uma paciente com alopecia. As sobrancelhas estavam ausentes, e os cílios existiam apenas em punhados aleatórios. Marcas de arranhões escalavam o pescoço e se estendiam para além do colarinho do moletom. Greta se lembrava de uma aparência semelhante de quando tinha conhecido Angela no Bayer Group, mas a versão daquele dia era severamente pronunciada.

— Temos de ligar para a polícia. Todos acham que você está morta.

— Não. Não podemos ligar para a polícia. Não podemos ligar para ninguém. Ele não pode nos encontrar de jeito nenhum. Prometa-me, Greta. Prometa que você nunca vai deixar que ele nos encontre.

28

Chicago, 1º de novembro de 2019

RORY EMPURROU AS CARTAS DE APELAÇÃO PARA O LADO e puxou para sua frente a pilha com o nome de Angela Mitchell rabiscado na parte de cima. As páginas narravam a busca de Frank por Angela após seu desaparecimento em 1979. Rory lia aquelas páginas na manhã em que Celia a havia encontrado na sala do pai. Tinha examinado os nomes das pessoas que Frank contatara durante a busca, quando Celia apareceu com a chave do cofre.

Rory afastou à força o resto daquilo da sua mente — a ideia de que o pai tentava sutilmente manter Thomas Mitchell na prisão — e se concentrou apenas naquilo que estava diante de si. Havia algo sinistro em ver a prova de que seu pai procurara Angela Mitchell. As anotações de Catherine Blackwell deixaram pouca dúvida de que aquilo era verdade, mas certa parte de Rory se recusou a acreditar. Naquele momento, sentada ali observando as anotações do seu falecido pai que registravam sua busca por Angela, Rory não podia mais negar. Angela estava em algum lugar por aí.

Rory leu sobre a viagem de Frank para St. Louis para uma conversa com os pais de Angela. Leu sobre a visita à casa de Catherine Blackwell, na zona norte de Chicago. Sobre a viagem ao hospital psiquiátrico onde Angela fora tratada na adolescência. Rory examinou a investigação do pai sobre o paradeiro de Angela Mitchell com um desejo radical por detalhes, virando as páginas com fervor e frenesi. Finalmente, chegou ao nome de uma enfermeira — a mesma que levou Angela Mitchell embora do hospital quando ela completou dezoito anos. A visão de Rory se afunilou até que um caleidoscópio estranho de imagens dançou na sua frente quando ela viu o nome da mulher: *Margaret Schreiber*.

Rory sentiu dificuldade de respirar, com os pulmões cheios de pânico e confusão, incapazes de se expandir ou se contrair. Seu pai, à procura de Angela Mitchell, refez os passos dela e seguiu seu passado até um hospital psiquiátrico juvenil — onde Angela fez amizade com aquela que Rory acreditou a vida toda ser sua tia-avó, mas cuja identidade foi obscurecida pelos documentos de adoção e pelas certidões de nascimento. A mente de Rory não registrou nada daquilo. Sua confusão podia ser atribuída à negação, mas ela sabia que era mais do que isso. Rory fora treinada para ver coisas que os outros não viam. Para vasculhar detalhes de casos e reconstituir um quadro dos acontecimentos que eram invisíveis aos outros. No entanto, descobrir a ligação entre Greta e Angela fez sua mente girar como um parafuso. Uma dor intensa começou abaixo do peito e subiu como lava borbulhante da cratera de um vulcão inativo havia muito tempo. Rory não se lembrava do último ataque de pânico. Talvez tivesse sido na infância. Talvez antes de encontrar a saída curativa no cômodo do andar de cima da casa da fazenda de Greta.

Rory tomou o resto da Dark Lord, esperando que o líquido eliminasse fisicamente o medo crescente e que o álcool embotasse os sentidos. Correu para a geladeira, abriu outra cerveja, ficou na cozinha escura e levou a garrafa à boca. Depois de alguns goles, metade do conteúdo desapareceu. Zonza, cambaleou na direção do seu recanto, acendeu as luzes e observou as bonecas de porcelana que ocupavam as prateleiras. A sala era uma réplica do aposento da fazenda, e Rory esperava que a visão das bonecas restauradas refreasse o pânico que circulava pelo seu corpo.

Precisava ocupar a mente com algo diferente dos pensamentos sobre Greta, seus pais e como todos eles podiam estar ligados a Angela Mitchell. Tendo acabado de concluir a restauração da boneca de Camille Byrd, ela não tinha projetos em que trabalhar. Então, abriu a caixa do canto e tirou uma boneca que comprara em um leilão. Estava desgastada e danificada, exigindo muita habilidade e concentração para seu restauro. Rory sentou-se junto à bancada e procurou analisar o dano, mas sua mente não mordeu a isca. Naquela noite, a atração habitual relativa às necessidades da boneca foi sobrepujada pela descoberta de que Greta conhecera Angela. Seu método de contornar um ataque de pânico estava falhando.

Rory deixou o recanto, pegou outra cerveja, seguiu apressada até o carro e partiu com os faróis iluminando as ruas escuras e vazias de Chicago. Dirigiu sem pensar. Sabia o endereço por meio das informações coletadas na pasta. Ficava na zona norte. Ela pegou ruas secundárias e procurou controlar a velocidade. Não tinha condições de estar ao volante, tanto pelo consumo excessivo de cerveja como por não se encontrar no seu juízo perfeito. Vinte minutos depois, chegou ao bangalô onde Angela Mitchell havia morado em 1979. As casas eram próximas umas das outras, e todo o quarteirão estava silencioso e escuro, apenas com as luzes das varandas brilhando na escuridão.

Por alguns minutos, Rory observou a frente da casa, sentindo a forte ligação que tinha experimentado desde que tomara conhecimento de Angela Mitchell. Um relacionamento havia se formado entre ela e Angela, exatamente como acontecia com as pessoas dos crimes reconstituídos por ela. Rory sentiu a obrigação de encontrá-la. Para deixá-la saber que havia alguém que entendia suas lutas e seus sofrimentos.

Em seguida, Rory dobrou a esquina e entrou no beco atrás da casa. Uma cerca de arame protegia o pequeno quintal da residência. Uma garagem separada dava para o beco. Rory saiu do veículo e andou à frente dele. Observou os fundos da residência. Perguntou-se o que ocorrera ali muitos anos antes, e como aquilo se conectava com todas as pessoas da sua vida.

Os faróis do carro lançaram a sombra de Rory ao longo do pavimento do beco, com suas pernas formando um "V" invertido. Ao observar a sombra, ela sentiu algo dentro de si, algo lhe que chamou a atenção. Não conseguiu identificar o sentimento ou determinar o motivo pelo qual a visão da sua sombra lhe provocou aquele calafrio até se dar conta de que os faróis desenhavam uma silhueta no chão exatamente da mesma maneira que Thomas Mitchell desenhava as letras "A", em letra de forma, com a caligrafia perfeita e sem a linha cruzada: Λ. Então, no beco escuro e observando a sua sombra, ela percebeu que não só chegara à antiga casa de Angela, mas também de Thomas Mitchell. A revelação roubou o ar de seus pulmões, que já estavam hiperventilando. Contudo, era impossível para Rory entender o motivo real de sua percepção. Ela estava exatamente no mesmo lugar onde Angela Mitchell estivera quarenta anos antes, igualmente determinada a descobrir o que acontecera com as mulheres que desapareceram naquele verão.

A luz da varanda de trás se acendeu, chamando a atenção de Rory. Então, a janela da cozinha brilhou com a luz do interior. A porta dos fundos se abriu.

— Posso ajudá-la? — um homem gritou da porta. — Ou talvez eu deva ligar para a polícia e ver se ela pode ajudar? Ou quem sabe eu saia e utilize meu direito de manter e portar armas contra alguém que invade a minha propriedade.

Abalada pelo súbito confronto, Rory se virou e apressou o passo de volta ao carro, com sua sombra se movendo rapidamente e depois desaparecendo.

Ao embarcar no automóvel, Rory ouviu o homem gritar:

— Dá o fora daqui, porra!

Ela saiu do beco, atingindo a lateral de uma lata de lixo no caminho.

Chicago

MAIO DE 1982

FRANK E MARLA, NO SOFÁ, OUVIAM GRETA CONTAR SUA história. Marla se inclinou para a frente e fez a próxima pergunta:

— Então, Angela Mitchell não foi morta pelo marido?

— Não — Greta respondeu. — Mas ele a teria matado se ela não tivesse ido embora.

Marla olhou de relance para Frank, e tornou a encarar Greta.

— O que aconteceu com ela?

Greta hesitou.

— Onde ela está, Greta? E o que isso tem a ver com a nossa adoção?

Greta balançou a cabeça e também olhou para Frank.

Ele assentiu.

— Precisamos saber de tudo, Greta. Prometi ajudá-la, mas nós dois temos de conhecer toda a história.

Greta tomou outro gole de café e, em seguida, recolocou suavemente a xícara no pires.

— Depois que Angela me contou, eu soube que não havia volta.

DOIS DIAS DEPOIS DO APARECIMENTO DE ANGELA NO SEU caminho de entrada, Greta dirigiu até a represa que ficava a menos de dois quilô-metros da casa da fazenda. Angela a seguiu em seu próprio carro. Elas esperaram até o anoitecer, até o céu de verão ficar pintado de lavanda e as nuvens captura-rem os restos do pôr do sol no seu baixo-ventre e assumirem uma tonalidade cor de cereja. Estava escuro o suficiente para dar proteção, mas claro o bastante para guiar as suas ações. Greta estacionou a cem metros da represa e foi se sentar no assento do passageiro do carro de Angela para a última etapa da viagem. Angela conduziu o carro pela relva alta até alcançar a beira do declive que levava à água. As duas saíram do veículo.

Greta olhou ao redor para ter certeza de que estavam sozinhas. Então, olhou pela janela do lado do motorista para se assegurar de que a alavanca de câmbio do carro estava em ponto morto. Elas se posicionaram atrás do para-choque traseiro, firmaram os calcanhares no chão e empurraram o carro. As rodas dianteiras ultra-passaram a margem, e a gravidade fez o resto. Greta e Angela observaram o carro adernar na represa e desaparecer debaixo da água. Elas esperaram dez minutos, vendo a água borbulhar enquanto o carro soltava o ar preso. Quando ficou escuro demais para ver a perturbação na superfície, elas voltaram para o carro de Greta.

No caminho de regresso, Greta se dirigiu a Angela:

— Você está de quanto tempo?

— Não tenho certeza.

— Tem vomitado?

— Sim. Há algumas semanas. Pensei que era por causa do nervosismo. Então, o médico me ligou.

— Tudo bem. — Greta meneou a cabeça. — Provavelmente um mês ou dois. Isso significa que você engravidou na primavera. Não há problema em fazer o parto na minha casa. Já fiz isso dezenas de vezes. O difícil será manter você e o bebê escondidos. Teremos de apresentar a documentação correta. E mesmo se ignorar-mos esse processo, com o tempo haverá a matrícula escolar e a vida em geral. Posso mantê-la escondida. Por um tempo. Todos acham que você está morta. Mas depois que der à luz, teremos de imaginar um plano de longo prazo. Esconder uma criança é quase impossível.

— Ele jamais poderá saber que tem um filho, Greta. Prometa que você vai encontrar uma saída.

Greta assentiu. Embora não tivesse ideia de como poderia concordar com algo tão impossível, ainda assim disse:

— Prometo.

29

Chicago, 1º de novembro de 2019

RORY ENCOSTOU O CARRO NA FRENTE DE CASA, COM A roda do lado do passageiro batendo no meio-fio. Ela subiu cambaleando a escada, abriu a porta e se dirigiu ao quarto. Desde a infância, ela não experimentava um ataque de pânico tão intenso. Rory entendia os efeitos devastadores que ele poderia ter se ela não conseguisse contê-lo. Caiu na cama. Acima do constante ruído de fundo na sua mente — acima da revelação de que seus pais tinham escondido sua adoção e da descoberta de que tia Greta não era a pessoa que ela sempre acreditou que fosse. E mais ruidosos que os sussurros incessantes que ela deveria pronunciar no dia seguinte na frente do juiz Boyle e da comissão de livramento condicional com Thomas Mitchell estavam os apelos implacáveis de Angela.

No topo do pânico, a fascinação de uma mulher misteriosa que, de alguma forma, se achava ligada a todas as pessoas que Rory amara na vida. Era uma atração que Rory não podia ignorar. Isso a lembrou da infância, quando uma sensação semelhante se apoderou dela. Dobrou o travesseiro sobre a cabeça e o espremeu junto aos ouvidos para silenciar os sussurros que vinham de dentro.

Rory se esforçou para controlar a respiração. Fechou os olhos e limpou os pensamentos. Havia um processo, um jeito de gerenciar os ataques. Rory tentou se lembrar dos truques. Os exercícios respiratórios que sempre levavam a algo que se assemelhava a uma bifurcação no caminho. Em uma direção, havia uma noite agitada, em que a mente não pararia de funcionar, com pensamentos frenéticos e implacáveis mantendo-a acordada. Na outra, a atração calmante do sono e o encanto de bloquear o cérebro, permitindo que os sonhos circulassem sem esforço através das dobras da mente.

Durante trinta minutos, Rory trabalhou a respiração, removendo da mente todos os pensamentos diferentes da imagem dos pulmões se expandindo e se contraindo. Finalmente, pegou o outro caminho, o caminho da paz, e em pouco tempo passou a respirar de modo profundo e rítmico.

RORY ACORDOU NO QUARTO DA VELHA CASA DA FAZENDA.

Aquilo acontecia de vez em quando. Algumas vezes em todos os verões. Tia Greta a punha para dormir, aconchegava-a e apagava as luzes.

— Lembre-se, nada pode assustar você, a menos que você deixe que a assuste — tia Greta diria, parada à soleira.

Greta fecharia a porta do quarto, e Rory adormeceria em paz, do jeito como sempre adormecia durante suas estadas na casa da fazenda, onde a angústia e a preocupação nunca eram capazes de encontrá-la. Normalmente, Rory dormiria direto até de manhã. Contudo, aquela noite foi uma das ocasiões em que ela acordou nas altas horas da noite, com o corpo cheio de uma energia que agitava o peito, a cabeça, os dedos das mãos e os dedos dos pés. Literalmente, Rory vibrava com vigor, afetada por um desejo impressionante de investigar. A sensação a fazia se revirar na cama. Nas primeiras vezes em que se deparou com esse fenômeno, Rory lutou contra ele. Ela chutava as cobertas e reposicionava os travesseiros até que, na manhã seguinte, a luz do sol enchia a moldura da janela, derramando-se ao redor das cortinas, finalmente afastando seu impulso de perambular pela noite e descobrir a origem da sua agitação.

Rory teve o cuidado de nunca mencionar essa sensação de angústia para ninguém. Os pais a mandavam para a casa de tia Greta para fugir da ansiedade — para combatê-la, na realidade —, e se soubessem dessas raras crises de inquietação no meio da noite, talvez decidissem que as visitas não mais serviam ao propósito deles. Rory gostava dos fins de semana prolongados e dos verões naquele lugar tranquilo. Assim, ela guardava segredo daquelas noites estranhas de poucas horas de sono. Além do mais, descrever a sensação do meio da noite como ansiedade não era correto. Rory não se preocupava quando esses ataques de insônia a atingiam na casa da fazenda. Sentia apenas a atração do desconhecido e o apelo para que saísse da cama e investigasse seu significado.

Rory tinha dez anos na noite em que decidiu ceder à atração. Ao acordar, totalmente alerta e sem um traço de estupor, o relógio no criado-mudo marcava

245

duas horas e quatro minutos da manhã. Seu peito vibrava com a curiosidade agora familiar após diversos verões na casa da sua tia-avó. Jogando as cobertas de lado, ela saiu da cama, arrastada por uma necessidade invisível. Abriu a porta do quarto e aturou o gemido das dobradiças. Passou em silêncio pelo quarto da tia Greta e em seguida pela porta que levava à oficina, onde as bonecas restauradas ficavam em fileiras perfeitas sobre as prateleiras. Então, desceu a escada, abriu a porta dos fundos e saiu para a noite. As estrelas brilhavam no céu, obscurecidas ocasionalmente pelas lâminas finas de nuvens sombreadas, delineadas de prata pela lua. Ao longe, uma tempestade de relâmpagos inflamava o horizonte com cintilações intermitentes de claridade; alguns minutos depois, um ribombar grave de trovão.

Na varanda de trás, Rory cedeu ao impulso no seu peito. Seus pés seguiram como um ímã atraído por uma placa gigantesca de metal distante. Ela andou sem esforço pelo campo atrás da casa, encontrou a cerca baixa de madeira no limite da propriedade e a seguiu, com a mão deslizando pela superfície lisa enquanto caminhava. Perto dos fundos da propriedade, onde a cerca fazia uma curva de noventa graus, Rory encontrou o que a estava convocando. No chão, ela viu as flores que observara tia Greta colher mais cedo, naquele dia.

Todas as manhãs, Rory observava Greta colher flores do jardim, e se encarregava de amarrá-las em buquês com araminhos. Rory sempre perguntava sobre as flores para Greta, e também perguntara naquele dia. Ela questionava o que Greta fazia com elas e onde elas iam parar. As indagações de Rory ganhavam respostas vagas. Naquela noite, porém, ela as encontrou. As rosas estavam postas no chão em um monte delicado, isolado e sozinho no canto de trás da propriedade.

Outro relâmpago apareceu ao longe no horizonte, adicionando luz suficiente ao brilho prateado da lua e dando vida às pétalas cor de cereja. Rory se agachou e retirou uma rosa do amontoado, levou-a ao nariz e sentiu a doçura do seu perfume. A agitação no peito se dissipou e uma calma reconfortante tomou conta dela. A sensação de tranquilidade sempre a atraía de volta para a fazenda da tia-avó. Naquela noite, sob o brilho embaciado da lua, Rory aproveitou essa serenidade em uma única rosa posta junto ao nariz.

Quando outro relâmpago iluminou a área, Rory se curvou e recolocou delicadamente a rosa sobre o monte. Em seguida, virou-se e correu de volta através da noite prateada até chegar em casa. Deitou-se na cama, e o sono veio num instante. Pelo resto da sua infância, e por todos os demais verões que Rory passou na casa de Greta, a insônia misteriosa no meio da noite nunca mais a afetou.

Chicago

MAIO DE 1982

— VOU PEDIR DEMISSÃO DO MEU EMPREGO, MARLA. PRE-ciso deixar o Garrison Ford.

— Para escapar dele, Frank? — Os olhos dela estavam vermelhos de tanto chorar.

— Não. Para levá-lo comigo. Preciso manter Thomas Mitchell o mais próximo possível se for para isso funcionar. Preciso ser o único contratado por ele para procurar Angela. O único em quem ele confia.

— Ele nunca deixará de procurar — Greta afirmou. — Angela foi inflexível quanto a isso. Se não for Frank, então não será mais ninguém.

— Tenho de controlar as informações que ele recebe — Frank prosseguiu. — Thomas tem de acreditar que estou fazendo progressos. Encontrarei algo para supri-lo por um tempo, mas no fim das contas, minha busca vai resultar vazia. Farei com que ele acredite em mim. O importante é que ache que estou à procura de Angela. Enquanto Thomas acreditar nisso, não procurará por sua própria conta. Não empregará mais ninguém. Ele confia em mim, e eu pretendo construir e manter essa confiança.

— Por quanto tempo?

— Por toda a vida — Frank respondeu.

Marla desviou o olhar, dirigindo-o para a escada. Frank sabia que ela estava pensando na criança, que dormia em seu berço.

— O que faremos em relação ao dinheiro, Frank? Como vamos nos sustentar?

— Vou abrir meu próprio escritório de advocacia. Tenho experiência suficiente para trabalhar por conta própria. E ele está disposto a pagar pelos meus serviços.

— Thomas Mitchell?

— Sim. Ele necessita de um advogado para protocolar as apelações e cuidar das suas finanças. E, além do mais, vai me pagar para continuar minha busca. Thomas Mitchell vai ser meu primeiro cliente.

— Frank, simplesmente não é o que eu imaginei — Marla disse.

— Por favor. — Greta fitou Marla. — Eu preciso da ajuda de vocês. *Nós* precisamos da sua ajuda. Vocês são o casal perfeito para amar essa criança. Imaginem que tipo de vida ela teria se a verdade fosse descoberta. Imaginem se o público descobrir que Thomas teve uma filha com uma mulher por cujo assassinato ele foi preso. E como ela poderia levar uma vida normal, sabendo que o pai matou uma série de mulheres?

Marla começou a chorar de novo. Todos os três tinham sido levados a uma situação dificílima. Todos os três pensavam na criança dormindo tranquila no berço. Uma criança inocente que não merecia nada do que a aguardava. Lentamente, Marla desviou o olhar para Greta.

— Onde ela está? Onde Angela está?

Greta deixou escapar um longo suspiro, e então, naquele momento, foi a sua vez começar a chorar.

— Eu tentei salvá-la. Havia muito sangue.

ALGO ESTAVA ERRADO. AO EXAMINAR A PELVE DE ANGELA, *Greta constatou a hemorragia intensa e constante. A pré-eclâmpsia impusera repouso durante as últimas semanas de gravidez, e a pequena perda de sangue pela vagina preocupou muito Greta. Contudo, Angela insistiu para que Greta a tratasse sem chamar um médico. Era muito arriscado, ela sustentou. E Greta não podia discordar — com o rosto de Angela no noticiário durante o julgamento de Thomas, ela seria imediatamente reconhecida. Assim, Greta tratou dos problemas de pressão arterial, forçou o repouso na cama e monitorou Angela como se fosse um falcão. Mas Angela acordou naquela noite com o rompimento da bolsa* *amniótica. Ela estava tendo uma hemorragia grave. Naquele momento, contorcia-se nas dores do parto.*

— Empurre, Angela. Empurre.

— Não consigo — Angela respondeu.

Deitada na cama, ela estava coberta de suor. Um avental cirúrgico pendurado na sua frente bloqueava a visão da sua metade inferior. A cabeça de Greta era visível apenas vez ou outra enquanto realizava o parto do bebê.

— Eu sei que dói, mas você tem de empurrar, Angela!

— Não. Eu não consigo. Simplesmente não consigo.

— Tudo bem. — Greta respirou fundo. — Vamos para o hospital, querida. Algo deu errado. Você está sangrando demais.

— Não! Não podemos ir ao hospital. Ele será libertado. E ficará sabendo do bebê. Por favor!

Greta tornou a olhar para baixo. A hemorragia se intensificara. Ela engoliu em seco o medo que lhe subiu pela garganta e, depois, fez que sim com um gesto de cabeça. Greta estava preocupada com o bebê, mas muito mais com Angela. Sua casa, apesar dos equipamentos que reuniu naqueles últimos meses, simplesmente não eram suficientes para lidar com aquelas complicações.

— Então é preciso que você empurre. Está me ouvindo?

Angela estava. E empurrou e empurrou.

PARTE IV
A ESCOLHA

30

Chicago, 2 de novembro de 2019

A AUDIÊNCIA NA SALA DE TRIBUNAL, UMA FORMALIDADE completamente desnecessária, era o último lugar onde Rory queria estar naquela manhã. Ainda cambaleante por causa do ataque de pânico, sentindo um pouco de ressaca e com a mente diretamente preocupada com o sonho enigmático que tivera na noite anterior, ela estava desesperada para ir à casa de repouso e perguntar a Greta sobre sua conexão com Angela Mitchell. Porém, meses antes, Frank Moore concordara com aquela audiência como uma maneira de proporcionar uma opinião final aos membros do conselho, que estavam permitindo que Thomas Mitchell saísse livre duas décadas antes do fim da sua sentença. Na sala de tribunal, além de Rory, encontravam-se seis membros da comissão de livramento condicional, um representante designado do gabinete do promotor público que parecia ter acabado de sair da faculdade de Direito, um escrivão, Naomi Brown e Ezra Parker, a assistente social e o agente da condicional, respectivamente, que acompanharam Rory até o chalé em Starved Rock. Todos usavam algum tipo de traje apropriado para uma sala de tribunal, exceto Rory.

De jeans cinza e camiseta escura, Rory parecia mais a pessoa em liberdade condicional do que a advogada de Thomas Mitchell. Como não poderia usar o seu gorro naquele ambiente, ela deixou o cabelo castanho ondulado caindo nos lados do rosto, como cortinas de janela mal separadas. Certificou-se de que os óculos estavam no lugar e, quando entrou na sala de tribunal, os coturnos fizeram barulho e chamaram a atenção de todos. Ela alertara o juiz Boyle de que aquele não era o seu lugar.

Normalmente, os olhares teriam lhe provocado uma crise de pânico, mas Rory passou o máximo da sua angústia durante o auge do seu ataque na noite anterior quando, embriagada, foi até a antiga casa de Angela Mitchell. Também fora a casa de Thomas Mitchell, ela pensou no exato momento em que a porta lateral se abriu e dois oficiais de justiça aparecerem trazendo-o. Eles o sentaram ao lado de Rory. O juiz Boyle apareceu por outra porta e tomou seu lugar.

— Bom dia — o juiz cumprimentou, com a voz ecoando pela sala quase vazia. — Esta será uma audiência breve.

O juiz manteve o olhar nos papéis à sua frente e em momento algum levantou os olhos para ver os presentes na sua sala de tribunal. Ele parecia estar tão animado quanto Rory com os trabalhos daquela manhã.

— Srta. Moore, comuniquei à comissão os últimos fatos referentes ao falecimento do advogado anterior do sr. Mitchell e que, como sua nova representante, a senhorita concordou com todas as condições prévias.

Trataram mais uma vez do esquema de moradia, dos contatos regulares com o agente da condicional, da restrição em relação a drogas e álcool, dos exames toxicológicos e assim por diante.

"Sim, senhor. Sim, senhora", Thomas dizia sempre que um membro da comissão se dirigia a ele.

As formalidades levaram quinze minutos. Quando todos ficaram satisfeitos, o juiz se pôs a arrumar alguns papéis.

— Sr. Mitchell, a sua libertação amanhã será complicada — o juiz Boyle afirmou. — Há uma grande atenção da mídia em torno dos detalhes exatos, e a srta. Moore e eu discutimos a importância de o senhor permanecer no anonimato. O comunicado à imprensa registra dez da manhã como horário de soltura. Eu gostaria de mantê-lo como horário formal registrado, mas libertar o senhor às quatro e meia da manhã. Ainda estará escuro. O diretor do presídio concordou com isso e com a saída pelo lado leste. Acho que será a melhor maneira de manter a discrição e permitir que o senhor chegue à sua residência sem aviso prévio.

O que estava implícito e acordado havia muito tempo era que o advogado seria a única pessoa a levá-lo embora da prisão. Ele não tinha mais ninguém na vida. E, naquele momento, Thomas Mitchell não tinha mais Frank Moore.

O juiz Boyle olhou para Rory.

— O transporte foi organizado?

Rory assentiu.

— Sr. Mitchell, o senhor foi um preso exemplar. Pelo presente, o Estado concorda com a sua soltura em 3 de novembro, às quatro e meia da manhã. Espero que o senhor dê importância à sua vida a partir desse momento. Boa sorte.

— Obrigado, meritíssimo — Thomas agradeceu.

O juiz bateu martelo, se levantou e começou a sair da sala, com sua toga se deslocando como uma capa ao vento.

Thomas olhou para os membros da comissão e fez uma mesura com a cabeça.

— Obrigado.

Ele foi polido e amável. Um cavalheiro perfeito. Reabilitado e pronto para se reintegrar à sociedade.

31

Chicago, 3 de novembro de 2019

COM LANE AO SEU LADO NA CAMA, RORY OBSERVOU O relógio no criado-mudo fazer tique-taque, minuto após minuto, até marcar três da manhã. Ela não dormiu, nem mesmo fechou os olhos. No meio da noite, considerou até fazer uma visita a tia Greta. Normalmente, Greta seria a pessoa perfeita para acalmar Rory, cujos nervos estavam à flor da pele devido à expectativa de ficar sozinha no carro com Thomas Mitchell. No entanto, Rory sabia que, da próxima vez que visse Greta, precisaria aproveitar qualquer pequena janela de oportunidade que se apresentasse para perguntar de Angela. Ela teria de ser clara e concisa, e, para isso, seria necessário congregar toda sua habilidade de pensar rápido. Nas altas horas da noite, enquanto Lane dormia ao seu lado, Rory decidiu enfrentar o obstáculo de levar Thomas Mitchell até o chalé de Starved Rock antes de ver Greta. Às três e quinze da manhã, ela pôs as cobertas de lado e se levantou.

O jato de água quente caiu sobre a cabeça de Rory, que passou mais tempo no chuveiro do que o habitual. Então, finalmente desligou a torneira e se aprontou para o que estava por vir. Vinte minutos depois, estava vestida com seu traje de combate usual. Amarrou os coturnos e, quando se viu pronta para sair e enfrentar a escuridão, deparou-se com Lane vestido e esperando na sala, sentado com as pernas cruzadas e com o braço posto sobre o encosto do sofá, olhando para a lareira preta.

— O que você está fazendo?

Lane se virou ao ouvir a voz de Rory.

— De jeito nenhum eu vou deixar você ir sozinha.

— Lane... — Rory começou da falar, mas ele já estava de pé e do lado de fora da porta. Momentos depois, ela ouviu a porta do seu carro bater.

— Graças a Deus — sussurrou para si mesma.

Às quatro e quinze, eles pararam junto ao portão leste da Penitenciária de Stateville, em Crest Hill, Illinois, e esperaram. Os faróis iluminavam a cerca de arame. Exatamente às quatro e meia, a porta lateral se abriu e espalhou uma luz amarelada na escuridão da madrugada. Algumas pessoas apareceram, desenhadas em silhueta pelo brilho do interior do prédio, que lançava as suas sombras na frente delas como longos e esguios fantasmas. A cena levou Rory brevemente de volta para a outra noite, quando estava no beco atrás da antiga casa de Angela — e de Thomas Mitchell — e caminhou diante dos faróis do seu carro fazendo sua sombra aparecer adiante.

A cerca de arame se abriu ante a aproximação das pessoas. Quando o grupo alcançou o limite da área cercada, apenas uma pessoa avançou. Rory sentiu o peito doer ao ver Thomas Mitchell caminhar através da escuridão, abrir a porta do automóvel e embarcar no assento traseiro.

O PERCURSO ATÉ STARVED ROCK LEVOU POUCO MAIS DE

uma hora. Não houve conversa dentro do carro escuro, apenas o zumbido da rodovia enquanto trafegavam pela I-80 guiados pela claridade dos faróis. Rory pegou a saída apropriada e dirigiu pelas ruas secundárias com a ajuda do GPS de Lane, e desacelerou quando se aproximou do caminho de entrada quase escondido que levava ao chalé isolado.

— Uau... — Thomas comentou, do assento traseiro. Ele espiava pela janela lateral. Os primeiros vislumbres do amanhecer surgiram no horizonte, afastando a escuridão noturna e substituindo-a por uma claridade azul-clara. — Faz tanto tempo...

Rory não sabia se Thomas se referia ao chalé ou ao nascer do sol. Não perguntou, apenas pegou o acesso para carros. O veículo trepidou ao longo do caminho encimado pela vegetação. Finalmente, chegaram à clareira onde ficava o chalé em forma de "A". Rory estacionou quando chegou ao fim do caminho de entrada, se virou e estendeu o braço direito, tocando o ombro de Lane. Então, entregou uma chave para Thomas.

— Só encontrei uma chave no escritório do meu pai.

Thomas a pegou e desembarcou do carro. Carregava um saco plástico fechado com zíper dado pelos guardas. Representava tudo o que ele possuía no mundo. Rory saiu do carro, abriu o porta-malas e apanhou uma mochila. Os dois se aproximaram da varanda da frente.

— Não há comida — Rory informou.

Provavelmente, seu pai teria abarrotado a geladeira. Rory nunca levou isso em consideração.

— Mas há uma loja de conveniência a mais ou menos oitocentos metros de distância, na estrada principal.

— Sim, eu lembro — Thomas disse, assentindo.

Rory lhe entregou um envelope com o dinheiro que havia tirado da conta dele usando a senha criada por Frank.

— Aqui tem algum dinheiro vivo para o senhor começar. Também há um cartão de caixa eletrônico com acesso a uma das suas contas. A senha está em uma nota autoadesiva. Você sabe usar caixas eletrônicos?

Ele assentiu.

— Tínhamos um sistema de cartões na prisão. Eu dou um jeito.

— Há um caixa eletrônico na loja de conveniência. Comida e roupas serão suas primeiras necessidades. — Rory entregou-lhe a mochila. — Juntei isto para o senhor. Vai ser útil até conseguirmos um carro para o seu uso. Mas primeiro precisará de uma carteira de motorista. Teremos de cuidar disso tudo. Acha que consegue se arranjar por alguns dias com alguma roupa e a loja de conveniência enquanto resolvo os detalhes?

— Consigo. Obrigado. — Ele abriu a porta da frente com a chave e entrou. Depois de uma rápida passada de olhos, voltou à porta. — Obrigado pela carona.

— Atenda ao telefone se tocar. O agente da condicional ligará hoje para lhe passar instruções. O nome dele é Ezra Parker. O senhor é obrigado a fazer contato com ele todos os dias.

— Vou fazer.

— Este é o cartão de visita dele. Mantenha-o ao lado do telefone.

Thomas pegou o cartão da mão de Rory.

— Entendi.

Rory assentiu.

— A gente se fala em breve.

Quando ela voltou para o carro, já estava um pouco mais claro. O brilho amarelado do sol através das árvores fez Rory sentir como se ela tivesse emergido de uma jornada perigosa.

POUCO DEPOIS DAS OITO DA MANHÃ, RORY, ACOMPANHADA de Lane, parou o carro junto ao meio-fio do lado de fora da sua casa, com os nervos em frangalhos, morrendo de sono e com a adrenalina em franco declínio. Sentia-se exausta ao atravessar o gramado da frente. Lane passou o braço ao seu redor. Com o seu pai morto e com Greta muito velha para abraçá-la, restava apenas uma pessoa na sua vida de cujo toque ela gostava. Rory encostou a cabeça no ombro de Lane, e eles subiram a escada para a varanda da frente.

— Faço café? — Rory perguntou.

— Você não bebe café.

— Vou abrir duas latas de Diet Coke.

— Não. Tenho de dar aula esta manhã e já estou atrasado. Você deveria dormir um pouco. Não pregou o olho a noite toda.

— Preciso ver tia Greta.

— Agora?

— Algo novo veio à tona. Tenho de falar com ela.

— Durma um pouco. Tenho um jantar da faculdade esta noite. Vou fazer o discurso de abertura. Tentarei cair fora na sequência e venho te ver.

Rory deixou que Lane a beijasse.

— Tudo bem? — Lane perguntou.

Rory assentiu, com os olhos caídos por causa do cansaço.

— Tudo bem.

Ela se virou e entrou na casa. Depois que a porta se fechou, Lane olhou para a varanda coberta de barro avermelhado. Notou o rastro de pegadas vermelhas como sangue dos coturnos de Rory. Vinham da rua, passavam pelo gramado da frente e terminavam na varanda.

32

Starved Rock, Illinois
3 de novembro de 2019

THOMAS MITCHELL FECHOU A PORTA DO CHALÉ E OBSERVOU
pela janela a filha de Frank Moore conduzir o carro pela via circular ao
redor da casa e desaparecer no caminho arborizado de onde eles tinham
vindo. Depois que ela se foi, ele percorreu com o olhar sua nova casa, veri-
ficando cada cômodo. Caminhou de volta para a varanda da frente e para
o amanhecer. Em quarenta anos, era a primeira vez que testemunhava um
nascer do sol. Aspirou o cheiro dos pinheiros, com o seu cérebro enga-
nando-o de início, fazendo-o acreditar que sentia o aroma do antisséptico
bucal que usara nas últimas décadas. Mas não, eram apenas os perfumes
frescos da manhã, da liberdade, da oportunidade.

Muita coisa acontecera naquele lugar. Ele tinha história ali, no chalé
do seu tio escondido na floresta. E havia mais por vir. O capítulo final de
sua vida estava prestes a ser escrito naquele lugar. Thomas planejara
encontrá-la. Trazê-la ali, do jeito que deveria ter feito anos antes.

Thomas não precisou mais do que um momento para apreciar o sol
nascente. Então, voltou para o interior do chalé e se sentou no sofá. Sobre
a mesa de centro, espalhou o conteúdo do saco plástico que o guarda lhe
entregara junto ao portão aberto da Penitenciária de Stateville. Deixara na
cela as quinquilharias e os bens que acumulara durante a sua vida na prisão. Sabia que os carcereiros as embolsariam para vender aos fãs radicais.
O Ladrão ainda tinha seguidores. Tudo o que importava para Thomas
eram seus papéis. As anotações tediosas e meticulosas que fizera ao longo
dos anos. Eram uma lista literal de tudo o que ele conversara com Frank

Moore. Cada pista que o advogado lhe trouxera durante a busca pela sua mulher. Cada pessoa que Frank contatara. Anos de urdidura tinham reduzido a lista a alguns tópicos essenciais. Thomas sabia por onde começar. Ele planejou para não perder tempo. Quarenta anos de espera estavam prestes a chegar ao fim.

HORAS DEPOIS, O SOL ALTO FAZIA SUA PELE BRANCA ARDER sob os raios pouco familiares. Sua camisa estava molhada de suor. Pela milésima vez, Thomas pisava na pá. O monte de terra alcançara a altura das coxas e ainda faltava um bom pedaço para o fundo do buraco ser alcançado. Thomas passou outra hora alargando-o e mais outra endireitando os cantos. Fazia tanto tempo que não cavava uma sepultura que quase se esquecera da emoção que causava. Significava que o Barato estava chegando.

A expectativa tomou conta de Thomas, que passou o antebraço no rosto para enxugar o suor. Então, voltou a cavar a terra com a pá. E de novo. E de novo.

33

Chicago, 3 de novembro de 2019

UM ZUMBIDO TIROU RORY DE UM SONO SEM SONHOS. A janela do quarto exibia um céu castanho pálido quando a noite caiu. A combinação entre o seu primeiro ataque de pânico em quase três décadas, mais de vinte e quatro horas sem dormir e a tarefa tormentosa de levar Thomas Mitchell embora da prisão resultou em exaustão total. Ela se sentia desorientada ao acordar.

O zumbido veio de novo, e ela procurou a origem. Então, ouviu-o mais uma vez e, finalmente, se deu conta de que o celular estava vibrando. Pegou-o no criado-mudo, esperando ver o número de Lane. No entanto, era de outra pessoa. A série de números foi registrada imediatamente. Arrastando o controle deslizante para a direita, Rory colocou o celular junto ao ouvido.

— Sr. Byrd?

— Sim, olá. Rory?

Rory esperou, ainda grogue e de repente consciente de que soava desse jeito.

— Desculpe. Acordei você?

— Não. — Ela se levantou da cama e foi até a janela, fazendo uma longa pausa. Já eram mais de cinco da tarde e sol já se pusera. Percebeu que dormira o dia inteiro.

— Alô?

— Sim, sr. Byrd, estou aqui.

— Liguei para me atualizar sobre o caso. Para ver se você fez algum progresso.

Rory esfregou os olhos.

— Receio que não. Ou melhor, ainda não consegui começar. Mas prometo que irei. Aliás, terminei a restauração da boneca de Camille. Só preciso fazer algumas alterações finais. Ligo para o senhor na próxima semana e marcamos um encontro.

Houve outra pausa.

— Seria bom.

Rory encerrou a ligação. Verificou as mensagens de texto, mas não encontrou nenhuma. Tentou falar com Lane, mas não obteve resposta. A aula dele terminara horas atrás. Ele devia estar a caminho para o jantar. Lane só apareceria em sua casa dali a algumas horas.

Rory voltou para a cama, para esperá-lo. Precisava fechar os olhos apenas por um momento. Assim que o fez, poucos segundos bastaram para que o sono se apossasse dela novamente.

34

Chicago, 3 de novembro de 2019

CATHERINE BLACKWELL TERMINOU DE VER O NOTICIÁRIO das dez e desligou a tevê. Naquele dia, a reportagem principal envolvia a libertação de Thomas Mitchell — também conhecido como o Ladrão — da Penitenciária de Stateville. Sem imagens da possível libertação, os repórteres especularam que ele fora solto muito cedo, protegido pela escuridão. Isso, ou houvera um adiamento. As autoridades e o porta-voz da prisão não apresentaram atualizações, e provavelmente não o fariam até a manhã seguinte. No entanto, os repórteres mantiveram vigília do lado de fora do presídio, esperando dar o furo se o Ladrão acabasse saindo de trás dos muros e se dirigisse aos refletores das suas câmeras.

Que vergonha, Catherine pensou. *Que vergonha terrível.*

Ela entrou na cozinha, pegou uma garrafa de leite da geladeira e despejou o conteúdo na tigela situada no chão. O ruído fez o gato sair de debaixo da cama no outro quarto e seguir até a cozinha para lamber o leite frio. Catherine se dirigiu à pia e colocou a garrafa vazia no saco de lixo, amarrou-o com força e o levou para a porta dos fundos. Imediatamente, o gato surgiu em seus calcanhares.

— Você quer dar um passeio, não quer? — Catherine perguntou. — Vamos.

Ela abriu a porta dos fundos, e o gato saiu correndo para a noite. Catherine se encaminhou ao beco atrás de casa e ergueu a tampa da grande lata de lixo de plástico para jogar o saco dentro. O gato estava ao seu lado novamente.

— Nada de se aventurar esta noite? Vai procurar um rato, vai.

Mas o gato estava excepcionalmente carente, não querendo sair do lado de Catherine. Ela sentiu algo sinistro no beco. Então, o gato sibilou noite adentro.

— O que houve? O que você está vendo?

O gato tornou a sibilar e saiu do lado de Catherine em disparada, engolido rapidamente pela noite escura. Enquanto ela olhava para a escuridão com os olhos semicerrados, pés se arrastaram atrás dela. Catherine se virou, assustada. Os olhos se encontraram, e ela deixou escapar um grito curto, que foi rapidamente abafado pela mão dele.

35

Chicago, 3 de novembro de 2019

GRETA SCHREIBER ESTAVA DEITADA COM OS OLHOS FECHA-dos, em um estado de total demência. Sua mente lampejava com imagens do passado. Eram ondas rápidas de miragens coloridas de uma vida anterior.

— Onde ela está? — uma voz veio da escuridão.

— Tentei salvá-la — Greta disse. — Havia muito sangue.

A casa da fazenda tremulou em sua mente: o improvisado quarto do parto, Angela na cama, o sangue, a dúvida, o terror.

Uma grande preocupação se apossou de Greta, naquele momento como naquele dia.

— Onde ela está? — a voz voltou a perguntar.

— Temos que ir ao hospital — Greta respondeu. — Algo está errado. Há muito sangue.

— Vou perguntar mais uma vez — a voz disse a partir da escuridão. — Você a pegou no hospital psiquiátrico. Sei que ela a procurou em busca de ajuda. Onde ela está agora?

Greta ergueu as pálpebras. A casa da fazenda desapareceu, substituída por um quarto de hospital, uma televisão com um brilho azulado na tela e um homem avultado parado junto à cama. O homem se inclinou para chegar mais perto, de modo que seu rosto ficou a centímetros do dela.

— Onde. Ela. Está?

Greta piscou. Sua mente clareou. Conhecia o homem à sua frente. Vira-o no noticiário anos atrás. Naquele momento, estava mais velho do que quando ela assistira às atualizações da condenação na tevê, com Angela sentada ao seu lado. Mais velho do que nas fotos que apareceram nos jornais. Mas Greta tinha certeza de que era ele. Não era uma surpresa sua presença ali; um dia ele viria. Durante anos, Frank se afligira com aquilo e manifestara sua preocupação para Greta diversas vezes.

— Pela última vez — o homem disse. — Onde ela...

— Em nenhum lugar — Greta afirmou, com a voz áspera e quase inaudível.

O homem voltou a se inclinar para mais perto, de modo que seu ouvido ficasse perto dos lábios dela. O brilho azulado da tevê desapareceu da visão de Greta quando ele se curvou sobre ela.

— Repita — ele ordenou.

— Você não a encontrará em nenhum lugar. Em nenhum lugar a que você for.

O brilho azulado voltou quando o homem se ergueu. Então, desapareceu rapidamente mais uma vez. Greta sentiu o travesseiro pressionar o seu rosto. Ela manteve os braços ao lado do corpo e não tentou resistir. Deixou a mente adormecer.

Eu tentei salvar você. Havia muito sangue.

36

Chicago, 4 de novembro de 2019

PASSADAS MAIS DE QUARENTA E OITO HORAS DO SEU ATA-
que de pânico, Rory começava a sentir o corpo se equilibrar. O sono ajudou e, naquele momento, ela se sentia pronta para enfrentar a origem da
angústia. Greta estava ligada a Angela Mitchell, e Rory finalmente conseguiu ir à casa de repouso para perguntar sobre isso para sua tia-avó. A
boneca Kestner de Camille Byrd estava na caixa sobre o assento do passageiro. Seria boa munição para quando Rory fizesse as perguntas difíceis
que planejara para Greta. Naquele dia, ela não deixaria sua tia-avó se livrar.
Naquele dia, ela precisava de respostas. Tinha de entender o véu misterioso que caíra sobre a sua vida, uma teia que ligara todos aqueles que ela
amava a uma mulher que supostamente morrera quarenta anos atrás.

Ao entrar no estacionamento, Rory se deparou com as luzes vermelhas piscantes de uma ambulância e de um caminhão de bombeiros estacionados na frente do prédio. Luzes vermelhas e sirenes ali já eram
rotineiras para Rory, pois Greta residia havia tempo suficiente na casa de
repouso. Ao longo da permanência de quase todos os residentes, eles aca-
bavam sofrendo algum tipo de problema médico que exigia um desloca-
mento ao hospital. Portanto, os veículos de emergência estacionados ali
adiante eram um ritual diário.

Rory caminhou na frente do caminhão de bombeiros, cujo motor
rugia. No saguão, ela escreveu o nome no registro de visitantes e fez uma
pausa antes de passar pelo processo de escrever o nome de Greta e o
número do quarto. Em seguida, assinou na linha estreita. Rory passara por

essa rotina tantas vezes que a prática se ligou à imagem da sua tia-avó em envelhecimento, sentada no seu quarto observando a luz azulada da tevê. Mas, daquele vez, algo chamou sua atenção quando ela olhou para o registro de visitantes. Uma intuição vaga e subconsciente a fez hesitar quando foi assinar. Antes que tivesse a chance de decifrar a premonição, a enfermeira de Greta apareceu na sua visão periférica. Ela andava apressada, com urgência no seu ritmo. Rory desviou o olhar da folha de registro e deixou a caneta cair no chão. Tudo desacelerou. A enfermeira apressada assumiu um movimento subaquático, com o cabelo ondulante às costas em câmera lenta.

Rory sentiu a mulher pegar sua mão, com os olhos úmidos de compaixão.

— Lamento, mas, infelizmente, sua tia-avó morreu, Rory.

Rory piscou quando o mundo recuperou o terreno perdido e recomeçou em tempo real. Os ruídos do saguão voltaram para ela. As pessoas se moviam ao seu redor com passos normais e em velocidade normal. O quadro emoldurado na parede do saguão lampejou vermelho com as luzes piscantes do lado de fora.

— Ela estava feliz quando foi dormir na noite passada — a enfermeira informou. — Nós a encontramos hoje de manhã. Greta morreu durante a noite. Em paz e sem sofrimento.

Rory permaneceu imóvel e calada, segurando a boneca Kestner sob o braço.

— Você gostaria de vê-la?

Rory assentiu.

37

Chicago, 4 de novembro de 2019

DEITADA NA CAMA, RORY NÃO CONSEGUIA SE LIVRAR DA imagem do zíper fechando a abertura no saco mortuário e fazendo o rosto de tia Greta desaparecer. Com ele, uma parte de Rory também desapareceu. Ela lutara contra isso quando Celia ligou no mês anterior para comunicar a morte do seu pai. E do mesmo modo quando entrou na casa da sua infância e foi assaltada por memórias de uma vida que não existia mais. Nessa noite, Rory tentou resistir novamente; mas, dessa vez, não conseguiu deter as lágrimas. Chorou de um jeito como não se lembrava de ter chorado quando criança e, certamente, como nunca chorou como adulta.

Não que Rory Moore não sentisse as emoções da dor ou da tristeza. Ela sentia. Mas aquelas coisas afetavam-na de uma maneira diferente da *maioria*. Aquelas sensações alteravam seu humor e mudavam seu pensamento. Afastavam-na das interações e faziam-na querer se esconder do mundo. Faziam-na querer ficar sozinha. Raramente, porém, a dor causava a forma socialmente aceita de luto: o choro histérico. Aquela noite, foi uma daquelas ocasiões raras. Rory deitada de lado, com a cabeça afundada no travesseiro, chorava.

Muitas coisas não existiam mais. Greta era sua última parente viva. Além de Lane Phillips, Rory não amava mais ninguém no mundo. Contudo, a angústia experimentada naquele momento tinha outro significado. Além do fim da sua linhagem, também não existia mais a possibilidade de Rory obter respostas sobre os documentos de adoção. Sobre Frank e Marla Moore. Sobre os verões na casa da fazenda. Sobre sua verdadeira relação com Greta. E sobre a ligação de Greta com Angela Mitchell. Desde que Rory começara a reconstituir a morte de Angela, aquela mulher misteriosa parecia estar associada a tudo na vida de Rory. Era uma conexão que parecia sobrenatural, mais forte do que o relacionamento habitual que Rory desenvolvia com as vítimas dos crimes que reconstituía. E assim foi que, na noite em que Greta morreu, Rory só conseguiu pensar em Angela Mitchell.

O sentimento de perda foi o companheiro de Rory quando ela fechou os olhos, temperando as lágrimas que rolavam pelo seu rosto e molhavam o travesseiro. Em pouco tempo, o sono se apoderou dela. Rory se rendeu facilmente a ele, porque dentro do sono havia outra coisa: a atração familiar que ela conheceu quando criança, a tentação que a tirava da cama e a conduzia para a pradaria atrás da casa da fazenda, onde encontrava tranquilidade. Naquela noite, porém, enquanto seus olhos tremulavam sob as pálpebras, ela reconheceu que era alguém diferente que atraía sua mente. Ainda assim, era irresistível.

ESTAVA ESCURO E SILENCIOSO QUANDO RORY ENTROU NO

Grant Park. A silhueta dos edifícios de Chicago brilhava ao longe, com janelas intermitentes acesas nos arranha-céus contrapostos ao firmamento escuro. Rory semicerrou os olhos contra a escuridão. Passou pela Fonte Buckingham e pelo caminho de paralelepípedos ladeados por bétulas. Finalmente, chegou à clareira onde o corpo de Camille Byrd fora encontrado havia quase dois anos. Naquele momento, a garota estava ali, sentada sozinha na colina relvada. A lâmpada halógena no topo de um poste destacava seu corpo. Um muro de tijolos no fundo capturava sua sombra. Ela parecia tranquila, com as pernas cruzadas em uma posição de ioga e um cobertor posto sobre os ombros. A garota levantou a mão quando Rory apareceu; uma onda suave que encheu o coração de Rory tanto de paz quanto de tristeza.

Camille segurava algo no colo. Quando Rory pisou na relva e se aproximou da garota, conseguiu uma melhor visão do que era: a boneca Kestner, estendida sobre suas pernas cruzadas. Camille passou a mão sobre o cabelo embaraçado da boneca. Em avaliação, Rory semicerrou os olhos na escuridão e viu a rachadura irregular no lado esquerdo do rosto da boneca, com a órbita ocular aberta como uma castanha.

— Sinto muito, eu desprezei o seu caso — Rory disse. — Sinto muito, eu a ignorei.

A garota sorriu. Foi um sorriso radiante, que gerou uma atmosfera serena sobre a área onde alguém despejara o seu corpo. Não havia raiva ou decepção nos olhos dela.

— Você não me ignorou — Camille afirmou. — Você pensou em mim mais do que qualquer outra pessoa.

— Prometo que vou cuidar do seu caso. E que vou encontrar a pessoa que fez isso com você.

— Eu sei que você vai voltar para mim.

Rory deu um passo para chegar mais perto. A Kestner parecia tão estragada quanto no dia em que Walter Byrd dera-lhe a boneca.

— Você se torna próxima das pessoas cujas mortes reconstitui. Sempre. É assim que descobre coisas que ninguém mais consegue descobrir. E você também resolve seus próprios enigmas. Todas as respostas para as coisas que a estão perturbando se encontram na sua frente. Tudo aquilo que não faz sentido... — Camille passou a mão pelo rosto da boneca. — É fácil deixar a verdade escapar, mesmo quando está debaixo do nosso nariz.

Camille mudou a posição da boneca nos braços, observando-a com atenção.

— Você e Greta fizeram um trabalho excelente nela.

À menção do nome de Greta, a mente de Rory foi tomada por imagens da tia-avó de quando ela entrava no quarto na casa de repouso e Greta balbuciava palavras desconexas por causa da demência, confusa e estupefata pela presença da sobrinha-neta:

— Eu tentei salvar você. Havia muito sangue.

Rory se lembrava do medo nos olhos de Greta toda vez que visitava a tia-avó. O sofrimento que durava alguns segundos desesperados até Greta retroceder das memórias atormentadas do passado.

— Gostaria de ter salvado você tão facilmente quanto Rory e eu salvamos as bonecas.

O mundo começou a girar quando Rory se lembrou da atração misteriosa que havia se apoderado dela aos dez anos, aquela que a conduzira à pradaria atrás da casa da fazenda. Tudo se tornou indistinto ao seu redor quando pensou nas rosas amontoadas em uma pilha no chão, no cheiro agradável que sentiu quanto as colocou no nariz, na paz que experimentou.

Tão depressa quanto o movimento giratório começou, o mundo parou. Rory se viu sozinha. Camille Byrd se fora. No seu lugar, sobre a colina relvada, um buquê de rosas e a boneca Kestner, restaurada com perfeição.

A voz de Greta ecoou nos seu ouvidos:

— Eu tentei salvar você. Havia muito sangue.

— Há muito sangue. Temos que ir ao hospital.

— Ele está vindo. Você me disse. Ele virá atrás de você.

Então, surgiu a voz de Camille Byrd:

— É fácil deixar a verdade escapar, mesmo quando está debaixo do nosso nariz.

Ali, na colina relvada do Grant Park, tudo fazia sentido para Rory. A conexão com Angela Mitchell e todas as semelhanças que as ligavam, as cartas de apelações do seu pai que revelavam segundas intenções sobre nunca querer Thomas Mitchell fora da cadeia, a conexão de Greta com Angela, o trabalho da tia-avó como parteira, a adoção de Frank e Marla Moore, o estresse de Frank no seu último ano de vida, quando não conseguiu mais impedir a libertação de Thomas Mitchell.

E outra coisa a atraiu. Estava muito perto de emergir, mas, quanto mais Rory procurava chegar aos recônditos da sua mente para recuperar aquilo, mais ela se agitava na cama. Naquele momento, gemeu ao tentar despertar. Quando Rory tentou correr, ouviu a voz de Camille Byrd. Ao se virar, a garota estava de volta sobre a relva, de pé com o cobertor posto sobre os ombros. A luz amarelada da lâmpada halógena desenhava a sombra de Camille no muro atrás dela. A imagem acionou a mente de Rory. Ela entendeu o que a incomodava e soube que fora Camille que a ajudara na sua epifania.

— Obrigada por restaurar a minha boneca. Significa tudo para o meu pai.

Quando Rory olhou, a Kestner estava impecável nos braços de Camille. A garota tornou a acenar, e então, Rory começou a correr e não parou mais.

38

Chicago, 5 de novembro de 2019

RORY ACORDOU SOBRESSALTADA, COM OS LENÇÓIS ENRO-
lados nas pernas, e levou algum tempo para se livrar deles. Molhada de
suor, sentiu palpitações ao se lembrar do sonho. Ao recordar a imagem da
sombra de Camille sobre o muro de tijolos, Rory saltou para fora da cama.
Vestiu jeans e camiseta e calçou os coturnos. Cobriu a cabeça com o gorro.
Atravessou a porta da frente e embarcou no carro.

Pouco depois da meia-noite, sem trânsito, ela chegou à casa de repouso
em quinze minutos. Encostou no retorno, onde a ambulância e o caminhão
de bombeiros estacionaram no dia anterior. Saiu correndo do automóvel,
deixando aberta a porta do lado do motorista, e entrou no prédio. Ao longo
dos anos, Rory fizera muitas visitas à casa de repouso tarde da noite.

Um rapaz cuidava da recepção quando ela chegou ao saguão fazendo
barulho com os coturnos.

— Olá — ele sussurrou em um tom de voz destinado a mostrar a tranquilidade do lugar naquele horário. — Veio visitar algum residente?

— Preciso ver o registro de visitantes de ontem.

— Você precisa se registrar?

— Não, só quero examinar o registro de ontem.

— Está procurando por um residente específico?

Rory respirou fundo. Ela poderia jogar de duas maneiras: forçar a
barra, ameaçando ter Ron Davidson do Departamento de Polícia de Chicago ali em questão de minutos para encontrar o registro para ela, ou jogar
a carta da compaixão. Escolheu a segunda alternativa:

— Minha tia-avó morreu ontem. Uma amiga querida dela veio visitá-la pouco antes do falecimento, e eu esqueci o nome dela. Tenho certeza de que ela se registrou, e espero reconhecer o nome.

— Ah... — O rapaz suspirou, imediatamente desarmado. — Claro.

Ele abriu uma gaveta atrás da mesa e tirou um fichário volumoso. Colocou-o sobre o balcão, girou-o de modo que ficasse na vertical para Rory e abriu a capa. Os anos correspondentes às folhas do registro de visitantes estavam encadernados de forma organizada. O dia anterior estava no topo. Rory pôs o dedo sobre a primeira linha da página e rapidamente espiou os nomes até que o viu.

Sua mente rápida lampejou com as imagens da caligrafia de Thomas Mitchell nas cartas escritas para seu pai. Seu estilo de escrita era meticuloso, com todas as letras em maiúsculas e em fileiras perfeitas, apesar do papel sem pauta sobre o qual tinham sido impressas. Rory se lembrou da maneira singular como ele escrevia as letras "A" como letras "V" invertidas.

O caractere saltava da página em todas as palavras em que estava presente. Naquele momento, o símbolo incomum encheu sua visão quando ela se lembrou do tipo de letra. A casa de repouso começou a girar, exatamente como no seu sonho. Rory recordou a imagem de Camille Byrd do seu sonho, quando a garota se levantou e a luz da lâmpada halógena desenhou a sombra no muro de tijolos. Lembrou-se da noite em que esteve no beco atrás da casa de Angela Mitchell, com as pernas formando o mesmo "V" invertido. Também rememorou a sensação estranha que a afetou naquela noite. Sentiu-a de novo no dia anterior, ao assinar o registro de visitantes, uma premonição que ela havia sido incapaz de identificar. Chamou muito sua atenção pouco antes de a enfermeira aparecer na sua visão periférica, vindo apressada na sua direção para dar a notícia sobre Greta. Naquele momento, comedida e com um empurrão delicado de Camille Byrd, Rory foi capaz de compreender. A caligrafia de Thomas Mitchell estava presente na página na sua frente. A mesma letra "V" invertida.

A pessoa que viera visitar a residente do quarto 121 escrevera o nome de Greta em letras de forma maiúsculas: MARGARET SCHREIBER.

39

Starved Rock, Illinois
5 de novembro de 2019

RORY SAIU DA I-80 QUASE ÀS DUAS DA MANHÃ. PEGOU A rodovia praticamente vazia, não fossem alguns raros faróis isolados vindos em sentido contrário. Naquele momento, viu-se realmente sozinha ao pegar as sonolentas estradas rurais que levavam ao Parque Estadual de Starved Rock e ao chalé situado no meio da floresta. Já percorrera o caminho duas vezes antes e, naquela terceira vez, percorreu-o de memória. Não hesitou nas bifurcações, nem nos cruzamentos. Conhecia o trajeto, que se gravara na sua memória do jeito que todo o resto se gravava. Da mesma forma, todos os detalhes da sua vida estavam armazenados e categorizados.

Rory nem sempre tinha consciência daquilo que sua mente notava ou captava. Também não conseguia compreender de imediato o volume enorme de material registrado pela sua memória. Contudo, desde o sonho, desde o encontro com o espírito de Camille Byrd acomodado na colina relvada do Grant Park, todos os elementos enigmáticos da sua infância e da casa da fazenda vieram para ela com nítida clareza: aqueles referentes a tia Greta e aos seus pais; às suas visitas à casa de repouso e às bonecas restauradas por ela; aos murmúrios aparentemente aleatórios de Greta; ao impulso misterioso que outrora a atraíra para a pradaria atrás da casa da fazenda; à atração instantânea que sentiu por Angela Mitchell; e aos sintomas quase idênticos que elas compartilhavam de ansiedade social e obsessão-compulsão. Rory sabia o que tudo aquilo significava. Finalmente, captou aquele elemento evasivo da sua existência, que se mantivera fora de alcance por tanto tempo, e que não precisava de nada mais do que o empurrão do espírito de uma menina morta que esperava pela sua ajuda.

— *É fácil deixar a verdade escapar, mesmo quando está debaixo do nosso nariz.*

A epifania de Rory a levara para aquele lugar. Ela estava no precipício da escuridão, e sua alma se sentiu maculada por aquilo. Rory não sabia se seria possível corrigir aquela mutação no cerne da sua existência, mas a raiva a levou a tentar. Ela fez a última curva da sua jornada. Os faróis do seu carro eram a única fonte de luz na noite escura. Até que ela os desligou. Então, apenas a lua estava presente e oferecia pouca orientação. Triturando o cascalho, parou no acostamento da estrada e desligou o motor. O caminho de entrada para o chalé de Thomas Mitchell se situava a duzentos metros de distância.

Rory pegou o celular pela centésima vez e olhou para a tela iluminada. Esteve prestes a ligar diversas vezes para o celular de Lane ao longo do caminho para Starved Rock, mas não o fez. Assim como não ligou para o celular de Ron Davidson. Ligar para qualquer um dos homens da sua vida a impediria de fazer o que estava prestes a fazer. Rory decidiu que apenas um homem faria parte da sua vida naquela noite: aquele que desempenhara um papel silencioso e desconhecido na sua existência. O homem que, talvez, tivesse formado seu caráter. Aquele que tirara dela mais do que Rory poderia recuperar naquela noite.

Ao sair do veículo e fechar a porta, Rory se perguntou se extinguir a origem do fogo sufocaria as chamas que ardiam nas estruturas adjacentes. Enquanto se dirigia para o caminho de entrada encimado pela vegetação, o silêncio da noite subjugou sua capacidade de responder à pergunta. Bem na metade do caminho entre o carro estacionado e o acesso de veículos para o chalé, Rory encontrou uma trilha que levava à floresta. Ela acendeu a lanterna do celular e seguiu pela trilha. Duzentos metros depois, ouviu o suave rumor da água, e soube que o rio estava à frente. Quando chegou a uma área desmatada, o rio vazou para os lados, refletindo a lua na sua superfície, como uma cobra mística se arrastando pela noite.

Rory seguiu pela margem por mais duzentos metros e encontrou o cais que vira na sua primeira visita ao chalé com Ezra Parker, o agente da condicional, e Naomi Brown, a assistente social. Havia um longo trecho de escadas abandonadas levando da beira d'água ao aterro. Ela subiu com cautela os degraus, um a um, quando seu peito começou a latejar e o seu rosto ruborizou.

No alto da última escada, Rory avistou o chalé no meio do terreno de vinte quilômetros quadrados. A clareira era cercada pela floresta. Quando ela partiu lentamente rumo ao chalé, a lua lançou uma sombra fraca ao seu lado. Era sua única companheira.

40

Starved Rock, Illinois
5 de novembro de 2019

RORY SE APROXIMOU DOS FUNDOS DO CHALÉ. AS JANELAS estavam escuras, o tipo de escuridão que a fazia pensar que investigava um buraco negro. Devagar, Rory percorreu o caminho entre a beira da floresta e o longo trecho relvado atrás do chalé. Avançou sem a ajuda da lanterna do celular. A relva debaixo dos seus coturnos parecia nivelada, e seus passos não eram desafiados. Porém, a cinquenta metros de distância do chalé, ela deu um passo, mas não encontrou terra sob a sola. Rory tropeçou e caiu cerca de um metro até os pés finalmente atingirem o chão. Como era tarde demais para que se endireitasse, ela caiu de cara no solo, e sentiu o cheiro úmido nas narinas.

Por um momento, Rory permaneceu imóvel, tentando se orientar. Tateou em busca do celular, que escapara da mão na queda. Ao encontrá-lo, acendeu a lanterna. Olhando ao redor, ficou claro que ela estava em um buraco recém-cavado. Acima dela, um monte de terra. Apoiando-se nos joelhos, Rory lentamente se pôs de pé no buraco, cujo topo alcançava a altura da sua cintura. Ofegante, olhou de volta para o chalé, que permanecia escuro e silencioso.

Rory saiu do buraco, apagou a lanterna do celular e recomeçou a caminhar até o chalé. Ao chegar ao caminho de cascalho que circundava a casa, lembrou-se de que conduzira seu carro pelas curvas dele, duas manhãs antes. Naquele momento, seguiu-o de novo para alcançar a frente da casa. Enfiou a mão no bolso do casaco para sentir a única arma que trouxera: o canivete suíço que Kip lhe dera.

Atravessando o cascalho, Rory abriu a lâmina, com os coturnos triturando as pedras e o barro vermelho que cobria o chão. O primeiro passo sobre o degrau fez a varanda ranger com o seu peso. Na calada da noite, parecia um tiro de canhão. Após um momento de pausa, ela subiu o degrau seguinte e, depois, o próximo. Por fim, viu-se na porta da frente. Naquele momento, fazer uma pausa seria perder a coragem. Então, Rory agarrou a maçaneta e a girou. A porta se abriu sem oposição, com as dobradiças rangendo baixinho. Ela esperou trinta segundos, sentindo um tremor nos dedos. Ao entrar na casa, a escuridão lhe deu as boas-vindas.

Rory se lembrou do interior do chalé com base na única outra vez em que estivera ali, quando ela o visitou com a assistente social e o agente da condicional. Apesar da escuridão, sabia que existiam três ambientes no térreo: a sala da frente, a cozinha e a varanda nos fundos. A escada à esquerda da porta principal levava a dois quartos e um banheiro no corredor. Talvez ele estivesse no andar de cima. Talvez estivesse dormindo. Exatamente como Greta devia estar quando ele entrou no seu quarto.

Rory começou a subir a escada, com a lâmina do canivete tremendo na sua mão.

OS QUARTOS ESTAVAM VAZIOS. AS CAMAS, DESGUARNECI-das, sem lençóis ou cobertores. Rory desceu a escada, acendeu a lanterna do celular e a apontou para a sala da frente. Na mesa de centro, havia papéis espalhados de forma desordenada. Ela ergueu uma das páginas e viu a meticulosa caligrafia de Thomas narrando a longa busca pela esposa. Sentiu uma excitação estranha se manifestando pouco abaixo do peito. Incapaz de se conter, Rory se sentou no sofá, pôs o canivete suíço sobre a mesa e folheou as páginas. Teria sido fácil ela se perder nas palavras, render-se ao apelo de reconstituir o caminho de Thomas ao longo dos anos e ver até onde sua investigação o levara. E Rory talvez tivesse sucumbido a essa tentação se não tivesse encontrado o mapa manuscrito. Com a singular letra de forma, o "V" invertido se destacava em todos os lugares onde aparecia.

Rory tentou entender o que lia. Parecia ser um levantamento topográfico referente ao chalé e ao seu terreno. Uma representação arquitetônica da propriedade e dos seus limites. No diagrama formal, caixas retangulares foram desenhadas à mão. Estavam organizadas em uma formação em grade e cobriam a área aberta atrás do chalé. Em cada uma das caixas, um nome foi escrito. Imediatamente, Rory reconheceu os nomes como sendo os das mulheres desaparecidas em 1979. Ela deixou cair no chão o suposto levantamento topográfico ao se dar conta de que segurava o mapa de um cemitério improvisado, e que provavelmente acabara de sair de uma sepultura recém-escavada.

41

Starved Rock, Illinois
5 de novembro de 2019

RORY ESTAVA NO QUARTO DA FRENTE DO CHALÉ, COM O levantamento topográfico e o mapa do cemitério aos seus pés, sua temperatura corporal subindo rapidamente. Sentiu o suor na nuca e percebeu a incapacidade de respirar. Algumas noites antes, um episódio semelhante se apossara dela, quando Rory se esforçara para juntar as peças das descobertas sobre Greta e Angela. E naquele momento, ali mais uma vez, sentiu a sina iminente de um ataque de pânico.

Rory arrancou o gorro da cabeça e se atrapalhou ao manusear os botões do casaco. Como o pulso acelerara, sentiu o ar frio na garganta quando abriu a parte de cima do casaco. Isso propiciou um momento de clareza e o ímpeto irresistível de cair fora do chalé. Os pulmões doíam bastante quando ela enfim conseguiu respirar. Com a lanterna do celular ainda acesa, Rory pegou o canivete suíço da mesa, saiu às pressas da sala da frente e alcançou a cozinha. Abriu a porta que levava à varanda da parte de trás do chalé com um plano de cortar caminho pelos fundos da propriedade, encontrar as escadas para o rio e correr para o seu carro. Contudo, quando ela pisou na varanda, todos os pensamentos de deixar aquele lugar se evaporaram. Uma mulher, sentada curvada em uma cadeira, tinha um laço de náilon ao redor do pescoço e as mãos amarradas às costas. Naquele instante, o tremor sutil que se apossara dos dedos de Rory se espalhou por todo o corpo quando, ao se aproximar, ela se deparou com Catherine Blackwell.

O laço em torno do pescoço estava preso a uma corda que serpenteava para cima, até uma grande engenhoca de madeira aparafusada no teto da varanda. Rory apontou a lanterna naquela direção. A corda passava por três polias — para cima, para baixo, para cima, para baixo — antes de a outra ponta cair no chão a poucos metros de distância de Catherine. O mecanismo tinha a forma de um "M", e Rory imediatamente se lembrou dos desenhos de Angela, que descobrira um dispositivo semelhante no depósito do marido.

Rory desviou do teto o feixe de luz da lanterna e correu para o lado de Catherine.

— Catherine, você consegue me ouvir?

Assim que Rory pronunciou as palavras, soube que eram inúteis. Os olhos de Catherine permaneceram fechados. Seu corpo já estava frio. Rory passou o dedo trêmulo na tela do celular, mas foi incapaz de ativar o controle deslizante. Finalmente, na terceira tentativa, conseguiu ativá-lo e desbloqueou a tela. Por um segundo, hesitou: devia ligar para Ron Davidson ou para o serviço de emergência? Durante sua indecisão, através da tela da varanda, na parte de trás do chalé, avistou uma luz ao longe. O longo feixe luminoso da lanterna cortava a escuridão e oscilava em cadência rítmica enquanto a pessoa que a carregava se dirigia à casa.

Lembrando-se da sua visão inicial do chalé de alguns minutos antes, de quando chegara ao topo das escadas na margem do rio, Rory atinou que a luminosidade do celular se destacaria na escuridão. Assim, cobriu o aparelho com a mão e o pressionou contra o peito. Ainda agachada ao lado do corpo de Catherine, apagou a lanterna e guardou o celular no bolso. Em seguida, virou-se, atravessou correndo a porta e entrou na cozinha.

Ao fechar o mais silenciosamente possível a porta para a varanda, Rory viu o feixe de luz da lanterna cada vez mais perto. Talvez faltassem trinta segundos para ele alcançar o chalé. Na escuridão, Rory procurou algum lugar para se esconder na cozinha. Percebeu que voltara a respirar com dificuldade e se afligiu com a ideia de ter de se lembrar de respirar. Na parede adjacente à varanda, sentiu a maçaneta da porta da despensa e a girou. Entrou ali exatamente quando ouviu a porta do lado de fora da varanda ranger ao se abrir.

— Você consegue mais uma rodada? Tenho certeza de que sim.

Na despensa, Rory tremeu ao ouvir a voz de Thomas Mitchell.

42

Starved Rock, Illinois
5 de novembro de 2019

NA DESPENSA, RORY SE ESFORÇAVA PARA CONTROLAR A
respiração, pressionando o nariz contra a porta, que lhe parecia a tampa
de um caixão funerário. O mofo e a poeira enchiam suas narinas, e as lágrimas turvavam a visão. Um mínimo de visibilidade estava disponível entre
a porta e o batente. O peito doía, e os ouvidos trovejavam com o movimento da circulação sanguínea acelerada. Enquanto isso, ela observava
Thomas Mitchell preparar uma refeição na cozinha, a apenas um metro e
meio ou um metro e oitenta dela. Thomas pôs a comida em uma tigela de
metal e começou a comê-la. Clinicamente separado do desfrute do sabor,
ele estava interessado apenas na necessidade de sustento.

Thomas acendera as luzes ao entrar no chalé, e isso deu a Rory uma
visão clara da cozinha e da varanda. Ao olhar ao redor, ela notou as pegadas vermelhas que deixara no chão. Olhou para a área imediatamente na
frente da despensa e viu as marcas do andar apressado que deixara ao
procurar abrigo no seu esconderijo. O pânico cresceu, e Rory se concentrou em reviver os pulmões e estabilizar a respiração. Para ela, era como
se estivesse respirando através de um megafone e que, a qualquer
momento, Thomas se aproximaria da despensa, abriria a porta e desco-
briria seu prêmio. Ela estava preparada para arranhar, arrancar o olho e
esmurrar. Não hesitaria em morder qualquer parte da anatomia que chegasse perto, se tivesse de fazê-lo. A única coisa que Rory não faria era
morrer nas mãos daquele homem, como muitas outras mulheres. Por isso
é que ela olhava para ele naquele momento, quando poderia ter corrido

até o caminho de entrada e pego o carro. Rory tinha levado todo aquele tempo para perceber.

Como sempre, sua mente consciente demorou um pouco para ficar à altura dos pequenos gatilhos do seu subconsciente. Mas, naquele momento, ela soube o motivo por que não fugira pela porta da frente quando tivera a chance. Ou por que desligara o celular em vez de ligar para o serviço de emergência. Da mesma forma que o espírito de Camille Byrd lhe falara algumas horas antes, havia outros, em turbulência, que precisavam da sua ajuda. Outros, cujos corpos jaziam enterrados atrás do chalé por quarenta anos, que esperavam paz e a conclusão dos seus casos. Naquele momento, Rory não podia mais dar as costas para aquelas mulheres. Ela não precisava de Lane, Ron ou de qualquer outra pessoa para ajudar as mulheres que a esperavam. As vítimas precisavam de Rory, e ela tinha de responder aos apelos de ajuda.

Exatamente quando aqueles pensamentos se materializaram na mente de Rory, Thomas colocou sobre a bancada da cozinha a tigela de metal em que comia e caminhou na direção da despensa. Rory recuou alguns centímetros, até onde foi possível naquele espaço apertado, refugiando-se na escuridão. A dificuldade de respirar se tornou tão grande que Rory teve certeza de que os esforços tinham denunciado o esconderijo. Ela cerrou as pálpebras, esperando que a réstia de luz que se infiltrava na despensa aumentasse quando Thomas abrisse a porta. A claridade seria o lembrete para atacar. Lutar como louca. Por si mesma. Por Catherine. Pelas almas perdidas atrás do chalé. Seus músculos ficaram tensos quando ela se preparou para atacar. No entanto, em vez disso, a música abafou sua respiração ofegante.

Rory abriu os olhos e voltou a fixá-los na fresta entre a porta e o batente. Examinou a cozinha, mas Thomas sumira. Ela ouviu o *Réquiem* de Mozart tomar conta do chalé. De início, baixinho; depois, mais alto. E mais alto. E mais alto. Finalmente, Thomas apareceu. Passou pela despensa e saiu para a varanda.

43

Starved Rock, Illinois
5 de novembro de 2019

A MÚSICA ESTAVA ENSURDECEDORA NO CHALÉ, MAS ALI NA
varanda o volume parecia adequado. Thomas esperava que estivesse alta
o bastante para despertá-la, para trazê-la de volta. Ele ansiava que o refrão
lírico do *Réquiem* de Mozart a despertasse e lhe dissesse o que estava por
vir. Ela mal sobrevivera à última rodada, e Thomas não tinha certeza de
que ainda estava viva. Naquele momento, ele se recusou a verificar. Não
queria saber se ela partira. Sentia falta do Barato mais do que imaginava,
e ansiava por ele mais uma vez.

Suas duas pistas tinham se mostrado um fracasso. Uma envolvia
uma mulher velha demais para ter muito a oferecer, mesmo acreditando
que ela soubesse a verdade. Thomas não teve tempo para extrair essa
verdade dela. Achou que teria mais sorte com aquela na sua frente, mas
ela provou ser igualmente inútil na sua busca por Angela. Então ele não
soube para onde ir em seguida, e assim sucumbiu à ânsia pelo Barato,
subjugada havia muito tempo. Naquele momento, com a ode pelas almas
perdidas transbordando do chalé e enchendo os seus ouvidos, Thomas
subiu na banqueta a dois metros de Catherine Blackwell. Pôs o laço de
náilon ao redor do pescoço, sentindo instantaneamente o surto de
endorfinas se apoderar do seu corpo. Apertando a tira, lentamente
abandonou a banqueta e observou Catherine levitar depois de puxada
para fora da cadeira. Era uma visão gloriosa. Juntamente com o fascínio da música e o Barato que percorria seu corpo. Thomas Mitchell foi
tomado pela euforia.

Por um momento, fechou os olhos. Apesar de estar fora de forma, lembrou-se dos perigos do vício excessivo. O Barato era uma prática enigmática. Propiciava a coisa mais próxima que este mundo oferecia em termos de felicidade, pendurada em um suporte de madeira na sua frente e implorando-lhe para ir atrás dela. Contudo, Thomas sabia que o Anjo da Morte segurava aquele suporte de madeira, e que abusar do Barato ou tirar proveito demais dele significaria o fim. Talvez essa fosse a atração. O êxtase e a mortalidade divididos por aquela linha tênue.

Naquele instante, Thomas estava ali, eufórico, com o Barato fazendo seu corpo tremer. Com os olhos semicerrados, viu a mulher flutuando diante de si, testemunhando a suspensão mágica de Catherine no ar. Era uma visão magnífica e perfeita. Até que deixou de ser. Até que o lampejo de algo apareceu na sua visão periférica. Aquilo o assustou. Abriu os olhos completamente, agarrando o laço ao redor do pescoço e procurando a banqueta com o pé.

44

Starved Rock, Illinois
5 de novembro de 2019

DA DESPENSA, RORY VIU QUANDO THOMAS ARRASTOU UMA
banqueta para o centro da varanda. Impaciente, ele se movia com o laço
sobre a cabeça. Finalmente, subiu na banqueta, prendeu a tira de náilon
ao redor do pescoço e lentamente abandonou o apoio, o que fez Catherine
se erguer no ar na sua frente, como um mágico que faz um objeto levitar.
A visão sufocou ainda mais a respiração de Rory.

Através da fenda na porta da despensa, Rory testemunhou a cena
estranha se desenrolar. Ela reconstituíra casos que envolviam a prática
desprezível da asfixia autoerótica, e lera artigos sobre os pervertidos que
alcançavam a satisfação sexual com a prática. Contudo, a cena que testemunhou era algo totalmente diferente. Não era sexual por natureza, mas
pervertida de uma maneira diferente e mais perturbadora. O barato que
Thomas Mitchell estava alcançando não vinha do uso perverso do sexo,
mas do prazer de ver outra pessoa morrer.

Rory viu as pernas de Catherine penderem frouxamente quando ela
se ergueu, com o peso do corpo de Thomas do outro lado do sistema de
polias arrastando-a para cima. Rory se lembrou do sistema de polias duplas
que Angela desenhara nas anotações, que narravam o que havia descoberto no depósito de Thomas. Ele recriara aquele sistema ali, no chalé, e
defronte a ele, naquele momento, estava a única amiga da sua mulher.
Alguém que ele certamente acreditava que ajudara Angela a desaparecer
havia quarenta anos. Como estava errado, Rory pensou.

Abaixando-se em um movimento lento e orientado, Thomas mantinha um pé sobre a banqueta, como um sistema à prova de falhas,

recolocando todo seu peso na superfície superior do apoio quando a tensão ficava muito grande e ele se aproximava da inconsciência. Ao recolocar todo seu peso na banqueta, ele subia mais alto e permitia que Catherine descesse de volta para o chão. Rory observou o sobe e desce assustador enquanto a música clássica ressoava pelo chalé.

Quando Rory viu Thomas tirar o peso da banqueta novamente e descer, parando a trinta centímetros do chão, com o laço apertado ao redor do pescoço e o rosto se avermelhando, ela sentiu o impulso no peito. Foi tão poderoso como aquele que ela sentira quando criança na casa da fazenda de Greta. Rapidamente, Rory abriu a porta da despensa, com o som dos seus movimentos abafado pela música de Mozart. Enfiou a mão no bolso do casaco e pegou o canivete suíço. Depois de abri-lo, a lâmina capturou a luz da varanda. Seus movimentos, quando ela irrompeu na varanda, assustaram Thomas, que se esforçou como louco para tirar proveito da banqueta abaixo de si. Naquele momento, o seu rosto avermelhado assumiu outra tonalidade, mais intensa. Roxa.

Com as pernas se debatendo, Thomas se esforçou para ganhar apoio sobre a banqueta. Finalmente, seu pé direito tocou a superfície superior. Com mais alguns segundos, teria a banqueta a seu alcance e a pressão aliviada no pescoço. Rory não deixou Thomas ganhar aqueles segundos. Devagar, ela se aproximou dele, e os olhares se encontraram: os dela, calmos e calculistas; os dele, arregalados e em pânico. Daquela vez, Rory não teve vontade de evitar o contato visual. Pensou em tia Greta sozinha no quarto na noite em que Thomas a encontrara. Pensou nas mulheres enterradas atrás do chalé. Pensou em Catherine. Pensou em Angela.

Rory fechou a lâmina do canivete. Afinal de contas, não precisaria dele. Exatamente quando Thomas pôs o pé sobre a banqueta, Rory a chutou para longe dele. O corpo de Thomas desceu alguns centímetros, retrocedendo com o golpe. Ela o viu levar as mãos ao pescoço, tentando em vão enfiar os dedos entre o laço e a pele. Enquanto ele se debatia, Rory dedicou algum tempo para contemplá-lo. Depois, ela sussurrou algo no ouvido dele. Os olhos de Thomas pareceram ficar ainda mais arregalados. Então, ela se virou para cuidar de Catherine.

Rory não podia deixá-la pendurada como gado. Ela precisou de alguns minutos para deitar o corpo de Catherine com cuidado no chão da varanda.

Então, com Thomas ainda se debatendo, indefeso, mas com menos intensidade, Rory se dirigiu para a cozinha e tirou o telefone do gancho. O cartão estava preso entre a tomada do aparelho e a parede. Rory digitou o número, esperou uma voz responder e deixou o telefone na mesa da cozinha.

Quando Rory finalmente saiu do chalé, largou a porta da frente aberta. Ela ainda podia ouvir baixinho o *Réquiem* de Mozart quando chegou ao carro.

45

Chicago, 5 de novembro de 2019

ÀS SEIS DA MANHÃ, RORY ENCOSTOU O CARRO DO LADO de fora de sua casa, correu descalça até a escada e se atrapalhou com a fechadura. Ao entrar, foi direto para a sala da frente, recolheu os jornais do recipiente ao lado da lareira e os colocou sob a lenha. Acendeu um fósforo e pôs fogo no papel. Em seguida, atiçou as chamas até que ficassem flamejantes. Colocou mais lenha no topo, empilhada em forma de tenda para permitir o máximo de calor.

Então, Rory se despiu e jogou as roupas no fogo. Primeiro, o jeans e a camiseta. Depois, o casaco e o gorro. Ela esperou um pouco para que as chamas atingissem o tecido. O fogo ganhou intensidade ao queimar as roupas. Quando deixaram de existir, escapando pela chaminé em pequenos resíduos de cinzas, Rory apanhou os coturnos, cobertos pelo barro vermelho da caminhada entre a floresta e o chalé de Starved Rock. Colocou-os dentro da lareira.

De roupas íntimas, Rory viu os coturnos começarem a derreter. Finalmente, subiu para o seu quarto e se deitou na cama.

LANE PHILLIPS ENFIOU A CHAVE, ABRIU A PORTA DA FRENTE e entrou na casa de Rory. Faltava pouco para o meio-dia, e ela não atendera ao celular. Lane ligara diversas vezes. Ele notou as toras ardentes de um fogo agonizante na sala da frente.

— Rory? — ele chamou.

Silêncio.

Lane verificou o escritório. Vazio. Em seguida, conferiu o recanto. Também vazio, exceto pelas bonecas que ocupavam as prateleiras. Foi para o andar de cima e encontrou Rory dormindo. Rory Moore nunca seria considerada uma pessoa matinal, mas dormir até o meio-dia também não era comum. Lane se aproximou da cama para observá-la. O edredom subia e descia de acordo com o ritmo da sua respiração. Lane não poderia se lembrar da última vez em que a vira dormir tão profundamente.

Ele percebeu o canto dos papéis saindo de debaixo do edredom. Puxou-o para o lado e encontrou uma cópia surrada da sua tese. As páginas estavam amassadas devido às leituras frequentes. Lane folheou o documento e viu anotações de Rory na margem de diversas páginas. Perto do fim, encontrou uma página com uma dobra no canto, no capítulo que analisava por que os assassinos matam e descrevia os mecanismos psicológicos que levam um indivíduo à decisão de tirar a vida de outra pessoa. No meio da página, um trecho foi destacado. Ele leu a frase realçada em amarelo brilhante: *Alguns escolhem a escuridão; outros são escolhidos por ela.*

A página estava úmida, com manchas circulares, como se alguém tivesse gotejado água sobre o papel. *Água ou lágrimas?*, Lane se perguntou. A campainha tocou, e Lane tirou os olhos da tese. Rory não se mexeu. A campainha voltou a tocar. Ele colocou o documento no criado-mudo e desceu a escada. Abriu a porta da frente e se deparou com Ron Davidson na varanda da frente.

46

Chicago, 5 de novembro de 2019

— RORY?

As suas pálpebras tremularam. Ouviu o seu nome novamente:

— Rory?

Ao abrir os olhos, ela avistou Lane parado junto à cama. Ele tocou seu rosto.

— Está se sentindo bem?

— Sim. — Rory se sentou. — Estou bem.

Sua mente despertou com fragmentos rápidos dos acontecimentos no chalé em Starved Rock. Rory lembrou-se de Catherine Blackwell flutuando no ar. De Thomas Mitchell no seu estranho momento de êxtase. Do esconderijo na despensa e da fatia de luz entre a porta e o batente. Da música clássica, que ainda tocava nos seus ouvidos.

— Que horas são?

— Meio-dia — Lane respondeu. — Você me ouviu falando de Ron?

— Não. O que houve com ele?

— Está aqui, no andar de baixo. Disse que precisa falar com você. Algo urgente.

Rory piscou algumas vezes, e viu sua cópia da tese de Lane no criado-mudo. Ela a estava lendo mais cedo, antes que o sono a levasse a um descanso profundo e sem sonhos.

Assentindo, Rory tentou pentear o cabelo com a mão.

— Diga a ele que preciso de um minuto.

QUINZE MINUTOS DEPOIS, OS TRÊS ESTAVAM SENTADOS NA sala da frente.

— Hoje, logo cedo, recebi um telefonema do gabinete do xerife do condado de LaSalle. — Ron estava sentado no sofá defronte à lareira, e Rory e Lane se acomodavam em cadeiras adjacentes ao lado dele.

A lareira estava à esquerda de Rory, à direita de Lane, e diretamente na frente do chefe da divisão de homicídios de Chicago. Se Rory pudesse ter escolhido, teria conduzido Ron para a cozinha para aquela reunião. Em vez disso, ao finalmente descer a escada, ela descobriu que ele e Lane preferiram a sala da frente.

— Condado de LaSalle? — Rory perguntou.

— Starved Rock — Ron disse. — Ainda estamos reunindo os detalhes, mas parece que Thomas Mitchell se matou.

Rory se manteve impassível. Era como ela tipicamente reagiria àquela notícia, e ela, naquele dia, queria parecer típica.

— Como? — Rory indagou.

— Parece que se enforcou. Mas os detalhes ainda estão chegando. Só falei por alguns minutos com o detetive responsável. Havia outro corpo no chalé, uma mulher. Ao que tudo indica, ele a torturou de alguma forma. O pessoal do condado ainda está reconstituindo a cena.

— Como o encontraram?

— Ele ligou para o agente da condicional esta madrugada, mais ou menos às três da manhã. Deixou o telefone na mesa enquanto se enforcava. É o que pensam os policiais de lá. Os peritos forenses ainda estão juntando as peças. Como Mitchell era seu cliente, achei que deveria avisá-la. Estou me preparando para ir para lá agora.

Rory assentiu.

— Obrigada. — Ela olhou para Lane e, em seguida, de volta para o detetive. — Desculpe por eu parecer desligada. Estou tentando processar as coisas.

Acima de tudo, Rory estava preocupada por ter deixado as suas impressões digitais no telefone ou em algum outro lugar do chalé. E por não ter conseguido apagar as pegadas vermelhas dos coturnos no caminho para fora.

— Bem, há mais coisas para processar — Ron informou.

— Sim? O que mais seria?

— Os peritos encontraram um levantamento topográfico no chalé que parece um mapa das sepulturas de diversas mulheres que desapareceram em 1979. Todas aquelas que se suspeitava terem sido raptadas por Thomas Mitchell.

— Santo Deus! — Lane exclamou.

— Parece que ele as raptou em Chicago, matou-as e depois as enterrou atrás da cabana do tio. Quando o tio morreu, deixou o lugar em testamento para o sobrinho. Provavelmente, o filho da puta sabia o que Thomas vinha fazendo o tempo todo.

Rory balançou a cabeça.

— Não sei o que dizer.

— Além da turma do condado de Cook, o meu pessoal também vai participar da investigação, pois as vítimas eram de Chicago.

— Faz sentido — Rory afirmou.

— Escute, Gray, quando foi a última vez que você esteve em Starved Rock?

Rory olhou para Ron.

— Ah, anteontem de manhã. Quando Lane e eu deixamos Mitchell lá.

— Doutor, foi a última vez que você esteve lá? — Ron se dirigiu a Lane.

— Sim. Por quê? O que houve?

— Só estou pondo os pingos nos is. O pessoal do condado de LaSalle certamente vai perguntar. É apenas um alerta para vocês dois. Como estiveram no chalé, pedirão para falar com vocês.

— Claro — Lane disse.

Rory assentiu.

— Com certeza.

Uma tora incandescente estalou na lareira — um ruído que chamou a atenção de todos. Pela primeira vez, Rory olhou para o local onde pusera as suas roupas para queimar algumas horas antes. Um músculo do pescoço se contraiu quando ela viu os restos de um dos coturnos sobre as cinzas. Era a metade da frente, incluindo a parte dos dedos do pé e a sola, cerca de dez centímetros de couro e borracha que o fogo não conseguira consumir. O coturno se destacava na tora incandescente de modo tão evidente quanto um peixe morto flutuando em um aquário. Estava coberto pela poeira vermelha do terreno argiloso do chalé de Starved Rock. Rory observou a área na frente da lareira e notou uma mancha esmaecida da poeira vermelha onde deixara os coturnos enquanto esperava as roupas queimarem.

Na fração de segundo após o estalo da tora, e durante o tempo que Rory levou para reconhecer seus erros, viu Lane se levantar da cadeira e pegar o atiçador de brasas.

— O que quer que você precise de nós. — Lane parou na frente da lareira, bloqueando a visão de Ron das toras. — Faremos o que for necessário para ajudar seus rapazes.

Lane jogou algumas lascas de madeira sobre as toras incandescentes, e uma torrente de brasas escapou da incandescência alaranjada. A lenha queimou imediatamente e rejuvenesceu as chamas. Rory tinha uma visão clara da lareira, e viu quando Lane pôs a ponta do atiçador no resto do coturno e o empurrou para as chamas. Ele queimou e derreteu até não restar nada.

Lane jogou outra tora no fogo e pôs o atiçador junto com os demais. Rory viu Lane deslizar o capacho, que ficava sobre o piso de madeira na frente da lareira, para a esquerda até cobrir a mancha vermelha.

— Evidentemente, temos uma confusão dos diabos em mãos — Ron prosseguiu. — A mídia vai ter um prato cheio com isso. Como Mitchell era seu cliente, os caras também vão querer falar com você, Gray. Estou indo para lá agora. Se quiser me acompanhar...

Subitamente, Rory quis que Ron Davidson saísse da sua casa. E o último lugar do mundo para onde ela queria ir era aquele chalé.

— Sim. — Ela assentiu com um gesto de cabeça. — Talvez seja uma boa ideia.

Lane voltou a se sentar na cadeira em frente a Rory. Ele também estava assentindo. Os dois fizeram contato visual, entreolhando-se com volumes de conversa silenciosa acontecendo entre si.

— Talvez seja uma boa ideia — Lane repetiu.

— Pode me dar um minuto, Ron?

— Claro, Gray. — Ron se levantou do sofá. — Vou ligar para o meu pessoal e avisar que estamos a caminho.

Ron se dirigiu para a porta da frente, já com o celular ao ouvido. Rory continuou a olhar para Lane após a saída de Ron. Ela queria falar com ele, contar-lhe tudo.

— É melhor você se vestir — Lane afirmou.

DEZ MINUTOS DEPOIS, RORY ENCONTROU RON NA VARANDA da frente. Ele ergueu um dedo como se pedisse um tempo enquanto terminava a ligação. Um instante depois, ao guardar o celular no bolso interno do paletó, olhou para Rory com surpresa.

— Você está pronta? — ele indagou.

— Sim. — Rory ajeitou os óculos. — Qual é o problema?

Ron indicou os pés dela.

— Nunca te vi sem os seus coturnos.

Rory puxou o gorro para baixo. Ela encontrara um de reserva no armário. Também encontrara um substituto para o seu casaco, que, naquele momento, estava abotoado até o pescoço. Mas o par de coturnos era único. Com dez anos de idade, perfeitamente moldado aos seus pés e, naquele momento, derretido em uma pilha de cinzas.

— Bem, aquele lugar é um barro só. Não quero estragar os meus coturnos. — Rory contornou seu chefe e embarcou no assento dianteiro da viatura sem identificação de Ron.

47

Peoria, Illinois
5 de dezembro de 2019

DOIS ITENS ESTAVAM SOBRE O ASSENTO DO PASSAGEIRO
esperando entrega. Rory parou o carro no estacionamento da Biblioteca Central Harold Washington. Ela pegou um dos itens — a boneca Kestner de Camille Byrd — e a levou para o saguão. Avistou Walter Byrd parado quase no mesmo lugar onde ela o encontrara semanas antes. Quando ela se aproximou, o olhar dele fixou-se na caixa nas suas mãos. Rory ajeitou os óculos.

— Desculpe por demorar tanto para devolver a boneca ao senhor.

— Terminou? — o sr. Byrd perguntou.

Rory apontou para as portas da biblioteca.

— Vou lhe mostrar como ficou. Acho que o senhor ficará satisfeito com o resultado.

Eles entraram na biblioteca e encontraram uma mesa vazia no canto de trás. Rory colocou a caixa sobre ela e abriu a tampa. Com cuidado, retirou a boneca de Camille e a entregou ao pai. Walter Byrd segurou a boneca, engoliu em seco e passou a mão sobre a superfície do rosto. Rory viu os olhos dele se encherem de lágrimas. O sr. Byrd a encarou.

— Obrigado — ele disse. — Ficou incrível.

Rory desviou o olhar e assentiu.

— Quero que o senhor saiba que agora vou me dedicar exclusivamente ao caso de Camille. Só tenho mais uma coisa para cuidar e, depois, toda a minha atenção será dedicada à sua filha.

O sr. Byrd tornou a fitá-la.

— Obrigado — disse mais uma vez.

Rory queria dizer a ele que Camille a ajudara de forma inimaginável. Também era inexplicável, e ninguém entenderia, como a alma de uma garota morta, que esperava pela ajuda de Rory, empurrara-a para o precipício da sua epifania. Então, em vez disso, ela afirmou:

— Sinto uma ligação com Camille e uma necessidade de ajudá-la. Prometo que vou fazer isso.

Rory se virou e saiu da biblioteca, deixando o pai de Camille Byrd segurando a restauração impecável da boneca da sua filha. Do lado de fora, ela se encaminhou para o seu carro para entregar o segundo item que aguardava no assento da frente.

RORY TRAFEGAVA PELA LONGA E RETA ESTRADA RURAL,

com os milharais colhidos passando sem nitidez na sua visão periférica. A tarde chegava ao fim, e o sol, que se aproximava do horizonte, sentava-se na frente dela sobre a paisagem plana. O céu sem nuvens passava de uma azul-claro para um tom intenso de salmão, conforme o dia desaparecia.

Os corpos de todas as mulheres que desapareceram em 1979 foram localizados atrás do chalé em Starved Rock. As identificações foram feitas por meio do exame das arcadas dentárias. Finalmente, as famílias das vítimas encontraram uma conclusão para seus casos. O triste foi que muitos familiares das mulheres morreram antes da descoberta. A maioria dos pais morreu sem saber com certeza o destino das suas filhas. Mas seus irmãos estavam vivos, e muitos compareceram à entrevista coletiva em que o detetive Davidson explicou a descoberta para o mundo. A mídia noticiosa cobriu a história em um ritmo frenético. Thomas Mitchell, os acontecimentos do verão de 1979 e a trágica descoberta no chalé em Starved Rock, quarenta anos depois, virariam para sempre folclore para os viciados em crimes reais. Em algum momento, a história certamente seria revisitada por algum cineasta que decidisse criar um documentário sobre o caso. Quando isso acontecesse, Rory não queria ninguém batendo na sua porta, fazendo perguntas. Para ela bastava uma pequena nota de rodapé na saga de Thomas Mitchell: a advogada que o representara por um curto tempo durante sua liberdade condicional. Ela nem sequer queria que aquele pormenor fosse mencionado, mas sabia que não havia maneira de contornar.

O que Rory procurava desesperadamente era esconder a verdade. A verdade acerca de Angela Mitchell, sua fuga para a fazenda de Greta e a criança a quem ela dera à luz antes de morrer. Uma criança cujo sangue corria carregado com o DNA de Thomas Mitchell.

Pelo amor de Deus, que prato cheio os malucos da internet teriam com tudo isso, Rory pensou.

Não surpreendia que aqueles que mais a amaram tivessem tomado providências tão incomuns para enterrar os segredos do passado. Rory planejava fazer todo o possível para mantê-los no subterrâneo. Sabia que isso exigiria esforço. As pessoas continuariam a escavar. Havia uma conversa barulhenta, principalmente relegada a salas de bate-papo na internet e discussões no Reddit, sobre uma vítima cujo corpo não fora encontrado enterrado no chalé de Thomas Mitchell. Aquele da mulher dele, Angela, que iniciara sua própria investigação em 1979 e se tornara o centro da derrocada do Ladrão.

Por um lado, a conversa do público contribuía para a profunda compaixão relativa ao fato de que, uma vez que os restos mortais de Angela não tinham sido descobertos, e que naquele momento Thomas Mitchell estava morto, o paradeiro do cadáver dela permaneceria um mistério para sempre. O outro lado da conversa envolvia teorias conspiratórias, com os teóricos sugerindo que existia uma explicação simples para o corpo de Angela não ter sido encontrado no chalé em Starved Rock: ela ainda estava viva. As teorias conspiratórias sempre sobrepujavam a compaixão e, ao longo do mês anterior, aquele discurso foi se tornando cada vez mais ruidoso e, finalmente, dominou as conversas. Os entusiastas dos crimes reais entraram na onda e asseveraram que Angela Mitchell estava em algum lugar. Eles prometeram continuar a procurar por ela.

No entanto, dirigindo pela estrada rural vazia, Rory sabia a verdade. Finalmente, entendia tudo. Não só havia reconstituído a morte de Angela, mas retraçado sua própria infância. Os fragmentos ausentes se reuniram de uma maneira que tanto abalavam quanto acalmavam a alma de Rory. Era uma reconstituição cujas peças havia levado uma vida inteira para juntar. A deliberação cuidadosa e os meses de investigação lhe contavam que ela era a única sobrevivente que sabia a verdade, e Rory não tinha nenhuma intenção de compartilhar seu conhecimento com o mundo.

Por pouco tempo, Rory considerou contar o segredo a Ron Davidson, revelando-lhe tudo. Talvez ela devesse mesmo fazê-lo, mas as repercussões eram imprevisíveis demais. Se Rory confessasse a Ron, temia que pessoas espertas começassem a fazer perguntas, e, se ela respondesse, os investigadores começariam a farejar. Se eles começassem a cavar do jeito como ela cavara, Rory temia que encontrassem a mesma linhagem que ela havia descoberto. Era um segredo que Rory planejava levar para o túmulo.

As únicas pessoas que sabiam a verdade não existiam mais. Rory se sentia satisfeita em saber que, onde quer que estivessem naquele momento, elas a observavam fazer aquela jornada final. E estavam orgulhosas dela. Enquanto dirigia, uma profunda sensação de paz se apossou de Rory. Era uma reconciliação nunca antes experimentada, que lhe permitia se sentir livre e viva, libertada de alguma forma. Ela fizera sua escolha e se sentia à vontade com ela.

O longo caminho chegou a uma bifurcação. Rory virou à esquerda. Pouco depois, a casa da fazenda apareceu diante dela. Fazia algum tempo que ela não ia lá. Alguns anos antes, tia Greta se mudara para a casa de repouso e, até aquele dia, Rory jamais viu motivo para voltar. Contudo, assim que avistou a antiga casa da fazenda, com sua varanda de cedro pintada de azul, percebeu o quanto sentira falta dela. Suas memórias a transportaram para os verões passados ali quando criança.

Com a mente tomada por flashbacks, Rory pegou o caminho de entrada de cascalho. Estacionou na frente da casa, onde o cascalho terminava e o interminável espaço relvado começava. Um momento se passou enquanto ela esperava que alguém aparecesse de dentro. Rory não tinha certeza de como procederia se os novos proprietários estivessem ali. Mas o que ela precisava fazer não podia esperar. O impulso no peito era forte demais para ignorar. Passaram-se alguns minutos, e a casa da fazenda continuava silenciosa e sem movimento sob a luz pálida do pôr do sol, com sua silhueta desenhada pelo horizonte cor de alfazema. Rory se olhou no espelho retrovisor. Mesmo durante a longa viagem para o campo, ela mantivera no rosto os óculos de plástico de aros grossos e o gorro bem puxado para cobrir a testa. Então, Rory estendeu a mão e tirou os óculos e o gorro. Naquele dia, diferente de todos os outros, ela não podia se esconder. Não queria se esconder. Não precisava se esconder.

Rory deixou o gorro e os óculos caírem no assento do passageiro e pegou o outro item que a acompanhara durante a viagem. Abriu a porta e desembarcou para o anoitecer. Caminhou até lateral da casa e depois se dirigiu para o quintal, com a varanda dos fundos à sua esquerda. Então, Rory se lembrou em detalhes vívidos da noite em que, aos dez anos, o zumbido no seu peito a tirara da cama e a levara para aquele campo no meio da noite. Lembrou-se do brilho embaciado da lua e da tempestade de relâmpagos que inflamava o horizonte com cintilações intermitentes de claridade. Naquele anoitecer, o sol pálido deixava o horizonte lilás, e cobalto escuro, o céu acima.

Rory encontrou a cerca baixa que se estendia pelo comprimento da propriedade. Naquele momento, ela a seguiu novamente, da mesma maneira como a seguira na noite em que a calma reconfortante tomou conta dela. Quase trinta anos depois, Rory enfim entendeu o significado daquela noite do passado. A atração no peito, o magnetismo que a arrastara e a sensação de paz que se apoderara dela ao erguer aquela rosa e sentir a doçura do seu perfume.

Rory seguiu a cerca até os fundos da propriedade, onde fazia uma curva de noventa graus e se estendia à esquerda. Assim que chegou ao canto da pradaria, Rory olhou para o chão. A única vez além daquela em que esteve naquele lugar, ela encontrou as flores que sempre observava tia Greta colher no jardim. Aquelas que ela ajudava a prender em buquês.

Os adeptos das teorias conspiratórias podiam ter suas salas de bate-papo e discussões na internet. Podiam manter as ideias extravagantes e ignorantes acerca de Angela Mitchell e de onde ela estava no momento. Ninguém jamais saberia a verdade. Ninguém jamais a encontraria. Angela não queria ser encontrada quarenta anos antes e não queria ser encontrada agora. Rory ergueu o item que trouxera do carro: um buquê de rosas preso em um maço bem apertado. Ela o colocou junto ao nariz, fechou os olhos e sentiu o doce perfume. Em seguida, agachou-se e depositou as rosas no chão.

Agradecimentos

Meu muito obrigado às seguintes pessoas:

Todo o pessoal da Kensington Publishing, que continua a apoiar meus romances de uma maneira que ainda me impressiona. Sobretudo, John Scognamiglio, que lutou por mim mais vezes do que me deixa saber.

Marlene Stringer, agente e amiga, que sempre está dois passos à minha frente.

Amy Donlea, que é quem mantém nossa família unida. Sem você, minha vida ficaria reduzida a tantos estilhaços que nem mesmo Rory Moore conseguiria juntar.

Abby e Nolan, por serem meus maiores apoiadores, por pedirem constantemente para ler os meus livros (vocês ainda não têm idade suficiente) e por todas as ideias fantásticas para romances futuros. Continuem assim!

Mary Murphy, por se esforçar tanto para ter conversas coerentes comigo sobre ideias completamente incoerentes para um original que estava só metade escrito quando comecei a incomodá-la em busca de ajuda.

Chris Murphy, pelas sugestões no rascunho final, e por me corrigir acerca da cerveja preta Dark Lord. Provavelmente, vamos compartilhar uma em breve.

Rich Hill, pela ideia. Embora eu tenha certeza de que distorci e desvirtuei sua sugestão original.

Mike Chmelar e Jill Barnum por compartilharem o seu conhecimento jurídico a fim de me ajudar a tirar um *serial killer* da cadeia.

Thomas Hargrove, fundador e presidente do Murder Accountability Project (Projeto de Controle de Homicídios), por atender às minhas ligações e explicar o que ele faz.

E a todos os leitores que continuam comprando os meus livros. Serei eternamente grato.

ASSINE NOSSA NEWSLETTER E RECEBA INFORMAÇÕES DE TODOS OS LANÇAMENTOS

www.faroeditorial.com.br